Pôle fiction

John Green

La face cachée de Margo

Traduit de l'anglais (américain)
par Catherine Gibert

Gallimard

Les extraits de l'ouvrage *Feuilles d'herbe* de Walt Whitman
sont reproduits avec l'aimable autorisation
des Éditions Grasset & Fasquelle.
© Grasset & Fasquelle, 2009,
dans la traduction de Jacques Darras.

«Tu iras dans les villes de papier et tu n'en reviendras jamais»,
p. 196, p. 251 et p. 373, est une citation
du roman de Sylvia Plath, *La Cloche de détresse*.
© Éditions Denoël, 1972, pour la traduction française.
© Éditions Gallimard, L'imaginaire, 1987.

Titre original : *Paper Towns*
Édition originale publiée aux États-Unis par
Dutton Books, une filiale de Penguin Group Inc.
345 Hudson Street, New York, New York 10014.
Tous droits réservés.
© John Green, 2008, pour le texte.
© Éditions Gallimard Jeunesse, 2009,
pour la traduction française.
© Éditions Gallimard Jeunesse, 2017,
pour la présente édition.

*À Julie Strauss-Gabel,
sans qui rien de tout ceci
n'aurait pu devenir réel.*

Prologue

Voilà comment je vois les choses, tout le monde a droit à son miracle. Moi, par exemple, je ne serai sans doute jamais frappé par la foudre, ni ne remporterai de prix Nobel, pas plus que je ne deviendrai le dictateur d'une petite île d'Océanie, ni ne serai atteint d'un cancer foudroyant de l'oreille et non plus victime de combustion spontanée. Cependant, si l'on envisage ces cas de figure improbables dans leur ensemble, il n'est pas impossible qu'au moins l'un d'eux s'applique à un élu parmi nous. J'aurais pu assister à une pluie de grenouilles, marcher sur Mars, être mangé par une baleine, épouser la reine d'Angleterre ou survivre plusieurs mois en mer. Mais mon miracle fut différent. De toutes les maisons de tous les lotissements de Floride, il se trouve que j'ai atterri dans celle voisine de chez Margo Roth Spiegelman.

Jefferson Park, notre lotissement, était autrefois une base navale. Puis la marine n'en a plus eu besoin et elle restitua le terrain aux habitants d'Orlando, Floride, qui décidèrent d'y faire construire un gigantesque lotissement, parce que c'est l'usage qu'on fait de la terre en Floride. Mes parents, ainsi que ceux de Margo, emménagèrent côte à côte, peu après que les premières maisons sortirent de terre. Margo et moi avions deux ans.

Avant de devenir une ville idéale et avant d'être une base navale, Jefferson Park appartenait à un type qui s'appelait effectivement Jefferson, Dr. Jefferson Jefferson. Une école d'Orlando porte son nom ainsi qu'une importante œuvre de bienfaisance, et le plus incroyable – mais vrai – à propos du docteur Jefferson Jefferson est qu'il n'était pas plus docteur que vous et moi. C'était un représentant en jus d'orange qui, une fois fortune faite, avait obtenu des tribunaux que «Jefferson» devienne son deuxième prénom et que le premier soit transformé en «Dr.» *D* majuscule, *r* minuscule, point.

Donc Margo et moi avions eu neuf ans. Nos parents étant amis, il arrivait qu'on joue ensemble à Jefferson Park, le moyeu de la roue que formait notre lotissement, qu'on traversait à vélo, laissant derrière nous ses rues en impasse.

J'avais toujours un trac fou chaque fois que Margo devait débarquer, parce qu'elle était, de toutes les créatures de Dieu, la plus irrésistible. Ce fameux matin, Margo portait un short blanc et un T-shirt rose, sur lequel un dragon vert crachait des flammes orange scintillantes. J'ai du mal à restituer l'effet incroyable que me faisait ce T-shirt.

J'ai toujours connu Margo pédalant debout, les bras tendus, le corps penché en avant au-dessus du guidon, ses baskets réduites à un tourbillon mauve. Il faisait une chaleur étouffante ce jour de mars. Le ciel était dégagé, mais l'air avait un goût âcre annonciateur d'orage.

À l'époque, je me prenais pour un inventeur. Aussi, dès qu'on a eu attaché nos vélos et commencé à parcourir les quelques mètres qui nous séparaient de l'aire de jeux, j'ai raconté à Margo l'invention dont j'avais eu l'idée, le Ringolator. Le Ringolator était un canon géant destiné à envoyer d'énormes rochers de couleur en orbite basse, ceignant la Terre d'anneaux semblables à ceux de Saturne. (Je continue de penser que c'est une excellente idée, mais entre-temps je me suis rendu compte que la fabrication d'un canon de ce type était très complexe.)

J'étais si souvent allé dans ce parc que j'en avais la topographie gravée dans la tête. Donc on n'y était pas plutôt entrés que j'ai senti que quelque chose ne tournait pas rond, bien que sur le moment, j'aie été incapable de dire ce qu'il y avait de différent.

– Quentin, a chuchoté Margo en me montrant quelque chose.

Et j'ai aussitôt compris.

À quelques mètres devant nous, se dressait un chêne au tronc épais et noueux, dont l'aspect trahissait le grand âge. Rien de nouveau. L'aire de jeux à notre droite. Rien de nouveau non plus. En revanche, le type en costume gris, immobile, affalé contre le tronc d'arbre, voilà qui était nouveau. Il baignait dans une mare de sang. De sa bouche, ouverte bizarrement, s'échappait un flot de sang à demi séché. Des mouches étaient posées sur son front.

– Il est mort, m'a annoncé Margo, comme si je n'avais pas deviné.

J'ai reculé imperceptiblement. Je me rappelle m'être dit que si je faisais un geste brusque, il risquait de se réveiller et de me sauter dessus. C'était peut-être un zombie. Je savais que les zombies n'existaient pas, il n'en demeure pas moins qu'il avait tout du zombie.

Dans un mouvement similaire mais inverse au mien, Margo a avancé sans faire de bruit.

– Il a les yeux ouverts.

– Il faut rentrer, ai-je dit précipitamment.

– Je croyais qu'on fermait les yeux quand on mourait.

– Margo, il faut rentrer à la maison et tout raconter.

Margo a continué d'avancer. Elle était assez près pour lui toucher le pied.

– Qu'est-ce qui lui est arrivé, tu crois ? a-t-elle demandé. Si ça se trouve, c'est une histoire de drogue.

Je ne voulais pas la laisser seule avec le mort, qui pouvait se révéler être un zombie vengeur. Mais d'un autre côté, je n'avais aucune envie de traîner dans le coin à discuter des circonstances de son décès. J'ai rassemblé tout mon courage, j'ai fait un pas en avant et je lui ai pris la main.

– Margo, il faut s'en aller immédiatement !

– Bon, d'accord, a-t-elle répondu.

On a couru à nos vélos. J'avais l'estomac noué par quelque chose qui ressemblait à s'y méprendre à de l'excitation, mais n'en était pas. On a enfourché nos vélos et j'ai laissé Margo prendre de l'avance parce que je ne voulais pas qu'elle s'aperçoive que je pleurais. Il y avait du sang sur les semelles de ses baskets. Le sang du mort.

Puis on est rentrés dans nos maisons respectives. Mes parents ont appelé les urgences et quand j'ai entendu les sirènes au loin, j'ai demandé la permission d'aller voir les camions de pompiers, mais maman a refusé. Ensuite, j'ai fait la sieste.

Mes parents sont tous les deux psys, par conséquent, je suis un modèle d'équilibre. Quand je me suis réveillé, j'ai eu une longue conversation avec maman, qui m'a parlé du cycle de la vie et expliqué que la mort en faisait partie. Avant d'ajouter qu'à neuf ans il était bien trop tôt pour m'en préoccuper. Ça m'a rasséréné. Pour être franc, cet épisode ne m'a jamais turlupiné. Ce qui est frappant, dans la mesure où je ne suis pas le dernier à me faire de la bile.

En résumé, j'ai découvert un cadavre. Le petit garçon adorable de neuf ans que j'étais et sa camarade de jeux aussi jeune et plus adorable encore sont tombés sur un type qui pissait le sang par la bouche, du sang que j'ai vu ensuite sur les ravissantes tennis de Margo quand on est rentrés à la maison à vélo. Je ne nie pas que ce soit affreusement grave. Et alors ? Je ne connaissais pas ce type. Des tas d'inconnus passent leur temps à mourir. Si je devais faire une dépression chaque fois qu'un truc horrible se passe dans le monde, je serais bon à enfermer.

Ce soir-là, j'ai regagné ma chambre à neuf heures, l'heure officielle à laquelle je me couchais. Maman m'a bordé, en m'assurant de son amour.

– À demain, lui ai-je dit.
– À demain, m'a-t-elle répondu.

Puis elle a éteint la lumière et refermé la porte, pas totalement mais presque.

En me tournant sur le côté, j'ai vu Margo Roth Spiegelman, debout devant ma fenêtre, le nez écrasé contre la moustiquaire. Toute pixélisée.

– J'ai mené mon enquête, m'a-t-elle annoncé d'un air très sérieux.

Même de près, la moustiquaire lui fragmentait le visage, mais je devinais qu'elle tenait un carnet et un crayon à la gomme toute mordillée. Elle a jeté un œil à ses notes.

– Mme Feldman qui habite de l'autre côté sur Jefferson Court m'a dit qu'il s'appelait Robert Joyner et qu'il vivait dans un appartement au-dessus de l'épicerie de Jefferson Road. J'y suis allée. Ça grouillait de policiers. Il y en a un qui m'a demandé si j'étais envoyée par le journal de l'école et je lui ai dit qu'on n'en avait pas. Alors, comme je n'étais pas journaliste, il a bien voulu répondre à mes questions. C'est comme ça que j'ai su que Robert Joyner avait trente-six ans et qu'il était avocat. Je n'ai pas eu le droit d'entrer dans son appartement, mais je suis allée chez sa voisine, Mme Juanita Alvarez, en faisant semblant d'avoir besoin de sucre. C'est elle qui m'a appris que Robert Joyner s'était suicidé avec une arme à feu. J'ai demandé pourquoi et il paraît qu'il était déprimé à cause de son divorce.

Puis Margo s'est tue. J'ai regardé son visage éclairé par la lune, divisé en milliers de particules par le treillis de la moustiquaire, ses grands yeux ronds faisant le va-et-vient entre son carnet et moi.

— Des tas de gens divorcent et ne se tuent pas pour autant, ai-je dit.

— Je sais, a-t-elle renchéri avec conviction. C'est ce que j'ai fait remarquer à Juanita Alvarez et d'après elle…

Margo a tourné la page de son carnet.

— D'après elle, M. Joyner était un peu dérangé. Je lui ai demandé ce que ça voulait dire, mais elle a juste répondu qu'il fallait que tout le monde prie pour lui et que je rentre à la maison rapporter le sucre à ma mère. J'ai dit qu'elle pouvait laisser tomber le sucre et je suis partie.

J'ai continué à me taire. Je n'avais qu'une envie, qu'elle poursuive, sa petite voix vibrante d'émotion à l'idée de tenir des bribes de vérité me donnant le sentiment d'être au centre de quelque chose d'important.

— Je crois savoir pourquoi il l'a fait, a-t-elle déclaré au bout d'un moment.

— Pourquoi ?

— Si ça se trouve, toutes ses cordes intérieures ont cassé.

Tout en réfléchissant à une réponse appropriée, j'ai tiré le loquet de la moustiquaire qui nous séparait, je l'ai retirée de son châssis et l'ai posée par terre, mais Margo ne m'a pas laissé parler. Avant même que je me rassoie, elle s'est penchée sur moi.

— Ferme la fenêtre, a-t-elle chuchoté.

Ce que j'ai fait. J'ai cru qu'elle allait partir, mais elle est restée derrière la vitre à me dévisager.

J'ai agité la main et lui ai souri, mais elle avait les yeux fixés sur quelque chose derrière moi, quelque chose de monstrueux qui lui avait déjà retiré tout le sang du visage. J'avais trop peur pour me retourner. Bien sûr, il n'y avait rien derrière moi, si ce n'est le mort peut-être.

J'ai cessé d'agiter la main. On s'est regardés, chacun d'un côté de la vitre, la tête à la même hauteur. Je ne me rappelle pas comment ça s'est terminé, est-ce elle qui est partie ou moi qui suis allé me coucher ? Dans mon souvenir, ça ne finit jamais. On se regarde éternellement.

Margo a toujours adoré les mystères. Et la suite des événements n'a cessé de me prouver qu'elle les aimait tellement qu'elle en est devenue un.

PREMIÈRE PARTIE
LES CORDES

Chapitre 1

Le jour le plus long de ma vie a commencé en retard. Ce mercredi-là, j'ai eu une panne d'oreiller et je suis resté trop longtemps sous la douche, par conséquent, à sept heures dix-sept, j'ai dû prendre mon petit déj' dans la voiture de ma mère, un monospace.

D'habitude, c'est mon meilleur ami, Ben Starling, qui vient me chercher, mais Ben était à l'heure, et donc d'aucune utilité pour moi. Pour nous «à l'heure» signifiait une demi-heure avant le début des cours, car la demi-heure précédant la première sonnerie était le temps fort de nos activités mondaines qui se résumaient à discuter près d'une porte de la salle de musique. La plupart de mes copains faisaient partie d'un groupe, et au bahut je passais pratiquement tout mon temps libre dans un périmètre qui n'excédait pas dix mètres de la salle de répète. Mais personnellement, je ne jouais pas d'instrument, en raison d'une absence d'oreille musicale qu'on associe généralement à une absence d'oreille tout court. J'allais être en retard de vingt minutes, mais techniquement j'étais encore en avance de dix.

Tout en conduisant, maman me posait des

questions sur les cours, les examens et le bal de fin d'année.

— Je ne suis pas un fan de ce bal, lui ai-je rappelé au moment où elle tournait dans une rue, m'obligeant à incliner mon bol de céréales de façon à compenser les effets de la gravité. (Ce que j'avais déjà fait.)

— En quoi est-ce si terrible d'aller à ce bal avec une copine ? Je suis sûre que tu pourrais demander à Cassie Fesse.

Effectivement, j'aurais pu demander à Cassie Fesse, qui était adorable, charmante, mignonne, etc., malgré un nom de famille calamiteux.

— Ce n'est pas seulement le bal que je déteste, ce sont les gens qui ne rêvent que de ça, ai-je expliqué, bien que ce fût faux, en réalité. (Ben crevait d'envie d'y aller.)

Maman a tourné pour entrer dans le bahut et j'ai soulevé mon bol presque vide quand elle a roulé sur le ralentisseur. J'ai jeté un coup d'œil en direction du parking des terminales. La Honda gris métallisé de Margo Roth Spiegelman était garée à sa place habituelle. Maman s'est arrêtée dans une allée en cul-de-sac devant la salle de répète et m'a embrassé. J'ai vu Ben et les autres à l'extérieur formant un demi-cercle.

Je les ai rejoints et le demi-cercle s'est élargi naturellement pour m'accueillir. Ils étaient en train de discuter de mon ex, Suzie Chung, qui jouait du violoncelle et faisait apparemment sensation en sortant avec un joueur de base-ball nommé Têtard Mac. J'ignore si c'était son vrai nom. Mais quoi qu'il en soit, Suzie était décidée à aller au bal au bras de Têtard Mac. Une nouvelle victime à déplorer.

– Mon pote, m'a apostrophé Ben, qui se trouvait en face de moi en me faisant un signe de tête, avant de s'éloigner.

J'ai quitté le cercle pour le suivre à l'intérieur. Petit gabarit au teint olivâtre ayant atteint la puberté sans vraiment l'endosser, Ben était mon meilleur ami depuis le CM2, depuis qu'on avait fini par s'avouer qu'aucun de nous n'avait la moindre chance de se dégoter quelqu'un d'autre en guise de meilleur ami. Et puis, Ben faisait de son mieux et j'appréciais, du moins souvent.

– Ça va ? ai-je demandé.

Dans le hall, on n'avait rien à craindre, le bruit des conversations autour de nous noyait la nôtre.

– Radar va au bal, m'a-t-il annoncé d'un air maussade.

Radar était notre deuxième meilleur ami. On l'avait appelé Radar parce qu'il ressemblait à Radar, le personnage du petit binoclard dans la vieille série télé *M*A*S*H*, sauf que 1) le Radar de la série n'était pas noir, 2) à un moment donné, après qu'on l'a rebaptisé, notre Radar a grandi de quinze centimètres et il s'est mis à porter des lentilles. Par conséquent, j'imagine que 3) il ne ressemblait pas du tout au type de *M*A*S*H*, mais que 4) à trois semaines et demie de la fin du lycée, on n'allait pas s'amuser à lui donner un autre surnom.

– Avec Angela ? ai-je demandé.

Radar ne nous faisait jamais de confidence concernant ses amours, mais cela ne nous empêchait pas de nous perdre fréquemment en conjectures.

Ben a hoché la tête.

– Tu te rappelles mon plan : demander à une minette de troisième de m'accompagner au bal parce que ce sont les seules nanas à ne pas être au courant de l'affaire Ben le Saignant ?

J'ai acquiescé.

– Figure-toi que ce matin, une petite troisième à croquer est venue me trouver et m'a demandé si j'étais Ben le Saignant. J'ai commencé à lui expliquer que, en fait, j'avais eu une infection rénale, mais elle s'est gondolée et puis elle s'est sauvée. Résultat, exit mon plan.

En seconde, Ben avait en effet été hospitalisé pour une infection rénale, mais Becca Arrington, la meilleure copine de Margo, avait fait courir le bruit que la raison pour laquelle Ben avait du sang dans les urines était qu'il se masturbait sans arrêt. Malgré son invraisemblance sur le plan médical, l'histoire n'avait jamais cessé de le poursuivre depuis.

– Ça craint, ai-je dit.

Ben s'est mis à échafauder d'autres plans pour dénicher une cavalière, mais je ne l'écoutais que d'une oreille, parce que, par-delà la foule grandissante qui envahissait le hall, j'avais aperçu Margo Roth Spiegelman. Elle était près de son casier, en compagnie de son copain, Jase. Elle portait une jupe blanche qui lui arrivait aux genoux et un haut bleu imprimé. Je voyais ses clavicules. Elle riait comme une folle à propos de je ne sais quoi, les épaules penchées en avant, ses grands yeux plissés, sa bouche largement ouverte. Mais sans doute pas de quelque chose que Jase lui avait dit, parce que ses yeux n'étaient pas tournés vers lui, mais vers une rangée de casiers de l'autre côté du hall. J'ai suivi son regard et vu Becca Arrington enroulée autour d'un joueur de base-ball comme une guirlande autour d'un sapin de Noël. J'ai souri à Margo, même si elle ne me voyait pas.

— Mon pote, il faut que tu comprennes un truc. Oublie Margo. Il y a d'autres bombes qu'elle.

Tout en marchant, j'ai continué de lui jeter des coups d'œil à travers la cohue, des instantanés en quelque sorte : une série photographique intitulée *Mortels passant devant la Perfection immobile*. À mesure que je me rapprochais d'elle, je me suis pris à penser qu'après tout elle ne riait peut-être pas. Elle avait dû recevoir un cadeau ou une surprise ou autre chose. On aurait dit qu'elle ne pouvait plus refermer la bouche.

— T'as raison, ai-je dit à Ben, ne l'écoutant toujours que d'une oreille distraite, tout en m'efforçant de voir le plus possible d'elle sans me faire repérer.

Ce n'était pas tant qu'elle était jolie. Elle était impressionnante, au sens propre du terme. Et puis, on s'est trouvés trop éloignés, avec trop de gens entre elle et moi, et je ne suis jamais parvenu à m'approcher suffisamment pour l'entendre ou du moins savoir quelle était cette chose désopilante. Ben secouait la tête, parce qu'il m'avait déjà surpris un millier de fois en train de la dévorer des yeux, il était habitué.

— Écoute, elle est sexy, d'accord, mais pas à ce point-là. Au fait, tu sais qui l'est vraiment ?

— Qui ? ai-je demandé.

— Lacey, a-t-il répondu, (Lacey étant l'autre meilleure copine de Margo). Et ta mère aussi.

Mon pote, je l'ai vue t'embrasser ce matin et pardonne-moi, mais je te jure que je me suis dit : « Si seulement j'étais Q. Et si seulement j'avais des pénis sur les joues. »

Je lui ai filé un coup de coude dans les côtes, mais mes pensées étaient toujours avec Margo, parce que Margo était le seul mythe vivant habitant à côté de chez moi. Margo Roth Spiegelman, dont le nom aux six syllabes était souvent prononcé avec une sorte d'admiration muette. Margo Roth Spiegelman, dont le récit des aventures épiques traversait le lycée, tel un orage d'été : un vieil homme de Hot Coffee dans le Mississippi lui avait appris à jouer de la guitare dans sa masure. Margo Roth Spiegelman avait passé trois jours dans un cirque qui lui avait trouvé un don pour le trapèze. Margo Roth Spiegelman avait bu une tisane en coulisses avec les Mallionaires à l'issue d'un concert à Saint-Louis, quand tout le monde était au whisky. Margo Roth Spiegelman avait réussi à assister au concert en racontant aux videurs qu'elle était la copine du bassiste. Mais enfin comment se faisait-il qu'ils ne la reconnaissaient pas, franchement les mecs, je m'appelle Margo Roth Spiegelman, si vous pouviez retourner en coulisses demander au bassiste de venir voir à quoi je ressemble, il vous dirait que si je ne suis pas sa copine, il rêverait que je le devienne. Alors les videurs y étaient allés et le bassiste avait dit : « Oui, c'est ma copine, laissez-la entrer. » Et plus tard, il avait essayé de la brancher et elle avait repoussé le bassiste des Mallionaires ?

Ces histoires, quand elles étaient racontées à

d'autres, se terminaient invariablement par des «Tu le crois, ça?».

Ce qui était effectivement difficile, bien qu'elles se soient toutes révélées vraies.

En arrivant à nos casiers, on a trouvé Radar en train de pianoter sur son ordinateur de poche, adossé au casier de Ben.

— Il paraît que tu vas au bal, lui ai-je dit.

Il a levé les yeux une seconde et les a rebaissés aussitôt.

— Je suis en train de dépirater un article d'Omnictionary concernant un ancien président français. Quelqu'un a effacé le contenu cette nuit et l'a remplacé par cette phrase: «Jacques Chirac est un gay», or il se trouve que, tant du point de vue de la vérité des faits que de la syntaxe, c'est faux.

Radar est un contributeur majeur d'Omnictionary, une encyclopédie en ligne créée par des internautes. Il consacre sa vie à la maintenance et au bon fonctionnement d'Omnictionary. Ce qui constitue une des raisons parmi d'autres de mon étonnement quand j'ai su qu'il allait au bal.

— Alors tu vas au bal? ai-je répété.

— Pardon, a-t-il dit sans lever le nez de son ordinateur de poche.

Mon aversion pour le bal était un fait établi. Rien ne me faisait envie, ni les slows, ni les autres danses, ni les robes des filles et sûrement pas le smoking loué. Louer un smoking était pour moi le plus sûr moyen de contracter je ne sais quelle maladie honteuse héritée du précédent détenteur. Et je n'avais aucune envie de devenir le premier puceau au monde à avoir des morpions.

— Mon pote, a dit Ben à Radar, les minettes de troisième sont au courant de l'affaire Ben le Saignant.

Radar a fini par ranger son ordinateur et il a hoché la tête avec sympathie.

— Résultat, a continué Ben, il ne me reste que deux solutions : soit je me dégote une cavalière sur Internet, soit je vais dans le Missouri kidnapper un beau p'tit lot élevé au maïs.

J'avais bien essayé de faire comprendre à Ben que l'expression « beau p'tit lot » était plus sexiste et ringarde que désuète et sympa, mais il n'a pas voulu en démordre. Même sa mère est un beau p'tit lot. Pas moyen de lui faire entendre raison...

— Je demanderai à Angela si elle connaît quelqu'un, a proposé Radar. Note, te dégoter une cavalière risque d'être plus dur que de transformer le plomb en or.

— Te dégoter une cavalière est tellement dur que l'idée en elle-même est utilisée pour couper le diamant, ai-je renchéri.

Radar a donné deux coups de poing dans un casier pour exprimer son approbation, avant d'ajouter :

— Ben, te dégoter une cavalière est tellement dur que le gouvernement américain a décidé que le problème ne pouvait être résolu par la voie diplomatique, mais nécessitait le recours à la force.

J'étais en train de réfléchir à quelque chose d'autre quand on a vu tous les trois en même temps la boîte de stéroïdes anabolisants sur pattes qu'était Chuck Parson s'avancer vers nous avec une idée derrière la tête. Chuck Parson ne participait à aucune activité sportive, car le sport l'aurait détourné de son but ultime dans la vie : être un jour condamné pour meurtre.

— Salut, les tarlouzes ! nous a-t-il crié.
— Chuck, ai-je répondu en y mettant le plus de chaleur possible.

Cela faisait pas mal d'années que Chuck ne nous avait pas cherché de poux dans la tête. Quelqu'un dans le monde merveilleux des jeunes avait promulgué un édit stipulant qu'on devait nous laisser tranquilles. Par conséquent, le fait qu'il nous adresse la parole était en soi inhabituel.

Peut-être est-ce parce que j'avais parlé ou peut-être pas, toujours est-il que c'est de part et d'autre de ma tête qu'il a plaqué ses mains sur le casier et s'est penché vers moi assez près pour que je devine la marque de son dentifrice.

— Qu'est-ce que tu sais sur Margo et Jase ?
— Euh…

J'ai rassemblé toutes les infos que j'avais les concernant : Jase était le premier copain sérieux de Margo Roth Spiegelman. Ils avaient commencé à sortir ensemble à la fin de l'année précédente. Ils étaient tous les deux inscrits à l'université de Floride pour la rentrée prochaine. Jase avait obtenu une bourse grâce au base-ball. Il ne passait jamais chez elle sauf pour venir la chercher. Rien dans le comportement de Margo ne pouvait faire penser qu'elle l'aimait bien, d'un autre côté, rien dans son comportement ne pouvait faire penser qu'elle aimait bien quelqu'un d'autre.

— Rien, ai-je fini par répondre.
— Ne te fous pas de ma gueule, a-t-il grogné.

– Je la connais à peine, ai-je dit, ce qui était devenu vrai.

Il a réfléchi un instant à ma réponse et j'ai fait de mon mieux pour fixer ses yeux rapprochés. Il a fait un signe de tête imperceptible, s'est décollé du casier et il est parti à son premier cours de la matinée : entretien et développement des muscles pectoraux. La seconde sonnerie a retenti. Plus qu'une minute avant les cours. Radar et moi avions maths et Ben trigo. Nos salles de classe étant contiguës, on y est allés ensemble, de front, faisant confiance à la masse de nos camarades pour s'écarter sur notre passage, ce qui fut le cas.

– Te dégoter une cavalière est tellement dur que mille singes, tapant sur mille machines à écrire pendant mille ans, n'arriveraient pas à écrire une seule fois « J'irai au bal avec Ben », ai-je dit.

Ben n'a pu s'empêcher de participer au massacre.

– Mes chances d'aller au bal sont tellement nulles que la grand-mère de Q. m'a envoyé promener. Elle a dit qu'elle attendait l'invitation de Radar.

Radar a hoché lentement la tête :

– C'est vrai, Q. Ta grand-mère adore les Blacks.

C'était dingue à quel point il était facile d'oublier Chuck, de discuter du bal alors que je m'en contrefichais. Voici comment était la vie ce matin-là : rien ne comptait vraiment, ni les bonnes ni les mauvaises choses. On s'évertuait à se distraire mutuellement, et on s'en sortait plutôt bien.

J'ai passé les trois heures suivantes dans une salle de classe, m'efforçant vraiment de ne pas regarder les pendules qui se sont succédé au-dessus des tableaux, sidéré qu'il s'écoulât si peu de minutes entre deux vérifications. J'avais quatre ans d'expérience en la matière et l'inertie des pendules ne cessait de provoquer mon ébahissement. Si on me disait un jour qu'il ne me restait plus que vingt-quatre heures à vivre, je me précipiterais dans une des bienheureuses salles de classe de Winter Park High School, où nul n'ignore qu'un jour dure un millier d'années.

Bien qu'il ait semblé parti pour durer l'éternité, le cours de physique, que j'avais en troisième heure, s'est quand même terminé et je me suis retrouvé à la cafétéria avec Ben. Radar ainsi que la majorité de nos copains avaient cinq heures de cours et déjeunaient après. Par conséquent, Ben et moi mangions généralement seuls, à la même table, séparés par d'autres jeunes qu'on connaissait et qui faisaient partie de la troupe de théâtre. Ce jour-là au menu, il y avait mini-pizza aux poivrons.

– Elle est bonne, ai-je dit.

Ben a approuvé sans conviction.

– Qu'est-ce qu'il y a? ai-je demandé.

– Rien, a-t-il répondu, la bouche pleine, rendant sa réponse inintelligible. (Puis, après avoir avalé sa bouchée :) Je sais que tu trouves ça idiot, mais j'ai envie d'aller au bal.

– 1) Je confirme : je trouve ça idiot ; 2) si tu as envie d'y aller, vas-y ; 3) sauf erreur, tu n'as demandé à personne de t'accompagner.

— J'ai demandé à Cassie Fesse en maths. Je lui ai écrit un mot.

J'ai levé un sourcil interrogateur. Ben a fouillé dans la poche de son short et en a sorti un bout de papier plié en mille. Je l'ai déplié :

Ben,
J'aurais adoré aller au bal avec toi, mais j'ai déjà dit oui à Frank. Pardon !
C.

J'ai replié le mot et le lui ai rendu en le faisant glisser sur la table. Qu'est-ce qu'on avait joué comme parties de foot en papier sur ces tables !

— Ça craint, ai-je dit.
— Je ne te le fais pas dire.

Cernés par le brouhaha ambiant, on s'est tus, puis Ben m'a regardé d'un air très sérieux.

— Je ne te raconte pas comment je vais m'éclater en fac, m'a-t-il déclaré. J'entrerai dans le livre des records à la rubrique : « Plus grand nombre de jolis p'tits lots comblés ».

J'ai ri. J'étais en train de me rappeler que les parents de Radar figuraient pour de bon dans le *Guinness Book* quand j'ai remarqué une ravissante Afro-Américaine, la tête hérissée de dreadlocks, plantée devant notre table. J'ai mis quelques instants à réaliser qu'il s'agissait d'Angela, la fille dont j'avais deviné qu'elle était la copine de Radar.

— Salut, m'a-t-elle dit.
— Salut, ai-je répondu.

J'avais cours avec elle et la connaissais un peu, mais on ne se disait pas bonjour ni rien en se croisant dans les couloirs. Je lui ai fait signe de s'asseoir. Elle a pris une chaise au bout de la table.

— Je suppose que vous êtes ceux qui connaissent le mieux Marcus, a-t-elle dit en nommant Radar par son vrai nom.

Elle s'est penchée vers nous, les coudes sur la table.

— C'est un sale boulot, mais quelqu'un doit le faire, a répondu Ben en souriant.

— Il a honte de moi, à votre avis ?

Ben a éclaté de rire.

— Quoi ? Non, a-t-il répondu.

— Normalement, c'est toi qui devrais avoir honte de lui, ai-je ajouté.

Elle a levé les yeux au ciel avec un sourire de fille habituée aux compliments.

— Mais il ne m'a jamais proposé de faire des trucs avec vous.

— Ohhhhhhh, ai-je dit, pigeant enfin. C'est parce qu'il a honte de nous.

Elle a ri.

— Vous avez l'air normaux.

— Tu n'as jamais vu Ben faire passer de la limonade par son nez en crachant le reste par la bouche.

— Je ressemble à un distributeur d'eau gazeuse déréglé, a-t-il ajouté, pince-sans-rire.

— Vous ne commenceriez pas à vous poser des questions, vous ? On sort ensemble depuis cinq semaines et il ne m'a toujours pas invitée chez lui.

Ben et moi avons échangé un regard entendu et j'ai réprimé un rire.

— Quoi ? a-t-elle demandé.

– Rien, ai-je répondu. Franchement, Angela, s'il t'obligeait à faire des trucs avec nous et s'il te traînait chez lui…

– C'est justement qu'il ne t'aimerait pas, a fini Ben pour moi.

– Ses parents sont bizarres ?

J'ai cherché comment répondre honnêtement à la question.

– Euh, non. Ils sont sympas, ai-je répondu. Je dirais seulement qu'ils sont surprotecteurs.

– C'est ça, surprotecteurs, a renchéri Ben un peu trop vite.

Elle a souri et s'est levée, prétextant quelqu'un à saluer avant la fin du déjeuner. Ben a attendu qu'elle soit hors de portée de voix pour parler.

– Cette fille est super, a-t-il dit.

– Je sais, ai-je approuvé. Je me demande si on ne pourrait pas faire l'échange avec Radar.

– Note, elle n'est peut-être pas aussi performante que lui en ordinateurs. Il nous faut un génie de l'informatique. En plus, je te parie qu'elle est nulle à Résurrection (qui était notre jeu vidéo préféré). Au fait, a ajouté Ben, bravo pour ta trouvaille des parents de Radar surprotecteurs.

– Ce n'est pas à moi de la prévenir, ai-je dit.

– Je me demande combien de temps il lui reste avant de découvrir la résidence-musée de l'équipe Radar, s'est esclaffé Ben.

Notre pause touchait à sa fin, on s'est levés pour déposer nos plateaux sur le tapis roulant. Celui sur lequel Chuck Parson m'avait jeté en troisième, m'offrant un aller simple pour les entrailles terrifiantes de la plonge du bahut. On est allés au casier de Radar devant lequel on l'a attendu et il a déboulé après la première sonnerie.

— J'ai pris une décision en instruction civique : je suis prêt à sucer les roupettes d'un âne si ça me dispense de ce cours jusqu'à la fin du semestre, a-t-il annoncé.

— Tu n'as pas idée à quel point la roupette d'âne est formatrice en matière d'instruction civique, ai-je dit. Au fait, histoire de te faire regretter de ne pas avoir déjeuné en quatrième heure, on a mangé avec Angela.

Ben a souri à Radar d'un air supérieur.

— Elle veut savoir pourquoi elle n'a jamais été invitée chez toi, a-t-il dit.

Radar, qui composait la combinaison de son casier, a soufflé longuement. Si longtemps que j'ai cru qu'il allait tomber dans les pommes.

— Foutaises, a-t-il dit.

— Tu as honte de quelque chose ? ai-je demandé, moqueur.

— La ferme, a-t-il répondu en me donnant un coup de coude dans le ventre.

— C'est charmant chez toi, ai-je dit.

— Sérieusement, mon pote, a ajouté Ben, elle est vraiment sympa. Je ne comprends pas pourquoi tu ne la présentes pas à tes parents, ni ne lui fais les honneurs de Casa Radar.

Radar a jeté ses bouquins dans son casier qu'il a refermé. Le vacarme des conversations autour de nous a diminué imperceptiblement.

— Ce n'est pas ma faute si mes parents ont la plus grande collection au monde de Pères Noël noirs ! a-t-il crié en tournant des yeux implorants vers le ciel.

J'avais entendu Radar dire «La plus grande collection au monde de Pères Noël noirs» pas loin d'un millier de fois dans ma vie, et jamais la phrase n'avait perdu de son pouvoir comique. Mais Radar ne plaisantait pas. Je me rappelle ma première visite chez ses parents. Je devais avoir treize ans. On était au printemps, plusieurs mois après Noël, et pourtant des Pères Noël noirs s'alignaient sur tous les rebords de fenêtre. Des guirlandes en papier à motif de Père Noël noir pendaient de la rampe d'escalier. Des bougies en forme de Père Noël noir décoraient la table de salle à manger. Un tableau de Père Noël noir était suspendu au-dessus de la cheminée dont le manteau était décoré d'une rangée de figurines de Pères Noël noirs. Ils avaient même un distributeur de bonbons Père Noël noir, rapporté de Namibie. Le Père Noël noir lumineux en plastique, qui accueillait les visiteurs, de Thanksgiving au nouvel an, dans le jardin format timbre-poste devant la maison, passait le reste de l'année à monter la garde dans le cabinet de toilette des invités, cabinet de toilette tapissé de papier peint maison décoré de Pères Noël noirs et pourvu d'une éponge en forme de Père Noël. Chaque pièce, à l'exception de la chambre de Radar, était submergée de Pères Noël noirs: en plâtre, en plastique, en marbre, en argile, en bois, en résine, en tissu. En tout, les parents de Radar en avaient plus de mille deux cents de toutes sortes. Comme le revendiquait la plaque apposée à côté de la porte d'entrée, la maison Radar était officiellement classée «curiosité à visiter» par la Société pour la promotion de Noël.

— Tu dois lui cracher le morceau, mon pote, ai-je dit. Il suffit que tu lui dises : «Angela, tu me plais beaucoup, mais il faut que tu saches quelque chose : quand tu viendras à la maison et qu'on se fera des câlins, ce sera sous les deux mille quatre cents yeux de mille deux cents Pères Noël noirs.»

Radar a passé une main dans ses cheveux ras et secoué la tête.

— Entendu. Je ne le lui dirai sans doute pas comme ça, mais je trouverai.

Je suis parti à mon cours d'instruction civique et Ben à un cours facultatif de conception de jeux vidéo. J'ai contemplé des pendules pendant deux heures supplémentaires et quand ce fut terminé, j'ai senti une vague de soulagement irradier de ma poitrine, chaque fin de journée faisant figure d'entraînement pour l'examen qui nous attendait dans moins d'un mois.

Je suis rentré à la maison. Je me suis fait deux sandwichs au beurre de cacahuète et à la confiture, en guise d'apéritif. J'ai regardé du poker à la télé. Mes parents sont arrivés à six heures, ils se sont embrassés, ils m'ont embrassé. On a mangé du gratin de macaronis au dîner. Ils m'ont demandé comment s'était passée ma journée au lycée. Ce qu'il en était du bal. Ils ont dit leur émerveillement de m'avoir si bien élevé. M'ont parlé des gens à qui ils avaient eu affaire ce jour-là et qui n'avaient pas eu la même chance que moi. Ils sont partis regarder la télé. Je suis allé vérifier mes mails dans ma chambre. J'ai rédigé quelques lignes sur *Gatsby le Magnifique* pour mon cours d'anglais. J'ai lu plusieurs articles du *Fédéraliste*, écrit en 1787 en vue de promouvoir la nouvelle Constitution des États-Unis. J'ai chatté avec Ben, puis Radar s'est connecté. Au cours de l'échange, il a casé quatre fois la phrase « La plus grande collection au monde de Pères Noël noirs » et j'ai ri chaque fois. Je lui ai dit que j'étais content qu'il ait une copine. Il a répondu que l'été serait super. J'ai approuvé. On était le 5 mai, mais peu importait. Mes journées avaient un quelque chose d'identique qui me ravissait. Et m'avait toujours plu. J'aimais la routine. J'aimais m'ennuyer. Je m'en défendais, mais c'était un fait. Par conséquent, le 5 mai aurait pu être n'importe quel autre jour, jusqu'à ce que, peu avant minuit, Margo Roth Spiegelman ouvre la fenêtre dépourvue de moustiquaire de ma chambre pour la première fois depuis qu'elle m'avait demandé de la fermer neuf ans plus tôt.

Chapitre 2

Le bruit de la fenêtre qui s'ouvrait m'a fait pivoter sur ma chaise et j'ai rencontré les yeux bleus de Margo. Au début, je n'ai vu qu'eux, mais à mesure que ma vision s'est accommodée, je me suis rendu compte qu'elle avait la figure maquillée en noir et la tête recouverte d'une capuche noire.

— Tu surfes sur un site porno ? a-t-elle demandé.
— Je chatte avec Ben Starling.
— Ça ne répond pas à ma question, espèce de pervers.

J'ai ri d'un air gêné et je suis allé à la fenêtre, devant laquelle je me suis accroupi, son visage à quelques centimètres du mien. Je n'arrivais pas à trouver de raison à sa présence, là.

— Que me vaut le plaisir ? ai-je demandé.

Margo et moi étions en bons termes, du moins il me semble, mais pas au point de nous retrouver en pleine nuit, elle la figure peinte en noir. Elle avait des copains pour ce genre de choses, forcément. Je n'en faisais pas partie.

— J'ai besoin de ta voiture.
— Je n'en ai pas, ai-je dit. (C'était justement mon malheur.)
— Alors j'ai besoin de celle de ta mère.

— Tu en as une, ai-je remarqué.

Margo a gonflé les joues et soupiré.

— Le problème, c'est que mes parents m'ont confisqué les clefs et qu'ils les ont planquées dans un coffre sous leur lit, et Myrna Mountweazel (qui était leur chienne) dort dans leur chambre. Or, chaque fois que Myrna Mountweazel me voit, elle pique une crise. C'est vrai que je pourrais me glisser subrepticement dans la chambre, voler le coffre, le forcer, récupérer les clefs et prendre ma voiture, mais ce n'est même pas la peine d'essayer parce que Myrna Mountweazel se mettrait à aboyer comme une folle à peine aurais-je entrebâillé la porte. Donc, comme je le disais, j'ai besoin d'une voiture. Et aussi d'un chauffeur parce que j'ai onze trucs à faire cette nuit, dont cinq au moins nécessitent l'aide de quelqu'un pour m'enfuir.

Si je laissais mon regard errer dans le vague, Margo se résumait à deux yeux flottant dans l'éther. Et si je fixais de nouveau son visage, j'en devinais le contour, le maquillage encore humide sur sa peau, ses pommettes qui se rejoignaient en pointe pour former son menton, ses lèvres noires comme du jais dessinant un pâle sourire.

— Des crimes en perspective ? ai-je demandé.

— Rappelle-moi si entrer par effraction chez quelqu'un est un crime.

— Non, ai-je répondu d'un ton ferme.

— Non, ce n'est pas un crime ou non, tu ne m'aideras pas ?

— Non, je ne t'aiderai pas. Pourquoi tu ne recrutes pas un de tes sous-fifres pour te servir de chauffeur ?

Lacey et/ou Becca exécutaient toujours ses ordres.

— Elles font partie du problème, a dit Margo.

— Quel problème ?

— Il y en a onze, a-t-elle précisé, un peu excédée.

— Pas de crime.

— Je jure devant Dieu de ne pas te demander de commettre de délit.

Au même instant, la lumière s'est allumée chez Margo. D'un seul et même mouvement coulé, elle a sauté dans ma chambre en roulé-boulé et s'est retrouvée sous mon lit. Deux secondes après, son père débarquait dans le jardin.

— Margo ! Je t'ai vue ! a-t-il crié.

Un juron étouffé m'est parvenu de sous le lit :

— La barbe !

Margo est sortie prestement de sa cachette, elle s'est relevée et elle est allée à la fenêtre.

— Sois sympa, papa. Je parle avec Quentin. Tu n'arrêtes pas de me seriner qu'il pourrait avoir une excellente influence sur moi.

— Tu parles avec Quentin ?

— Oui.

— Alors comment se fait-il que tu aies la figure peinte en noir ?

Margo a eu un bref moment d'hésitation.

— Pour répondre à cette question, il faudrait que je passe plusieurs heures à t'expliquer le contexte et je sais que tu es sûrement fatigué. Alors retourne te c...

— À la maison ! Sur-le-champ ! a-t-il tonné.

Margo m'a attrapé par la chemise et m'a murmuré dans le creux de l'oreille :

– Je reviens dans une minute.
Et elle a enjambé la fenêtre.

Après son départ, je me suis dépêché de prendre mes clefs sur mon bureau. Les clefs étaient à moi, pas la voiture hélas. Pour mes seize ans, j'avais reçu de mes parents un tout petit paquet. J'avais deviné aussitôt qu'il s'agissait de clefs de voiture. J'étais fou de joie car ils n'avaient pas arrêté de dire qu'ils n'auraient pas les moyens de m'en offrir une. Mais en prenant la petite boîte, j'ai compris qu'ils m'avaient fait marcher et accédaient enfin à mes rêves. J'ai déchiré le papier et fait sauter le couvercle de la boîte, qui contenait effectivement une clef.

En y regardant de plus près, j'ai constaté que c'était une clef de Chrysler. D'un monospace Chrysler. Celui de ma mère.

– Tu m'offres une clef de ta voiture ? ai-je demandé à maman.

– Tom, je t'avais dit que ça ferait naître trop d'espoir en lui, a-t-elle expliqué à papa.

– Ne t'en prends pas à moi. Tu es en train de projeter ta propre insatisfaction concernant mes revenus.

– Cette analyse à l'emporte-pièce ne serait pas un peu sournoisement agressive ? a demandé maman.

– Les accusations pompeuses d'agression sournoise ne sont-elles pas sournoisement agressives en elles-mêmes ? a rétorqué papa.

Et ils ont continué sur le même mode pendant un certain temps.

En résumé, j'avais accès au miracle automobile

d'un monospace Chrysler dernier modèle, sauf quand ma mère s'en servait. Or comme elle le prenait tous les matins pour aller travailler, je ne pouvais en profiter que le week-end. Le week-end et aussi en pleine nuit, pourquoi pas.

Margo a mis plus de la minute annoncée pour réapparaître à ma fenêtre, mais guère plus. Durant son absence, je m'étais remis à ressasser.

– J'ai cours demain, lui ai-je dit.

– Oui, je sais. Il y a cours demain et après-demain, et à trop y réfléchir, une fille peut en perdre son latin. Alors, oui, c'est un soir de semaine. Par conséquent, on ferait mieux de se dépêcher, histoire d'être de retour avant demain matin.

– J'hésite.

– Q., a-t-elle dit. Q., mon trésor, depuis combien de temps sommes-nous amis à la vie à la mort ?

– On n'est pas amis, on est voisins.

– Oh! Arrête, Q. Je ne suis pas gentille avec toi, peut-être ? N'ai-je pas ordonné à divers esclaves de te fiche la paix au lycée ?

– Euh…, ai-je dit d'un air dubitatif, bien qu'en définitive j'aie toujours su que nous lui devions de ne plus être importunés par Chuck Parson et sa clique.

Elle a cligné des yeux. Elle s'était maquillée jusqu'aux paupières.

– Q., il faut y aller, a-t-elle dit.

Ce que j'ai fait. J'ai enjambé la fenêtre et on a couru le long de la maison, tête baissée, jusqu'au monospace. On a ouvert les portières et Margo m'a chuchoté de ne pas refermer la mienne à cause du bruit. J'ai mis la voiture au point mort et, poussant du pied sur le sol, je l'ai fait reculer dans l'allée, portières ouvertes. Puis j'ai attendu qu'on ait dépassé quelques maisons avant de mettre le contact et d'allumer les phares. On a refermé nos portières et j'ai roulé à travers l'immensité de Jefferson Park, par ses rues qui serpentaient, avec ses maisons qui avaient encore toutes l'aspect du neuf, l'aspect du plastique, un village-jouet peuplé de dizaines de milliers de personnes réelles.

Margo a pris la parole.

— Le problème, c'est qu'ils s'en fichent en fait. Ils ont juste l'impression que mes exploits déteignent sur eux en mal. Tu sais ce qu'il m'a dit à l'instant ? Il m'a dit : « Ça m'est égal que tu gâches ta vie, mais arrête de nous faire honte devant les Jacobsen qui sont nos amis. » Grotesque. Et tu n'as pas idée des difficultés que j'ai eues pour sortir de cette baraque. Tu connais le subterfuge, dans les films d'évasion, quand le prisonnier met un polochon sous les draps pour faire croire qu'il est dans le lit ?

J'ai acquiescé.

— Eh bien, figure-toi que ma mère a eu le culot de poser une alarme-bébé dans ma chambre, histoire d'écouter ma respiration pendant la nuit ! J'ai été obligée de filer cinq dollars à Ruthie pour qu'elle accepte de dormir dans ma chambre et j'ai glissé le polochon dans son lit (Ruthie était la petite sœur de Margo). Aujourd'hui, c'est devenu carrément Mission impossible. Il fut un temps où je pouvais me tirer discrètement comme tout citoyen américain libre de ses mouvements, enjamber ma fenêtre et sauter du toit. Mais ces jours-ci, j'ai l'impression de vivre sous une dictature fasciste.

— Tu me dirais où on va ?

— En premier, on s'arrête chez Publix. Je t'expliquerai plus tard pourquoi, mais j'aimerais que tu fasses des courses pour moi. Et ensuite, au Walmart.

— Ne me dis pas que l'expédition se résume à une tournée des supermarchés ouverts de nuit en Floride centrale ?

— Ce soir, mon trésor, nous allons redresser un certain nombre de torts. Et tordre un certain nombre de bienfaits. « Les premiers seront les derniers et les derniers seront les premiers », « les plus humbles prendront possession de la terre ». Mais avant de transformer radicalement le monde, on a des courses à faire.

J'ai tourné dans le parking du Publix pratiquement vide et je me suis garé.

— Au fait, tu as combien d'argent sur toi ? a-t-elle demandé.

— Zéro dollar et zéro cent, ai-je répondu.

J'ai coupé le contact et me suis tourné vers elle. Elle s'est tortillée pour glisser la main dans la poche de son jean noir moulant et en a sorti une liasse de billets de cent dollars.

— Heureusement que dans son immense miséricorde, le Seigneur y a pourvu.

— D'où tu sors ce fric ? ai-je dit.

— J'ai puisé dans l'argent de ma bat-mitsva. Je n'ai pas l'autorisation de me servir sur le compte, mais je connais le mot de passe parce que mes parents utilisent toujours le même : « myrna-mountw3az31 ». J'ai fait une ponction.

J'ai essayé de dissimuler mon inquiétude en clignant des yeux, mais elle a intercepté le regard que je lui lançais et m'a fait un petit sourire enjôleur.

— En gros, tu vas passer la meilleure soirée de ta vie, a-t-elle dit.

Chapitre 3

Le problème avec Margo Roth Spiegelman, c'est qu'en sa compagnie je ne savais rien faire sinon la laisser parler, et ensuite, quand elle se taisait, l'encourager à continuer pour les raisons que voici : 1) j'étais amoureux d'elle, incontestablement ; 2) elle était unique à tous les égards et 3) elle ne me posait jamais vraiment de questions, par conséquent, le seul moyen d'éviter le silence était de l'inciter à parler.

Et donc sur le parking du Publix, elle a dit :

— Bon. Je t'ai fait une liste. Si tu as des questions, appelle-moi sur mon portable. Au fait, ça me rappelle que j'ai pris la liberté de ranger quelques affaires à l'arrière de la voiture un peu plus tôt.

— Comment ça ? Avant que je te donne mon accord ?

— Oui. Je confirme, oui. Bref, n'hésite pas à m'appeler en cas de besoin, mais pour la vaseline, prends le maxi-tube. Il y a un modèle bébé, un modèle maman et un modèle gros papa joufflu, c'est celui-là qu'il nous faut. Si par hasard, il n'y en avait pas, prends trois modèles maman.

Elle m'a tendu la liste accompagnée d'un billet de cent dollars.

— Ça devrait suffire, a-t-elle dit.
La liste de Margo :

3 Poissons-chats, emballés séparément
Crème dépilatoire (c'est pour se raser les jambes, Sauf que tu n'as pas Besoin de rasoir. Tu la trouveras au rayon trucs de Filles)
Vaseline
Six cannettes de Soda
Une douzaine de Tulipes
une Bouteille D'Eau
Mouchoirs en papier
une Bombe de peinture Bleue

— Drôle d'usage des majuscules, ai-je fait remarquer.
— Oui, je suis une fervente adepte de la majuscule aléatoire. Les règles qui régissent les majuscules sont trop injustes vis-à-vis des mots du milieu.

Maintenant j'ignore ce qu'il convient de dire à une caissière devant laquelle on dépose à minuit et demi sur son tapis roulant cinq kilos huit de poisson, un tube de crème dépilatoire, un autre de vaseline taille gros papa joufflu, six cannettes de soda, une bombe de peinture bleue et une douzaine de tulipes.
— Ce n'est pas aussi bizarre qu'il y paraît, ai-je dit finalement.
La femme s'est raclé la gorge, mais sans lever les yeux.
— Si, c'est quand même bizarre, a-t-elle marmonné.

– Je te rappelle que je ne veux pas d'ennuis, ai-je dit à Margo une fois de retour au monospace, pendant qu'elle retirait le noir de son visage à l'aide de mouchoirs en papier imbibés d'eau. (Elle n'avait manifestement eu besoin de ce maquillage que pour s'échapper de chez elle.) Dans la lettre que j'ai reçue de la fac de Duke, il est clairement stipulé que mon admission sera annulée si je me fais arrêter, ai-je poursuivi.

– Tu es du genre angoissé, Q.

– Promets-moi de ne pas m'attirer d'ennuis, ai-je dit. Je veux bien m'amuser, mais pas aux dépens de mon avenir.

Elle s'est tournée vers moi, le visage à nu cette fois, un embryon de sourire aux lèvres.

– Je suis sidérée que tu puisses trouver un quelconque intérêt à tout ce machin.

– Hein ?

– La fac : être admis ou pas. Les ennuis : les éviter ou pas. Le lycée : décrocher un A ou un D. Carrière : en avoir ou pas. Maison : grande ou petite, propriétaire ou locataire. Argent : en gagner ou pas. Ça me fait mourir d'ennui.

J'ai commencé à m'insurger, à expliquer qu'elle ne s'en fichait pas autant qu'elle le prétendait puisqu'elle avait de bonnes notes et que, à la rentrée, elle suivrait les cours avancés de l'université de Floride.

– Walmart ! a-t-elle dit pour toute réponse.

On y est entrés tous les deux. Margo a pris ce que les publi-reportages appellent un Club et qui sert à bloquer le volant d'une voiture.

— Tu m'expliques à quoi le Club va nous servir, ai-je demandé alors qu'on traversait le rayon habillement pour ados.

Elle s'est débrouillée pour ne pas me répondre, se lançant dans un de ces monologues farfelus dont elle avait le secret.

— Tu savais que, durant une bonne partie de son histoire, l'homme a eu une longévité qui n'excédait pas trente ans ? On pouvait espérer jouir de dix ans de vie d'adulte tout au plus. Personne ne faisait de plan de carrière. Personne ne pensait à sa retraite. Personne ne faisait de plan du tout. Pas de temps pour les plans. Pas de temps pour l'avenir. Puis la durée de vie s'est allongée et les gens ont eu de plus en plus d'avenir, et par voie de conséquence, ils ont consacré plus de temps à y réfléchir. À l'avenir. Et aujourd'hui, la vie est devenue l'avenir. Chaque instant est vécu pour l'avenir : on va au lycée en vue d'aller en fac en vue de décrocher un bon boulot en vue d'avoir une jolie maison en vue de pouvoir payer des études supérieures à ses enfants de façon qu'ils décrochent un bon boulot en vue d'avoir une belle maison en vue de payer des études supérieures à leurs gosses.

Je sentais que le seul but des divagations de Margo était de lui éviter de répondre à ma question. Je la lui ai donc répétée :

— En quoi le Club va-t-il nous servir ?

Elle m'a tapoté doucement le dos.

— Il est clair que tu auras toutes les réponses avant la fin de la nuit.

Au rayon fournitures pour bateaux, elle s'est arrêtée sur un avertisseur sonore à air, qu'elle a sorti de sa boîte et brandi.

– Non ! ai-je dit.
– Non, quoi ?
– Non, ne le fais pas marcher.

Mais je n'avais pas fini de prononcer le « n » de « ne » qu'elle pressait la poire de l'avertisseur et que le coup de Klaxon assourdissant qui en est sorti manquait de me faire exploser les tympans.

– Excuse-moi, mais je n'ai pas entendu, tu disais ? a-t-elle demandé.

– Arrête de...

Et elle a recommencé.

Un employé de chez Walmart à peine plus âgé que nous est arrivé.

– Hé, vous ! c'est interdit de faire hurler ce truc ici, a-t-il dit.

– Pardon, je ne savais pas, a répondu Margo avec une sincérité apparente.

– Pas de problème. Je m'en fiche, en fait.

On était arrivés au bout de la conversation, mais le type n'arrivait pas à détacher ses yeux de Margo et franchement, comment lui en vouloir, il était difficile de faire autrement.

– Tu fais quoi, ce soir ? a-t-il fini par demander.

– Pas grand-chose. Et toi ? a répondu Margo.

– Je quitte à une heure et j'ai prévu d'aller dans un bar d'Orange, ça te dirait ? Mais il faudra que tu déposes ton frère avant, ils sont super stricts sur l'âge.

Son quoi ?

– Je ne suis pas son frère, ai-je dit en fixant ses baskets.

– En fait, c'est mon cousin, a-t-elle menti, en se rapprochant de moi et en me prenant par la taille.

J'ai senti la pression de ses doigts sur ma hanche.

— Et mon amant, a-t-elle ajouté.

Le type a levé les yeux au ciel et s'est éloigné. La main de Margo s'est attardée encore un peu et j'en ai profité pour la prendre dans mes bras.

— Tu es ma cousine préférée, lui ai-je déclaré.

Elle m'a souri et, me repoussant doucement d'un coup de hanche, elle s'est dégagée avec une pirouette.

— Comme si je ne le savais pas, a-t-elle dit.

Chapitre 4

Suivant les instructions de Margo, on roulait sur l'I-4, divinement dégagée. L'horloge du tableau de bord indiquait : 01 h 07.

– C'est beau, non ? a-t-elle dit, le visage tourné vers la vitre, de sorte que je le voyais à peine. J'adore rouler la nuit à la lumière des réverbères.

– Lumière, le rappel visible de l'invisible lumière, ai-je dit.

– Magnifique ! s'est-elle exclamée.

– T. S. Eliot. Tu l'as lu aussi, l'an dernier en anglais.

En réalité, je n'avais pas lu en entier le poème d'où ce vers était tiré, mais certains passages étaient restés gravés dans ma mémoire.

– Oh, c'est une citation ! a-t-elle laissé échapper, un peu déçue.

J'ai vu qu'elle avait posé la main sur la console centrale. J'aurais pu en faire autant et dans ce cas, nos mains auraient été au même endroit, au même moment. Mais j'ai renoncé.

– Tu peux répéter ? a-t-elle demandé.

– Lumière, le rappel visible de l'invisible lumière.

– C'est sublime ! Ça a dû t'aider avec ta copine.

– Ex-copine, ai-je corrigé.

– Suzie t'a larguée ? a demandé Margo.
– Pourquoi tu dis ça ?
– Oh, pardon !
– Note, c'est vrai, ai-je reconnu.

Margo a ri. La rupture avait eu lieu plusieurs mois auparavant, mais je ne lui en voulais pas de ne pas réussir à s'intéresser aux idylles de basse extraction. Ce qui se passait dans la salle de répète restait dans la salle de répète.

Elle a posé les pieds sur le tableau de bord et parlé en agitant les orteils en rythme. Elle parlait toujours de cette façon, avec cette cadence particulière, comme si elle récitait de la poésie.

– Écoute, je suis navrée d'apprendre ça. Mais on est deux. Le charmant copain avec lequel je sortais depuis des mois se tape ma meilleure amie.

J'ai tourné la tête vers elle, mais elle avait les cheveux dans la figure et je n'ai pas pu voir si elle plaisantait.

– C'est une blague ?

Elle n'a pas répondu.

– Mais tu riais avec lui ce matin. Je t'ai vue.

– Je ne sais pas de quoi tu parles. J'ai appris la nouvelle avant le premier cours et je les ai trouvés tous les deux en train de discuter. Je me suis mise à hurler que j'allais les tuer et Becca a couru se réfugier dans les bras de Clint Bauer pendant que Jase restait planté là comme un crétin avec la bave qui coulait de sa bouche puante.

Je m'étais totalement mépris sur la scène du hall.

– C'est bizarre parce que ce matin Chuck Parson est venu me demander ce que je savais sur Jase et toi.

– Je suppose que Chuck obéissait aux ordres. Il essayait probablement de savoir qui était au courant pour le répéter à Jase.
– Mais qu'est-ce qui lui a pris de sortir avec Becca ?
– Elle n'est pas connue pour sa personnalité, ni sa générosité, ni son esprit, alors c'est probablement parce qu'elle est sexy.
– Pas autant que toi, ai-je dit sans réfléchir.
– Il m'a toujours semblé ridicule qu'on puisse avoir envie de sortir avec quelqu'un sous prétexte qu'il était beau. Ce serait comme choisir ses céréales en fonction de la couleur et non du goût. Au fait, c'est la prochaine sortie. Mais je ne suis pas belle, pas de près en tout cas. En général, plus on s'approche de moi et moins on me trouve sexy.
– C'est…
– Laisse tomber, m'a-t-elle coupé.

J'ai trouvé particulièrement injuste qu'un trou-du-cul comme Jason Worthington puisse coucher avec Margo et Becca, alors qu'un individu hautement sympathique comme moi ne couchait ni avec l'une ni avec l'autre (ni avec personne, en l'occurrence). Cela dit, je pense être le genre de garçon qui ne sortirait pas avec Becca Arrington. Elle est peut-être sexy, mais elle est également 1) d'une insipidité agressive et 2) remporte haut la main le titre de reine des garces. Ceux d'entre nous qui fréquentaient la salle de répète soupçonnaient depuis longtemps que Becca gardait sa ligne de rêve en ne se nourrissant que d'âmes de chatons et de rêves d'enfants pauvres.

— Becca craint, ai-je dit dans le but de relancer la conversation.

— Oui, a approuvé Margo, la tête tournée vers la vitre, la lumière des réverbères se reflétant sur ses cheveux.

L'espace d'une seconde, j'ai cru qu'elle pleurait, mais elle s'est vite reprise, a remonté sa capuche et s'est penchée pour prendre le Club dans le sac Walmart.

— En tout cas, on va bien se marrer, a-t-elle dit en déchirant l'emballage.

— Je peux te demander où on va maintenant ?

— Chez Becca.

— Oh, oh, ai-je dit en m'arrêtant à un stop.

J'ai mis la voiture sur la position « Park » et expliqué à Margo que je la raccompagnais chez elle.

— Pas de crime. Promis. Il faut trouver la voiture de Jase. Becca habite dans la prochaine rue à droite, mais il ne se garerait pas devant chez elle parce que ses parents sont là. Essaie la suivante. C'est le premier réflexe, a-t-elle dit.

— D'accord, ai-je acquiescé, mais après on rentre.

— Non, ensuite on passe à la phase deux de onze.

— Margo, ce n'est pas une bonne idée.

— Roule, a-t-elle dit.

Alors j'ai roulé. On a trouvé la Lexus de Jase garée deux pâtés de maisons plus loin, dans une impasse. Je ne m'étais pas arrêté que Margo sautait du monospace, le Club à la main. Elle a ouvert la portière de la Lexus, côté conducteur, s'est glissée sur le siège et a fixé le Club au volant. Puis elle a refermé la portière sans bruit.

— Ce salopard ne verrouille jamais sa voiture, a-t-elle grommelé en remontant dans le monospace.

Puis elle a glissé la clef du Club dans sa poche et m'a ébouriffé les cheveux.

— Phase un : accomplie. Maintenant, chez Becca.

Margo m'a détaillé les phases deux et trois pendant que je conduisais.

— Je reconnais que c'est génial, ai-je dit, et pourtant j'étais sur le point d'exploser d'anxiété.

J'ai pris la rue de Becca et je me suis garé deux maisons après le pseudo-manoir de ses parents. Margo s'est faufilée à l'arrière du monospace pour récupérer des jumelles et un appareil photo numérique. Elle a regardé la maison aux jumelles, puis me les a tendues. Une lumière était allumée à l'entresol, mais aucun mouvement n'était perceptible. J'étais sidéré que l'habitation ait un entresol dans la mesure où, dans les environs d'Orlando, il suffit d'à peine creuser pour trouver de l'eau.

J'ai sorti mon portable de ma poche et composé le numéro que Margo me dictait. La sonnerie a retenti une fois, deux fois, puis un homme à la voix endormie a répondu.

— Allô ?
— M. Arrington ? ai-je demandé.

Margo tenait à ce que ce soit moi qui appelle car personne ne reconnaîtrait ma voix.

— Qui est-ce ? Mais quelle heure est-il ?
— Monsieur, je tiens à vous informer que votre fille est en train de faire l'amour avec Jason Worthington chez vous à l'entresol.

Et j'ai raccroché. Phase deux : accomplie.

On a ouvert nos portières à la volée et on a foncé dans la rue jusqu'à la haie qui ceinturait le jardin de Becca, derrière laquelle on s'est aplatis. Margo m'a donné l'appareil numérique et j'ai regardé la lumière s'allumer dans une chambre du premier, puis dans l'escalier, puis dans la cuisine et enfin dans l'escalier qui menait à l'entresol.

— Le voilà ! a chuchoté Margo.

Je n'ai pas compris de quoi elle parlait jusqu'à ce que j'aperçoive du coin de l'œil Jason Worthington, torse nu, en train de se faufiler par la fenêtre. Il a filé en quatrième vitesse par la pelouse, sans rien sur le dos à part son caleçon. Quand il a été assez près, je me suis levé d'un bond et je l'ai pris en photo, m'acquittant ainsi de la phase trois avec succès. Le flash nous a surpris tous les deux. Jase a sondé l'obscurité en clignant des yeux dans ma direction pendant une seconde d'une intensité inouïe, avant de reprendre sa course dans la nuit.

Margo a tiré sur ma jambe de pantalon. Je l'ai regardée et j'ai vu qu'elle souriait d'un air béat. Je lui ai tendu la main pour qu'elle se relève et on a rejoint la voiture à fond de train.

— Montre-moi la photo, m'a-t-elle dit au moment où je mettais la clef de contact.

Je lui ai rendu l'appareil et, en voyant l'expression ahurie peinte sur le visage pâle de Jason Worthington, je n'ai pas pu m'empêcher de rire.

— Oh, là, là, s'est exclamée Margo en me montrant quelque chose.

Dans sa précipitation, Jason n'avait, semble-t-il, pas rangé Jason junior dans son caleçon et ce dernier se trouvait immortalisé par la magie du numérique, ballottant au vent.

– C'est un pénis, a commenté Margo, au même titre que Rhode Island est un État. Il est peut-être chargé d'histoire, mais il ne brille pas par sa taille.

J'ai tourné les yeux vers la maison et constaté que la lumière était éteinte à l'entresol. J'ai eu soudain pitié de Jason. Ce n'était pas sa faute s'il était pourvu d'un pénis riquiqui et si sa copine avait un talent fou pour la vengeance. Certes, mais en sixième, le même Jase avait promis de ne pas me frapper sur le bras si je mangeais un ver de terre vivant. Je m'étais exécuté et il m'avait donné un coup de poing en pleine figure. Ma pitié s'est vite dissipée.

En me tournant vers Margo, j'ai vu qu'elle observait la maison aux jumelles.

– Il faut qu'on passe par l'entresol, a-t-elle dit.
– Quoi ? Pourquoi ?
– Phase quatre : récupérer les fringues de Jase au cas où il essaierait de revenir en douce. Phase cinq : laisser un poisson à Becca.
– Non.
– Si. Tout de suite. Becca est en haut, en train de se faire engueuler par ses parents. Mais combien de temps va durer le speech ? Qu'est-ce qu'ils peuvent bien lui dire ? « Tu ne devrais pas te taper le copain de Margo à l'entresol. » Quelque chose qui tient en gros en une phrase. Par conséquent, on doit se grouiller.

Margo est sortie de voiture, la bombe de peinture bleue dans une main et un poisson dans l'autre.

– C'est une mauvaise idée, ai-je murmuré, mais

je l'ai suivie, le dos courbé, comme elle, jusqu'à la fenêtre de l'entresol restée ouverte.

– Je passe en premier, a-t-elle dit.

Elle est entrée par les pieds.

– Je ne pourrais pas faire le guet ? ai-je demandé, alors qu'elle prenait appui sur le bureau de Becca, la moitié du corps dedans et l'autre dehors.

– Dépêche-toi de ramener ton petit cul maigrichon par ici, a-t-elle répondu.

J'ai obtempéré, ramassant en quatrième vitesse les fringues de garçon qui traînaient sur la moquette lavande de Becca. Un jean avec une ceinture en cuir, une paire de tongs, une casquette de base-ball à l'effigie des Wildcats de Winter Park High School et un polo bleu layette. Je me suis tourné vers Margo, qui m'a tendu le poisson et un stylo violet vif appartenant à Becca. Et m'a dicté ce mot :

Ceci est Un message de Margo roth Spiegelman : votre Amitié dort Avec les poissons, Comme dirait Sal tessio dans Le Parrain.

Margo glissait le poisson dans une pile de shorts à l'intérieur du placard de Becca quand j'ai entendu des pas au-dessus de notre tête. Je lui ai donné une tape sur l'épaule, les yeux exorbités. Elle s'est contentée de sourire et a brandi paresseusement la bombe de peinture. Je me suis coulé dehors par la fenêtre et en me retournant, je l'ai vue se pencher sur le bureau de Becca et secouer calmement la bombe. D'un geste élégant (le même que celui de Zorro traçant son Z), elle a peint un M. majuscule sur le mur au-dessus.

Puis elle a tendu les mains vers moi pour que je la hisse à l'extérieur.

— Bob! a hurlé une voix haut perchée tandis que Margo se relevait à peine.

J'ai ramassé les fringues et pris mes jambes à mon cou, Margo sur mes talons.

J'ai entendu, sans le voir, la porte d'entrée de chez Becca s'ouvrir avec fracas, mais je ne me suis pas arrêté ni retourné, même quand une voix de stentor a hurlé :

— Restez où vous êtes !

Même quand j'ai reconnu le son inimitable d'un fusil qu'on arme.

— Flingue, a grommelé Margo derrière moi, sans marquer d'émotion particulière, plutôt sur le ton de l'observation.

Mais au lieu de contourner la haie, j'ai plongé par-dessus, tête la première. J'ignore comment je comptais atterrir (peut-être d'une roulade artistique ou autre), mais en tout cas, je suis retombé sur la chaussée, sur l'épaule gauche, en fait. Heureusement le tas de vêtements a touché le sol en premier, amortissant le choc.

J'ai laissé échapper un juron et je n'avais pas essayé de me redresser que j'ai senti les mains de Margo me tirer. On s'est retrouvés dans la voiture et j'ai fait marche arrière, toutes lumières éteintes. C'est d'ailleurs comme ça que j'ai failli renverser l'inter de l'équipe de base-ball des Wildcats de Winter Park High School, à moitié nu. Jase courait à toutes jambes, mais de façon erratique. Une nouvelle pointe de remords m'a assailli en le dépassant, j'ai descendu à moitié ma vitre et jeté son polo vers lui. Je ne pense pas qu'il nous ait vus, Margo ou moi, et naturellement il ne pouvait pas reconnaître le monospace car – je ne voudrais pas paraître amer en revenant sur le sujet – je ne peux pas m'en servir pour aller au lycée.

– Qu'est-ce qui t'a pris de faire ça? a demandé Margo au moment où j'allumais les lumières et tâchais de retrouver, en marche avant cette fois, le chemin de l'autoroute à travers le labyrinthe des quartiers périphériques.

– J'ai eu pitié de lui.

– De lui? Pourquoi? Parce qu'il me trompe depuis six semaines? Parce qu'il m'a probablement refilé je ne sais quelle maladie? Parce que ce crétin répugnant sera probablement riche et heureux le restant de sa vie, prouvant ainsi l'injustice patente de l'Univers?

– Il avait l'air aux abois.

– Laisse tomber. On va chez Karin. Elle habite sur Pennsylvania à côté de chez le marchand de vins.

– Ce n'est pas la peine d'être en pétard contre moi. Un type vient de me menacer avec son flingue parce que je t'aidais, alors arrête de m'en vouloir.

– Je ne suis pas furax contre toi! a hurlé Margo en tapant du poing sur le tableau de bord.

– Je te signale que tu hurles.

– J'ai cru que, peut-être… laisse tomber. Peut-être, il ne m'avait pas trompée.

– Oh!

– C'est Karin qui m'a raconté. Et je suppose que plein de gens étaient au courant depuis longtemps. Personne ne m'a rien dit. J'ai cru qu'elle essayait de faire des histoires ou je ne sais quoi.

– Je suis désolé, ai-je dit.

– Ouais. Ouais. Je n'en reviens pas d'être aussi atteinte.

— J'ai le cœur qui bat la chamade.
— C'est le signe qu'on prend véritablement son pied, a dit Margo.
En réalité, je n'avais pas l'impression de prendre mon pied, mais plutôt de frôler la crise cardiaque. Je me suis rangé sur le parking d'un centre commercial et j'ai appuyé le doigt sur ma jugulaire, un œil sur la pendule numérique qui égrenait les secondes. En me tournant vers Margo, j'ai constaté qu'elle levait les yeux au ciel.
— Mon pouls est anormalement élevé, ai-je expliqué.
— Je ne me rappelle même pas la dernière fois où je me suis mise dans un état pareil pour quelque chose d'équivalent. L'adrénaline dans la gorge et les poumons qui se dilatent.
— Inspirer par le nez, expirer par la bouche.
— Tes petites angoisses sont trop…
— Mignonnes ? ai-je suggéré.
— Est-ce ainsi qu'on dit puériles, de nos jours ? a-t-elle demandé, moqueuse.
Margo s'est faufilée à l'arrière pour prendre une trousse. Combien d'affaires avait-elle entreposées là ? me suis-je demandé. Elle a ouvert la trousse et sorti un flacon de vernis à ongles d'un rouge tellement foncé qu'il en paraissait noir.
— Le temps que tes palpitations s'arrêtent, je me fais les ongles, a-t-elle dit en me souriant à travers sa frange. Prends ton temps.
Et on est restés là. Elle, son vernis en équilibre sur le tableau de bord, et moi, un doigt tremblant tâtant mon pouls. Le vernis avait une belle couleur et Margo de jolies mains, plus fines, plus osseuses que le reste de son corps tout en formes

et courbes douces. Elle avait le genre de doigts auxquels on aurait aimé entrelacer les siens. Je me les suis rappelés sur ma hanche chez Walmart, c'était si loin déjà. Les battements de mon cœur se sont calmés. Et je me suis efforcé de me convaincre que Margo avait raison. Il n'y avait pas de quoi avoir peur, pas dans cette petite ville par cette nuit paisible.

Chapitre 5

— Phase six, a dit Margo en agitant les doigts en l'air, comme si elle jouait du piano, une fois qu'on s'est remis à rouler. Dépôt de bouquet devant chez Karin avec mot d'excuse, a-t-elle expliqué.
— Qu'est-ce que tu lui as fait ?
— Après qu'elle m'a mise au courant pour Jase, je l'ai comme qui dirait descendue en flammes.
— Comment ça ?

On était arrêtés à un feu et des ados à côté de nous faisaient rugir le moteur de leur voiture de sport (comme si j'allais faire la course avec la Chrysler ! Quand on appuyait à fond sur le champignon, elle couinait).

— Je ne me rappelle plus exactement de quoi je l'ai traitée, mais c'était quelque chose comme : « Sale garce pleurnicharde, répugnante imbécile acnéique, tu as vu tes dents pourries et ton gros pétard, tu as les cheveux les plus immondes de toute la Floride », ce qui en dit long.
— Ses cheveux sont ridicules.
— Je sais. C'est la seule chose vraie la concernant dans tout ce que je lui ai sorti. Quand on traite les gens de tous les noms, il vaut mieux éviter les faits avérés, car on ne peut décemment

pas les retirer. Il y a balayage. Il y a mèches. Et il y a rayures de putois.

Pendant qu'on se rapprochait de chez Karin, Margo a disparu à l'arrière où elle a pris le bouquet de tulipes. Elle avait scotché un mot à une des tiges, plié de telle sorte qu'il avait la forme d'une enveloppe. Aussitôt la voiture arrêtée, elle m'a tendu le bouquet avec lequel j'ai couru le long du trottoir, avant de le déposer sur le seuil de la maison de Karin et de revenir en vitesse au monospace.

— Phase sept, a annoncé Margo dès que je suis remonté en voiture. Laisser un poisson à l'intention de l'adorable M. Worthington.

— Je suppose qu'il n'est pas encore rentré chez lui, ai-je dit, un soupçon de pitié dans la voix.

— J'espère que les flics le retrouveront d'ici une semaine dans un fossé, affolé et nu, a dit Margo sereinement.

— Rappelle-moi de ne jamais contrarier Margo Roth Spiegelman, ai-je marmonné.

Elle a ri.

— Blague à part, on fait s'abattre un déluge de feu sur nos ennemis.

— Tes ennemis, ai-je corrigé.

— On verra, a-t-elle ajouté rapidement avant de retrouver sa bonne humeur. C'est moi qui m'y colle cette fois. Le problème chez Jason, c'est le système de sécurité hypersophistiqué. Or on ne peut pas se payer le luxe d'une deuxième attaque de panique.

— Hum.

Jason habitait plus bas que chez Karin, un lotissement friqué appelé Casavilla. Toutes les maisons de Casavilla sont de style espagnol, toit en tuiles rouges, etc., sauf qu'elles n'ont pas été construites par des Espagnols, mais par le père de Jason, un des promoteurs immobiliers les plus prospères de Floride.

— Grosses maisons laides pour grosses personnes laides, ai-je dit à Margo en pénétrant dans le lotissement.

— Pas de changement. Si jamais je devenais le genre de femme à avoir une baraque de sept pièces avec un seul gosse, fais-moi le plaisir de me descendre.

Je me suis garé en face de la maison, une monstruosité architecturale qui aurait ressemblé à une hacienda surdimensionnée s'il n'y avait eu les trois énormes colonnes doriques qui montaient jusqu'au toit. Margo a pris le deuxième poisson sur le siège arrière, elle a retiré le capuchon de son stylo avec les dents et griffonné d'une écriture qui ne ressemblait pas à la sienne :

L'amour de MS Pour toi Dort Avec les Poissons.

— Laisse le moteur tourner, a-t-elle dit en enfilant la casquette de Jase à l'envers.

— D'accord.

— Reste en « Drive ».

— D'accord, ai-je répété, sentant mon pouls s'accélérer.

Inspirer par le nez, expirer par la bouche. Inspirer par le nez, expirer par la bouche. Poisson-chat et bombe de peinture en main, Margo a ouvert sèchement sa portière, elle a traversé la luxueuse pelouse des Worthington au triple galop et s'est cachée derrière un chêne. Elle m'a fait un signe de la main auquel j'ai répondu, puis elle a pris une inspiration exagérément profonde, a dégonflé les joues, s'est retournée et a repris sa course.

Elle n'avait pas fait un pas que la maison s'est illuminée, tel un sapin de Noël municipal, et qu'une sirène s'est mise à beugler. J'ai envisagé un instant de l'abandonner à son triste sort, mais j'ai continué d'inspirer par le nez, d'expirer par la bouche, tandis qu'elle courait vers la maison. Je l'ai vue balancer le poisson à travers une fenêtre, mais les hurlements de la sirène étaient tellement stridents que je n'ai pas entendu le verre se briser. Ensuite, comme elle est Margo Roth Spiegelman, elle a pris son temps pour tracer un joli M. à la peinture sur la vitre restée intacte. Maintenant elle courait à perdre haleine pour rejoindre la voiture. J'avais un pied sur l'accélérateur, l'autre sur le frein, et à ce moment précis, l'impression d'avoir un pur-sang entre les mains. Margo courait tellement vite qu'elle a perdu sa casquette, qui s'est envolée derrière elle. Puis elle a sauté dans la voiture et j'ai démarré avant même qu'elle referme sa portière.

Au bout de la rue, je me suis arrêté au stop.

– Qu'est-ce qui te prend ? Fonce, fonce, fonce ! a hurlé Margo.

– Tu as raison, ai-je approuvé, me souvenant que j'avais envoyé balader toute prudence.

J'ai brûlé les trois autres stops de Casavilla et on avait parcouru plus de un kilomètre sur Pennsylvania Avenue quand une voiture de flics nous a croisés dans un rugissement de moteur, gyrophare allumé.

– Ce fut chaud, a dit Margo. Même pour moi. Pour m'exprimer comme Q., j'ai le pouls élevé.

– Tu peux m'expliquer pourquoi tu n'as pas laissé le poisson dans sa voiture ? Ou devant sa porte ?

– Je veux que s'abatte un déluge de feu, Q., pas une averse.

– Dis-moi que la phase huit fera moins peur.

– Ne t'inquiète pas. La phase huit est un jeu d'enfants. On retourne à Jefferson Park. Chez Lacey. Tu connais son adresse ?

Je la connaissais, bien que pour rien au monde Lacey Pemberton n'aurait daigné m'inviter chez elle. Elle habitait de l'autre côté de Jefferson Park, à plus de un kilomètre de chez moi, dans un joli petit immeuble au-dessus d'une papeterie (dans le même pâté de maisons que celui de notre macchabée, en fait). Je m'étais déjà rendu dans cet immeuble car mes parents y avaient des amis au troisième étage. Il fallait franchir deux grilles fermées à clef avant de pouvoir accéder à l'immeuble proprement dit. Même Margo Spiegelman n'aurait pu y pénétrer par effraction.

– Lacey est à classer dans les gentilles ou dans les méchantes ? ai-je demandé.

– Méchantes sans hésitation, a répondu Margo, la tête vers la vitre, me tournant le dos, si bien que je l'entendais à peine. On était copines depuis la maternelle.

– Et ?

– Elle ne m'a pas raconté pour Jase. Mais ce n'est pas tout. Rétrospectivement, je me rends compte qu'elle n'a pas été une bonne amie. Par exemple, tu me trouves grosse ?

– Tu es folle, me suis-je récrié. Tu n'es...

Je me suis mordu la langue pour ne pas dire : *pas maigre, mais c'est tout l'intérêt. Tu ne ressembles pas à un garçon*.

– Il ne faut pas que tu perdes de poids, ai-je conclu à la place.

Elle a ri en agitant son doigt vers moi.

– Tu adores mon gros derrière, voilà tout.

J'ai détourné les yeux un instant de la chaussée pour la regarder et je n'aurais pas dû, car elle pouvait lire en moi comme dans un livre ouvert. Et le livre disait clairement : « D'abord, je trouve que le terme de "gros" ne convient pas à ton postérieur, je dirais plutôt qu'il est imposant. » Et même, c'était réducteur. On ne pouvait séparer Margo, la personne, de Margo, le corps. Impossible de voir l'une sans voir l'autre. Dans ses yeux, ce qui frappait, c'était tout à la fois le bleu et la personnalité. Pour résumer, impossible de dire que Margo Roth Spiegelman était grosse, ou qu'elle était maigre, pas plus qu'on ne pouvait dire de la tour Eiffel qu'elle était ou non solitaire. La beauté de Margo me faisait penser à un réceptacle hermétique renfermant la perfection, un réceptacle intouché, intouchable.

– Elle n'arrêtait pas de me faire des remarques, a poursuivi Margo. « Je te prêterais bien ce short, mais je ne pense pas qu'il t'aille. » Ou : « Tu as un de ces crans. Je t'admire d'arriver à faire tomber les mecs rien qu'avec ta personnalité. » Elle n'arrêtait pas de me rabaisser. Je ne crois pas l'avoir jamais entendue dire quelque chose qui n'ait pas été un travail de sapage.

– De sape.

– Merci, monsieur l'horripilant Grammatien.
– Grammairien.
– J'ai envie de te tuer ! a-t-elle dit, mais en riant.

J'ai contourné Jefferson Park afin de ne pas avoir à passer devant nos maisons respectives, au cas où nos parents se seraient réveillés et auraient découvert notre disparition. J'ai pris vers l'intérieur en longeant le lac (le lac Jefferson), puis j'ai tourné dans Jefferson Court pour rejoindre le semblant de centre-ville de Jefferson Park, sur lequel régnait un calme inquiétant. On a trouvé le 4 x 4 noir de Lacey garé en face du restaurant japonais. On s'est arrêtés un pâté de maisons plus loin, sur le premier emplacement où il n'y avait pas de réverbère.

– Tu me passes le dernier poisson ? m'a demandé Margo.

Je n'étais pas fâché de m'en débarrasser parce qu'il commençait franchement à puer. Puis Margo a écrit un mot sur l'emballage, de sa typo particulière :

Ton Amitié avec ms Dort avec Les poissons.

On a zigzagué entre les réverbères en évitant leur rond de lumière, avec un maximum de décontraction pour deux individus dont l'un (Margo) tenait un énorme poisson emballé dans du papier et l'autre (moi), une bombe de peinture bleue. Un chien a aboyé, nous figeant sur place, puis le silence est revenu et en un rien de temps, on a été à la voiture de Lacey.

– Ça se corse, a dit Margo, en remarquant que la portière était verrouillée.

Elle a sorti de sa poche un bout de fil de fer,

qui en d'autres temps avait été un cintre. Il lui a fallu moins d'une minute pour crocheter la serrure. J'en étais comme deux ronds de flan.

Une fois la portière du conducteur ouverte, elle s'est penchée à l'intérieur pour ouvrir l'autre.

— Aide-moi à remonter le siège, m'a-t-elle chuchoté.

On a relevé ensemble le siège arrière, Margo a glissé le poisson dessous, puis elle a compté jusqu'à trois et, d'un même mouvement, on a rabattu brutalement le siège sur le poisson-chat. J'ai entendu un bruit dégoûtant de viscères en train d'exploser. J'ai imaginé la puanteur qui emplirait le 4 x 4 de Lacey après une journée à rôtir au soleil et je dois avouer qu'à cette pensée j'ai été envahi d'une sorte de sérénité.

— Dessine un M. pour moi sur le toit, m'a demandé alors Margo.

Sans une seconde d'hésitation j'ai grimpé sur le pare-chocs arrière, je me suis penché par-dessus l'habitacle et j'ai tracé à toute allure un M. géant en travers du toit. D'une manière générale, je suis contre le vandalisme. Mais d'une manière générale, je suis aussi contre Lacey Pemberton et il se trouve que c'est cette dernière conviction qui l'a emporté. J'ai sauté de la voiture et couru dans le noir, le souffle court, jusqu'au bout du pâté de maisons où était garé le monospace. En posant la main sur le volant, je me suis aperçu que mon index était bleu. Je l'ai montré à Margo. Elle a souri et m'a montré le sien, bleu également. Puis ils se sont touchés, le doigt de Margo poussant gentiment sur le mien... si bien que mon pouls a eu le plus grand mal à se calmer.

— Phase neuf. En ville, a-t-elle dit après un long moment.

Il était deux heures quarante-neuf du matin. Je ne m'étais jamais senti aussi peu fatigué de ma vie.

Chapitre 6

Les touristes ne vont jamais dans le centre-ville d'Orlando, parce qu'il n'y a rien à voir à part quelques rares gratte-ciel, propriétés de banques ou de compagnies d'assurances. C'est le genre d'endroit entièrement désert le soir et le week-end, à l'exception de quelques boîtes de nuit à moitié vides, fréquentées par des individus désespérés ou particulièrement désœuvrés. Dans le labyrinthe de voies à sens unique où nous entraînaient les indications de Margo, on a aperçu quelques égarés dormant à même le trottoir ou assis sur des bancs, mais personne en mouvement. Margo a descendu sa vitre et j'ai senti l'air moite, trop chaud pour la nuit, balayer mon visage. Malgré sa présence à mes côtés, je me sentais terriblement isolé au milieu de ces bâtiments vides, comme si j'étais le dernier survivant de l'Apocalypse à qui on avait offert le monde, un monde surprenant et immense livré à ma seule exploration.

– Tu me fais visiter ? ai-je demandé.

– Non, j'essaie de retrouver le SunTrust Building. Il se trouve à côté de l'Asperge.

– Oh ! C'est au sud, ai-je dit, non sans une pointe de satisfaction – pour une fois que je savais quelque chose d'utile.

J'ai longé plusieurs pâtés de maisons avant de tourner dans une rue. Margo a tendu le doigt joyeusement et en effet, l'Asperge se dressait devant nous.

L'Asperge n'est pas, comme on pourrait le croire, une tige d'asperge, pas plus qu'elle n'a été conçue à base d'asperge. Il s'agit simplement d'une sculpture qui affiche une ressemblance troublante avec une asperge de douze mètres de haut. Cependant, je l'ai souvent entendu être comparée à :

1. Une tige de haricot vert ;
2. Un arbre stylisé ;
3. Le grand phallus vert du grand géant vert.

En tout cas, l'Asperge ne ressemble pas à une « Tour de lumière », qui se trouve être son nom officiel. Je me suis garé devant un horodateur et me suis tourné vers Margo. Je l'ai surprise les yeux dans le vague, le regard inexpressif, fixant, non pas l'Asperge, mais un point au-delà. Pour la première fois de la soirée, l'idée m'a effleuré que quelque chose ne tournait pas rond, et pas seulement parce que son copain était un trou-du-cul, il s'agissait de quelque chose de plus profond. Et j'aurais dû parler. Bien sûr. Ne pas cesser de parler. Mais je n'ai rien trouvé d'autre à dire que :

– Je peux te demander pourquoi tu m'as emmené à l'Asperge ?

Elle s'est tournée vers moi et m'a souri. Margo était tellement belle que même ses sourires factices étaient convaincants.

– Il faut vérifier nos progrès. Le meilleur endroit pour ça est le sommet du SunTrust Building.

J'ai levé les yeux au ciel.

– Non. Pas question. Tu as promis. Aucun délit, aucune intrusion par effraction.

– Il n'est pas question d'effraction mais seulement d'intrusion, pour la bonne raison que la porte est ouverte.

– Margo, c'est ridicule. Bien s…

– Je reconnais qu'au cours de la soirée nous avons effectué à la fois des intrusions et des effractions. Intrusion chez Becca. Effraction chez Jase. Et à nouveau, intrusion ici. Mais jamais d'intrusion et d'effraction simultanées. En théorie, les flics peuvent nous accuser d'effraction et d'intrusion, mais pas d'intrusion par effraction. Par conséquent, j'ai tenu ma promesse.

– Le SunTrust est sûrement surveillé par un vigile.

– Effectivement, a confirmé Margo en défaisant sa ceinture de sécurité. Il est surveillé par un vigile. Il s'appelle Gus.

On est entrés dans l'immeuble par la porte principale. Derrière un large bureau semi-circulaire était assis un jeune homme portant un début de bouc et vêtu d'un uniforme de la société Regents Security.

– Ça va, Margo ? a-t-il demandé.
– Salut, Gus, a-t-elle répondu.
– C'est qui le gosse ?

On a le même âge ! avais-je envie de hurler, mais Margo a répondu à ma place :

– C'est mon partenaire, Q. Q., je te présente Gus.

– Quoi de neuf, Q. ? a demandé Gus.

Seulement quelques poissons morts balancés un peu partout en ville, des fenêtres brisées, des types nus pris en photo, des halls d'entrée de gratte-ciel dans lesquels on zone à trois heures et quart du matin, ce genre de trucs.

— Pas grand-chose, ai-je répondu.

— Les ascenseurs sont arrêtés pour la nuit, a dit Gus. J'ai dû couper le courant à trois heures. Mais vous pouvez prendre l'escalier si vous voulez.

— Sympa. À tout', Gus.

— À tout', Margo.

— Comment se fait-il que tu connaisses le vigile du SunTrust Building ? ai-je demandé une fois dans l'escalier, à l'abri des oreilles indiscrètes.

— Il était en terminale quand on était en troisième, a répondu Margo. Il faut se grouiller, d'accord ? On n'a pas de temps à perdre.

Margo a commencé à monter l'escalier comme une flèche, avalant les marches deux à deux, une main sur la rampe, pendant que je tentais de suivre le mouvement. Elle ne pratiquait aucun sport, mais elle adorait courir. Il m'est arrivé de l'apercevoir en petite foulée, toute seule, dans Jefferson Park, un casque sur les oreilles. Moi, en revanche, je détestais la course à pied ou toute autre forme d'exercice physique, d'ailleurs. Mais cette fois, j'essayais de monter d'un pas régulier, épongeant la sueur de mon front et faisant abstraction de la sensation de brûlure qui me chauffait les cuisses. Au vingt-cinquième étage, Margo m'attendait sur le palier.

— Viens voir, a-t-elle dit en ouvrant la porte palière.

On s'est retrouvés dans une pièce immense où trônait une table en chêne de la longueur de deux voitures, avec des baies vitrées qui montaient du sol au plafond.

– Salle de réunion, a-t-elle annoncé. C'est la meilleure vue de tout l'immeuble.

Je l'ai suivie devant les baies vitrées.

– Là, c'est Jefferson Park, a-t-elle dit en pointant son doigt. Tu vois nos maisons ? La lumière est toujours éteinte, par conséquent pas de problème.

Elle s'est déplacée de quelques mètres.

– La maison de Jase. Lumière éteinte, plus de voiture de flics. Excellent, bien que ça signifie peut-être qu'il ait réussi à rentrer chez lui. Dommage.

La maison de Becca était trop loin pour être visible, même de ce poste d'observation.

Margo s'est tue, puis elle a avancé jusqu'à la vitre et a collé son front dessus. Je suis resté où j'étais mais elle a tiré sur mon T-shirt pour que je m'approche. Je ne voulais pas que le poids de nos corps pèse sur un simple panneau de verre, mais elle a continué de tirer et j'ai senti son poing serré contre ma taille. J'ai fini par appuyer le front contre la vitre le plus doucement possible et j'ai regardé.

D'en haut, Orlando était plutôt bien éclairée. À nos pieds, on voyait clignoter la signalisation piétons et les réverbères qui quadrillaient méthodiquement toute la ville jusqu'au centre-ville et ses banlieues sans fin, avec leur dédale d'impasses et de rues qui serpentaient.

– C'est beau, ai-je dit.

Margo s'est esclaffée.
— Sans blague ? Tu le penses vraiment ?
— Non, peut-être pas, ai-je répondu, et pourtant ça l'était.

D'avion, Orlando m'a toujours fait penser à un Lego enfoui dans un océan de verdure. De nuit, d'ici, elle ressemblait à une vraie ville (une ville que je voyais pour la première fois). En faisant le tour de la salle de réunion, puis des bureaux de l'étage, rien n'a échappé à notre regard : le lycée, Jefferson Park, Disney World au loin, SeaWorld, le supermarché où Margo s'était fait les ongles pendant que je reprenais mon souffle. Rien ne manquait, je pouvais embrasser tout mon univers d'un tour d'immeuble.

— De loin, c'est plus impressionnant, ai-je dit. On ne sent pas le poids des choses. On ne voit pas la rouille, ni les mauvaises herbes, ni la peinture qui s'écaille. On voit la ville telle qu'elle a été conçue.

— Tout est plus laid de près, a-t-elle dit.
— Pas toi, ai-je rétorqué sans réfléchir.

Sans décoller le front de la vitre, elle a tourné les yeux vers moi et m'a souri.

— Je te donne un tuyau. Tu es adorable quand tu as confiance en toi. Et tu l'es moins dans le cas contraire.

Avant que je puisse dire un mot, elle s'est replongée dans la contemplation de la vue.

— Voilà ce qui est laid dans cette ville, a-t-elle dit. D'ici, on ne voit pas la rouille, ni la peinture écaillée, ni je ne sais quoi, en revanche, on peut dire avec certitude ce qu'elle est. Voir à quel point elle est factice, même pas assez solide pour être en plastique. C'est une ville de papier. Mais regarde là, Q. Regarde toutes ces impasses, ces rues qui tournent sur elles-mêmes, toutes ces maisons construites pour ne pas durer. Tous ces gens de papier vivant dans leur maison de papier, brûlant l'avenir pour avoir chaud. Tous ces gosses de papier buvant la bière qu'un clochard est allé acheter pour eux à l'épicerie en papier du coin. Tous atteints de possessite aiguë. Toute chose aussi fine que du papier, aussi fragile que du papier. Et les gens, idem. Ça fait dix-huit ans que je vis ici et je n'ai jamais rencontré personne qui s'intéresse vraiment aux choses importantes.

— Je vais essayer de ne pas le prendre pour moi, ai-je dit.

Nos yeux étaient tournés vers les impasses et les jardinets plongés dans le noir. Mais son épaule était en contact avec mon bras et le dos de nos mains se touchait. Alors, même si je ne la regardais pas, j'avais presque l'impression, en m'appuyant contre la vitre, de me serrer contre elle.

— Pardon, a-t-elle dit. Les choses auraient peut-être été différentes si pendant toutes ces années, j'avais traîné avec toi au lieu de… beurk. Je m'en veux de m'en faire autant à propos de mes soi-disant amis. Juste pour que tu saches, je ne suis pas aussi contrariée que ça pour Jason. Ou Becca. Ou même Lacey, et pourtant je l'aimais bien. Mais c'était ma dernière corde. Une corde faussée, certes, mais la seule qui me restait, or toute fille de papier a besoin d'au moins une corde, non ?

— Tu es la bienvenue à notre table à la cafét' demain, n'ai-je rien trouvé de mieux à lui dire.

— C'est gentil, a-t-elle répondu, ses mots mourant sur ses lèvres.

Elle s'est tournée vers moi et a hoché doucement la tête. J'ai souri. Elle a souri. Et j'ai cru à son sourire. On est redescendus par l'escalier, d'abord normalement, puis en courant. Au bas de chaque volée de marches, je sautais la dernière en faisant claquer mes talons pour la faire rire et elle riait. J'ai cru que je lui remontais le moral. J'ai cru que c'était possible. Je me suis dit que si je parvenais à avoir confiance en moi, quelque chose se passerait entre nous.

Je me trompais.

Chapitre 7

On était dans le monospace, j'avais mis la clef de contact, mais le moteur ne tournait pas.

— Au fait, à quelle heure se lèvent tes parents? a-t-elle demandé.

— Je ne sais pas, six heures et quart, peut-être? (Il était trois heures cinquante et une.) Il nous reste plus de deux heures et on a déjà terminé les neuf premières phases.

— Je sais, mais j'ai gardé la plus épuisante pour la fin. Quoi qu'il en soit, on ira jusqu'au bout. Phase dix: c'est au tour de Q. de choisir une victime.

— Quoi?

— J'ai déjà la punition. Il ne te reste plus qu'à trouver avec qui déverser ta fureur.

— Sur qui déverser ma fureur, ai-je corrigé.

Elle a secoué la tête d'un air dégoûté.

— Et de toute façon, je n'ai personne sur qui déverser ma fureur, ai-je ajouté.

Car c'était la vérité. J'ai toujours pensé que seuls les gens importants avaient des ennemis. Exemple: d'un point de vue historique, l'Allemagne a eu plus d'ennemis que la Suisse. Margo Spiegelman était l'Allemagne, plus la Grande-Bretagne, plus les États-Unis, plus la Russie des

tsars. Et moi, j'étais la Suisse, me contentant de garder mes moutons en poussant des tyroliennes.
— Que dirais-tu de Chuck? a-t-elle demandé.
— Hum.
Chuck Parson s'était montré particulièrement horrible durant les années qui avaient précédé sa reprise en main. Hormis l'épisode dramatique du tapis roulant de la cafét', il m'avait chopé à la sortie du bahut alors que j'attendais le bus et m'avait tordu le bras en répétant en boucle : « Dis que tu es une tarlouze. » C'était son insulte préférée, celle d'un type qui dispose de douze mots de vocabulaire et d'un choix encore moindre d'épithètes. Bien que ce fût ridiculement infantile, j'ai fini par me traiter de tarlouze, ce qui m'a considérablement contrarié, parce que 1) je ne pense pas que ce soit un mot à jeter à la figure de quiconque, qui plus est à la mienne ; 2) il se trouve que je ne suis pas homo et je dirais même plus que 3) Chuck Parson pensait me faire subir l'humiliation suprême en me demandant de me traiter de tarlouze, or il n'y a pas de honte à être homo, ce que je tentais de lui expliquer pendant qu'il me tordait le bras de plus en plus fort jusqu'à me faire toucher l'omoplate, tout en continuant de répéter : « Si t'es si fier d'être une tarlouze, t'as qu'à reconnaître que t'es une tarlouze, espèce de tarlouze ! »

Il ne faisait aucun doute que, sur le plan de la logique, Chuck Parson n'était pas Aristote. Mais il mesurait un mètre quatre-vingt-dix et pesait cent vingt kilos, ce qui n'était pas rien.

— Le choix de Chuck se défend, ai-je reconnu. Puis j'ai mis le contact et pris le chemin du retour vers l'autoroute. J'ignorais quelle était la prochaine étape, mais je n'avais aucune envie de zoner en ville.

— Tu te rappelles quand on était à l'école supérieure de danse ? a-t-elle demandé. J'y repensais ce soir.

— Beurk. Oui.

— Au fait, je te demande pardon. Je ne m'explique pas pourquoi je suis allée dans son sens.

— N'en parlons plus, ai-je dit, bien que me rappeler cette école de danse maudite m'ait rendu furax. D'accord pour Chuck Parson, ai-je ajouté. Tu connais son adresse ?

— Je savais que je pouvais attiser en toi le feu de la vengeance. Il habite College Park. Tu n'as qu'à sortir à Princeton.

J'ai pris la bretelle de l'autoroute et appuyé à fond sur le champignon.

— Tout doux ! a dit Margo. Ne casse pas la Chrysler.

En sixième, certains gosses dont Margo, Chuck et moi furent inscrits de force par leurs parents au cours de danse de salon de l'École supérieure d'humiliation et de danse réunies. Le cours fonctionnait de la façon suivante : les garçons étaient alignés d'un côté de la salle et les filles de l'autre. Au signal du professeur, un garçon s'avançait vers une fille et lui demandait : « Puis-je avoir cette danse ? » et la fille lui répondait : « Tu peux. » Les filles n'avaient pas le droit de refuser. Mais un jour (pendant le cours de fox-trot), Chuck Parson a convaincu toutes les filles sans exception de me dire non. À moi uniquement. Ainsi donc, quand je me suis approché de Mary Beth Shortz et que je lui ai demandé : « Puis-je avoir cette danse ? », elle m'a répondu non. Même chose avec la suivante, puis celle d'après, puis Margo, puis encore celle d'après et j'ai éclaté en sanglots.

La pire des choses, après s'être fait repousser en cours de danse, est de pleurer à cause de la rebuffade. Et le summum est d'aller se plaindre au prof en pleurnichant : « Les filles me disent non et pourtant elles n'ont pas le droit. » Bien sûr, j'étais allé chouiner auprès du prof et j'ai passé une grande partie de mes années de collège à essayer de faire oublier cet épisode honteux. En bref, Chuck Parson m'avait empêché de danser le fox-trot, ce qui ne constitue pas la plus horrible des punitions à infliger à un gosse de sixième. D'ailleurs, je n'étais plus spécialement en colère à cause de cette histoire ni à cause des autres sévices qu'il m'avait fait subir au fil du temps. Mais je n'allais sûrement pas m'apitoyer sur son sort.

– Attends une seconde. Il ne saura pas que c'est moi, n'est-ce pas ?

– Non. Pourquoi ?

– Je ne veux pas qu'il s'imagine que je fais une telle fixette sur lui que je suis prêt à lui causer du tort.

J'ai posé la main sur la console centrale. Margo l'a tapotée.

– Ne t'en fais pas, il ne saura jamais qui l'a dépilé.

– Il me semble que tu te trompes de mot, mais je ne vois pas ce que tu veux dire.

– Je connais un mot que tu ne connais pas !

a psalmodié Margo. Je suis la nouvelle reine du vocabulaire ! Je t'ai surpassé !

— Épelle « surpassé ».

— Non, a-t-elle répondu en riant. Je ne renoncerai pas à ma couronne pour « surpassé ». Il faudra trouver mieux.

— D'accord, ai-je dit en souriant.

On a roulé dans College Park, un quartier qui passe pour être le secteur historique d'Orlando sous prétexte que la plupart des maisons ont trente ans révolus. Margo n'arrivait pas à se rappeler l'adresse exacte de Chuck, ni à quoi ressemblait sa maison, ni même dans quelle rue elle était (« Je suis sûre à quatre-vingt-quinze pour cent qu'elle est dans Vassar »). Finalement, après avoir remonté trois pâtés de maisons dans Vassar, Margo a pointé du doigt une villa sur la gauche.

— C'est celle-là.

— Tu es sûre ?

— J'en suis sûre à quatre-vingt-dix-sept pour cent, virgule deux. C'est sa chambre, a-t-elle dit en indiquant laquelle. À une de ses fêtes, les flics ont débarqué et je me suis esquivée par là. Je suis pratiquement certaine que c'est celle-là.

— Ça sent les ennuis.

— Sauf que si la fenêtre est ouverte, il n'y aura pas effraction. Intrusion, seulement. Or on est déjà passés par la case intrusion au SunTrust, et, franchement, ce n'était pas la fin du monde.

J'ai ri.

— Tu ne serais pas en train de faire de moi un casse-cou, par hasard ? ai-je demandé.

— C'est l'idée. Maintenant, les fournitures :

prends la crème dépilatoire, la bombe de peinture et la vaseline.

— D'accord, ai-je dit, joignant le geste à la parole.

— Ne va pas piquer de crise contre moi, Q. La bonne nouvelle, c'est que Chuck dort comme un ours en hibernation. Je le sais parce qu'il était dans mon cours d'anglais l'an dernier et qu'il ne se réveillait même pas quand Mme Johnston lui tapait sur la tête avec *Jane Eyre*. On va aller à sa fenêtre, l'ouvrir, retirer nos chaussures et entrer sans bruit. Ensuite je ferai son affaire à Chuck. Puis toi et moi partirons dans des directions opposées afin de couvrir toutes les poignées de porte de vaseline, pour que, même si quelqu'un se réveille, personne ne puisse sortir à temps pour nous rattraper. Ensuite, on refera sa fête à Chuck en peignant un peu sa maison, et on en aura fini. Et bouche cousue.

J'ai posé le doigt sur ma jugulaire, mais je souriais.

On quittait la voiture, quand Margo m'a pris la main et l'a serrée, entrelaçant ses doigts aux miens. J'ai serré la sienne à mon tour et je l'ai regardée. Elle a hoché la tête d'un air solennel et j'ai fait de même, puis elle m'a lâché la main. On s'est faufilés jusqu'à la fenêtre. J'ai remonté le panneau, qui a grincé imperceptiblement, mais s'est ouvert sans difficulté. J'ai jeté un coup d'œil à l'intérieur. Il faisait sombre, mais on devinait une silhouette allongée sur le lit.

La fenêtre était un peu haute pour Margo et j'ai dû lui faire la courte échelle. Son intrusion silencieuse aurait rendu un ninja jaloux. Pour ma part, j'ai sauté, introduisant d'abord la tête puis les épaules. Ensuite, d'une audacieuse torsion du torse, façon breakdance, j'ai tenté d'entrer. La méthode aurait pu porter ses fruits si je ne m'étais raclé au passage les roupettes contre l'appui de fenêtre ; cela m'a fait tellement mal que j'ai laissé échapper un grognement. Erreur fatale.

La lampe de chevet s'est allumée. Et on a découvert dans le lit un vieux monsieur qui, incontestablement, n'était pas Chuck Parson. L'homme a ouvert de grands yeux noyés d'effroi, mais n'a rien dit.

– Hum, a fait Margo.

J'ai envisagé un instant de partir sans demander mon reste et de regagner illico la voiture, mais par égard pour Margo, je suis resté, la moitié supérieure du corps à l'intérieur de la pièce, parallèle au sol.

– Hum, a répété Margo. Je crois qu'on s'est trompés de maison.

Elle s'est retournée et m'a regardé avec insistance. J'ai réalisé alors que je lui bouchais le passage. J'ai poussé sur mes avant-bras pour me dégager et je suis sorti. J'ai récupéré mes chaussures et déguerpi.

On s'est repliés de l'autre côté de College Park.

– Il me semble qu'on partage la responsabilité de ce fiasco, a dit Margo.

– Je te signale que c'est toi qui t'es trompée de maison.

– Oui, mais c'est toi qui as fait du bruit.

Le silence est retombé pendant qu'on tournait inlassablement en rond.

— On pourrait trouver son adresse sur Internet, ai-je dit au bout d'un moment. Radar connaît l'identifiant du répertoire du bahut.

— Génial, a approuvé Margo.

J'ai appelé Radar, mais je suis tombé directement sur sa boîte vocale. J'ai envisagé d'appeler le numéro de la ligne fixe, mais ses parents étant des amis de mes parents, ça n'aurait pas collé. Finalement, j'ai pensé à Ben. Ben n'était pas Radar, mais il connaissait tous les mots de passe de Radar. J'ai fait son numéro. J'ai eu sa boîte vocale mais seulement après les sonneries. J'ai rappelé. Re-boîte vocale. Rappel. Re-boîte vocale.

— Il ne répond manifestement pas, a dit Margo.

— Il va le faire, ai-je dit en recomposant le numéro.

Et effectivement, au bout d'un certain nombre de tentatives, il a décroché.

— Tu as intérêt à ce que ce soit pour me prévenir qu'une douzaine de beaux p'tits lots m'attendent à poil chez toi, réclamant le grand frisson que seul l'Immense Ben peut leur procurer.

— Je voudrais que tu te serves de l'identifiant de Radar pour trouver l'adresse de Chuck Parson dans l'annuaire des élèves.

— Non.

— S'il te plaît.

— Non.

— Tu ne le regretteras pas, Ben. Je te promets.

— D'accord, d'accord, c'est fait. Je l'ai cherché pendant que je te disais non. Je suis trop serviable. 422 Amherst. Au fait, pourquoi te faut-il l'adresse de Chuck Parson à quatre heures douze du matin ?

— Rendors-toi, Ben.
— Mettons que c'était un rêve, a-t-il dit avant de raccrocher.

Amherst se trouvait quelques pâtés de maisons plus loin. On s'est garés dans la rue, en face du 418, et, munis de notre artillerie, on a traversé la pelouse en courant, les mollets mouillés par la rosée.

Arrivé devant la fenêtre de la chambre de Chuck, qui était heureusement plus basse que celle du vieux monsieur non prévu au programme, j'ai enjambé le rebord sans bruit, puis j'ai hissé Margo à l'intérieur. Chuck Parson dormait sur le dos. Margo s'est approchée de lui sur la pointe des pieds, je l'ai suivie, le cœur battant la chamade. Il nous aurait tués s'il s'était réveillé. Margo a sorti la crème dépilatoire et en a vaporisé une noix dans sa main (on aurait dit de la mousse à raser), qu'elle a délicatement étalée sur le sourcil droit de Chuck. Il n'a même pas bronché.

Puis elle a ouvert le tube de vaseline, dont le bouchon a fait un bruit de succion qui nous a paru assourdissant, mais Chuck n'a pas cillé. Margo en a vidé une grande quantité dans ma main et on est partis faire le tour de la maison, chacun dans une direction opposée. J'ai commencé par le vestibule où j'ai enduit la poignée de la porte d'entrée, j'ai continué par une chambre dont j'ai tartiné la poignée intérieure et j'ai refermé la porte sans bruit, si ce n'est un petit craquement.

Je suis retourné dans la chambre de Chuck où

Margo m'attendait déjà. On a refermé ensemble la porte et généreusement tartiné la poignée de vaseline. Avec ce qui restait, on a enduit la fenêtre, espérant rendre son ouverture difficile une fois qu'on l'aurait redescendue en partant.

Margo a regardé sa montre et levé deux doigts. On a attendu que s'écoulent les deux minutes, en se regardant, moi, concentré sur le bleu de ses yeux. C'était bon de baigner dans l'obscurité et le silence, sans avoir la possibilité de dire quelque chose qui vienne tout gâcher, et de constater qu'elle me rendait mon regard, comme si j'avais un quelconque intérêt.

Puis elle a hoché la tête. Je me suis approché de Chuck, la main enveloppée dans mon T-shirt, comme elle me l'avait indiqué, je me suis penché sur lui et, le plus délicatement possible, j'ai appuyé un doigt sur son front et d'un geste rapide, j'ai retiré la crème dépilatoire de ma main enturbannée. Avec la crème est venue l'intégralité du sourcil droit de Chuck Parson. J'étais encore penché au-dessus du lit, les poils de son sourcil étalés sur mon T-shirt, quand il a ouvert les yeux. En un éclair, Margo a ramassé son édredon et le lui a jeté à la figure. En levant les yeux, j'ai vu que le petit ninja repassait déjà par la fenêtre. Je l'ai suivi aussi vite que j'ai pu.

– Maman ! Papa ! Au voleur ! Au voleur ! a hurlé alors Chuck.

J'aurais voulu lui dire : « la seule chose qu'on t'a volée, c'est ton sourcil », mais je me suis jeté par la fenêtre, les pieds devant, sans un mot, manquant atterrir sur Margo qui traçait un M. à la bombe sur le revêtement synthétique de la maison. On a récupéré nos chaussures et on s'est précipités au monospace. En me retournant, j'ai vu qu'on avait allumé la lumière dans la maison, mais personne n'était encore sorti, ce qui montrait à quel point l'idée d'enduire de vaseline les poignées de porte était une idée de génie. Au moment où M. Parson (ou Mme Parson, je ne voyais pas bien) a tiré les rideaux du salon et regardé dehors, je faisais marche arrière en direction de Princeton Street et de l'autoroute.

— Yes! ai-je crié. C'était trop génial!

— Tu as vu sa tête sans sourcil? Ça lui donne l'air sceptique. Style : «Ah bon? Je n'aurais qu'un sourcil? En voilà une bien bonne!» Et je suis ravie de mettre ce trou-du-cul devant un choix cornélien : raser le petit gauche ou bien maquiller le petit droit? J'adore littéralement. C'est dingue qu'il ait réclamé sa maman, cette espèce de petit merdeux.

— Pourquoi tu le détestes?

— Je n'ai jamais dit que je le détestais. Je l'ai traité de petit merdeux.

— Mais tu as toujours été copine avec lui, ai-je dit, ou du moins je le croyais.

— En fait, j'ai toujours été copine avec des tas de gens, a répondu Margo en posant sa tête sur mon épaule maigrichonne, ses cheveux glissant sur mon cou. Je suis fatiguée, a-t-elle ajouté.

— Caféine, ai-je suggéré.

Elle a fouillé à l'arrière et sorti deux cannettes de soda. J'ai bu la mienne en deux gorgées.

— Maintenant, direction SeaWorld, le parc d'attractions marin, a-t-elle annoncé. Phase onze.

— Pour quoi faire? Libérer Willy?

— Non. On va à SeaWorld, point. C'est le seul parc à thème dans lequel je ne suis pas encore entrée par effraction.
— Pas question, ai-je dit en me garant sur le parking désert d'un magasin de meubles.

J'ai coupé le contact.

— On est pressés par le temps, a-t-elle dit en se penchant pour remettre le contact.

J'ai repoussé sa main.

— Pas question d'entrer par effraction à SeaWorld, ai-je répété.
— Voilà que tu recommences avec tes histoires d'effraction.

Elle s'est tue quelques instants pour ouvrir une autre cannette. Le reflet de la lumière sur la surface métallique a éclairé une seconde son visage, et je l'ai surprise en train de sourire à l'idée de ce qu'elle allait dire.

— Nous n'allons pas commettre d'effraction. Penses-y plutôt comme à une visite gratuite de nuit.

Chapitre 8

— Pour commencer, on va se faire prendre, ai-je objecté.

Je n'avais pas démarré la voiture et j'exposais les raisons pour lesquelles je ne comptais pas le faire en me demandant si elle me voyait dans le noir.

— Évidemment qu'on va se faire prendre. Et alors ?

— C'est illégal.

— Q., au bout du compte, tu peux me dire au juste ce que tu risques de la part de SeaWorld ? Tu exagères ! Après tout ce que j'ai fait pour toi cette nuit, tu pourrais accepter au moins de faire un petit truc pour moi. Et la boucler un peu. Respire et arrête de paniquer à la moindre bricole. Sois un homme, bon sang ! l'ai-je entendue ajouter dans sa barbe.

Pour le coup, j'étais en colère. J'ai passé la tête sous ma ceinture de sécurité pour me pencher plus aisément vers elle.

— Après tout ce que tu as fait pour moi ? ai-je dit, me retenant pour ne pas crier.

Elle me préférait sûr de moi. Elle allait être servie.

— C'est toi qui as téléphoné au père de ma

copine pour le prévenir qu'elle se tapait mon copain, histoire que personne ne sache que j'étais derrière l'appel ? C'est toi qui m'as trimbalé en caisse un peu partout, non pas parce que tu comptes pour moi, mais parce que j'avais besoin d'un chauffeur et que tu étais dans les parages ? C'est ça, les trucs que tu as faits pour moi ce soir ?

Elle regardait obstinément devant elle, les yeux fixés sur la façade du magasin de meubles.

– Tu crois que j'avais besoin de toi ? Tu ne penses pas que j'aurais pu filer un somnifère à Myrna Mountweazel pour récupérer le coffre sous le lit de mes parents quand elle était endormie ? Ou me faufiler dans ta chambre pendant ton sommeil et piquer tes clefs de voiture ? Je n'avais pas besoin de toi, espèce d'idiot. Je t'ai choisi. Et ensuite tu m'as choisie. On est liés par un serment, a-t-elle ajouté, cette fois en me regardant. Du moins pour cette nuit. Pour le meilleur et pour le pire. Jusqu'à ce que l'aube nous sépare.

J'ai mis le contact et suis sorti du parking, mais abstraction faite de ses salades sur le travail d'équipe, je continuais d'avoir l'impression de me faire manipuler et je voulais avoir le dernier mot.

– D'accord, mais quand SeaWorld et compagnie, ou Dieu sait qui, enverra une lettre à la fac de Duke pour l'avertir que le misérable Quentin Jacobsen est entré par effraction dans leur établissement à quatre heures trente du matin, en compagnie d'une jeune fille au regard égaré, la fac piquera une colère. Et mes parents aussi.

– Q., tu iras à Duke. Tu deviendras un avocat prospère ou genre, tu te marieras, tu auras des enfants, tu vivras ta petite vie pépère. Et, à ton dernier soir, quand tu seras en train de t'étouffer avec ta bile en maison de retraite, tu te diras : « J'ai gâché ma vie dans les grandes largeurs, mais au moins j'ai pénétré par effraction dans SeaWorld avec Margo Roth Spiegelman, l'année de ma terminale. J'ai au moins carpe ce diem. »

— *Noctem*, ai-je rectifié.

— D'accord, tu redeviens le roi de la grammaire et tu récupères ton trône. Alors emmène-moi à SeaWorld.

En roulant sur l'I-4, en silence, je me suis surpris à repenser au jour où il s'était trouvé que l'homme en costume gris était mort. Peut-être est-ce la raison pour laquelle elle m'a choisi, ai-je pensé. Et c'est à cet instant précis que je me suis enfin rappelé ce qu'elle avait dit à propos du macchabée et de ses cordes, puis d'elle-même et des siennes.

— Margo, ai-je dit, rompant le silence.

— Q.

— Tu... quand le type est mort, tu as dit : « Si ça se trouve, toutes ses cordes intérieures ont cassé. » Et ensuite, en parlant de toi, tu as dit que ta dernière corde s'était cassée.

Elle a ri sans conviction.

— Tu te prends trop la tête. Je n'ai aucune envie que des gosses me découvrent au milieu d'une nuée de mouches un samedi matin dans Jefferson Park.

Elle a laissé passer un temps avant de livrer sa chute.

— Je suis trop orgueilleuse pour finir comme ça.

J'ai ri, soulagé, en prenant la bretelle de sortie

et j'ai tourné dans International Drive, la capitale mondiale du tourisme. L'avenue est bordée de milliers de boutiques qui vendent toutes la même chose : de la merde. De la merde en coquillage, en porte-clefs, tortues en verre filé, aimants pour frigo en forme de Floride, flamants roses en plastique, etc. Pour tout dire, il se trouve même plusieurs magasins qui proposent de la merde de tatou au sens propre du terme, à raison de 4,95 dollars le sachet.

Mais à quatre heures cinquante du matin, les touristes dormaient. L'avenue était totalement déserte, comme tout le reste, une ribambelle de magasins et de parkings qui se succédaient indéfiniment.

– SeaWorld est juste après la six voies, a dit Margo qui était à l'arrière du monospace, pour ne pas changer, en train de fouiller dans un sac à dos ou autre chose. Je ne suis pas fichue de remettre la main sur mes cartes satellites et sur mon plan d'attaque, a-t-elle ajouté. Bref, passe la six voies et sur ta gauche tu verras un magasin de souvenirs.

– Sur ma gauche, je vois dix-sept mille magasins de souvenirs.

– Je sais, mais après la six voies, il n'y en a qu'un.

Et comme prévu, il n'y en avait qu'un. J'ai tourné dans le parking vide et me suis garé juste en dessous d'un réverbère, parce que sur International Drive, on se fait voler sa voiture comme un rien. Et bien que seul un authentique masochiste aurait pu avoir l'idée de crocheter la Chrysler, il n'en demeurait pas moins que la perspective d'expliquer à maman comment et pourquoi sa voiture avait disparu aux premières lueurs du jour ne m'enthousiasmait pas outre mesure.

On s'est adossés à l'arrière du monospace, l'air était tellement moite que mes vêtements me collaient à la peau. J'avais de nouveau peur, l'impression d'être observé par des gens que je ne voyais pas. La nuit était trop longue pour moi et j'avais mal au ventre à force de me ronger les sangs. Margo avait retrouvé ses cartes et, à la lumière du réverbère, elle a suivi notre itinéraire de son doigt bleui par la peinture.

— Il doit y avoir une clôture juste là, a-t-elle dit en me montrant la palissade devant laquelle on était passés tout de suite après avoir traversé la six voies. J'ai lu des trucs dessus sur Internet. Elle a été installée, il y a quelques années, après qu'un type saoul est entré dans le parc en pleine nuit pour aller nager avec l'orque, qui n'en a fait qu'une bouchée.

— C'est vrai ?

— Oui. Si ce type y est arrivé saoul, à jeun on est sûrs de réussir. On est des ninjas, quand même.

— Toi, peut-être.

— Tu es un ninja pataud et bruyant, a dit Margo, mais on est des ninjas.

Elle a ramené ses cheveux derrière ses oreilles et remonté sa capuche, qu'elle a serrée très fort en tirant sur le lien. La lumière du réverbère soulignait les traits fins de son visage pâle. On était peut-être des ninjas, mais elle était la seule à en avoir la tenue.

— Bon, retiens bien le plan.

L'étape la plus terrifiante du circuit de huit cents mètres que Margo avait concocté pour nous était le fossé. SeaWorld avait la forme d'un triangle. Le premier côté était protégé par une route qui, d'après Margo, faisait probablement l'objet de rondes régulières de la part de veilleurs de nuit. Le deuxième était défendu par un lac dont la circonférence était au bas mot de mille cinq cents mètres et le troisième était longé par un fossé d'écoulement des eaux usées. Sur le plan, il paraissait de la largeur d'une route. Or, en Floride, fossé d'écoulement à proximité de lac rime souvent avec alligators.

Margo m'a attrapé par les épaules et m'a fait pivoter vers elle.

– On va sûrement se faire prendre. Si ça arrive, laisse-moi parler. Prends un air innocent et contente-toi d'être toi-même, ce mélange étrange de candeur et d'assurance, et il n'y aura pas de souci.

J'ai fermé la voiture et essayé d'aplatir mes cheveux ébouriffés.

– Je suis un ninja, ai-je murmuré, pensant ne pas être entendu.

– Évidemment que tu es un ninja ! a dit Margo. Allons-y.

On a traversé International Drive en courant et commencé à se frayer un passage à travers les fourrés, constitués d'arbustes de haute taille et de chênes. J'ai craint un instant la présence de sumac vénéneux, mais les ninjas ne s'arrêtent pas à ce genre de considérations, aussi ai-je ouvert la voie, les bras tendus devant moi, repoussant les ronciers et autres broussailles qui empêchaient notre progression vers le fossé. Au bout de quelques mètres, les arbres se sont clairsemés et on s'est retrouvés à découvert : à notre droite s'étirait la six voies et juste devant nous, le fossé. On aurait pu nous voir de la route si des voitures avaient circulé, mais ce n'était pas le cas. On a détalé à travers les buissons, puis obliqué sans attendre en direction de la six voies.

– Maintenant ! Maintenant ! a dit Margo.

J'ai traversé à fond de train. Même déserte, fouler une six voies avait quelque chose de grisant et d'interdit.

Une fois passés de l'autre côté sans encombre, on s'est accroupis dans l'herbe haute qui bordait la route. Margo m'a indiqué la rangée d'arbres qui séparait le gigantesque parking de SeaWorld du fossé où croupissait une eau noire et stagnante. On a suivi la rangée d'arbres sur quelques mètres, puis Margo a tiré sur mon T-shirt.

– Le fossé. Maintenant, a-t-elle chuchoté.

– Les femmes d'abord, ai-je dit.

– Non, sans façon. À toi l'honneur, a-t-elle répondu.

Oubliant alligators et algues nauséabondes, j'ai couru sur quelques mètres, puis je me suis jeté à l'eau le plus loin possible. À mon point de chute, j'avais de l'eau jusqu'à la taille. Je me suis dépêché de rejoindre la rive en levant haut les pieds. L'eau dégageait une odeur pestilentielle et ma peau me paraissait visqueuse, mais j'avais le haut du corps sec. Du moins, jusqu'à ce que Margo saute dans l'eau et m'éclabousse. Je me suis retourné pour l'arroser à mon tour. Elle a mimé un haut-le-cœur.

– Un ninja n'éclabousse pas un autre ninja, s'est-elle plainte.

— Le véritable ninja n'éclabousse pas.
— Bien vu.

Je la regardais se hisser hors du fossé en me réjouissant de l'absence d'alligators. Mon pouls était correct, quoique rapide. Le T-shirt noir qu'elle portait sous son haut à capuche ouvert lui collait à la peau. Bref, les motifs de satisfaction ne manquaient pas quand j'ai aperçu du coin de l'œil quelque chose glisser dans l'eau juste derrière elle. Elle venait de mettre le pied sur le talus, son tendon d'Achille bien tendu, lorsque, avant que je puisse dire un mot, le serpent s'est jeté sur sa cheville et l'a mordue, juste sous l'ourlet du jean.

— Merde! a-t-elle dit, puis regardant son pied : Merde! a-t-elle répété.

Le serpent était resté accroché à sa cheville. Je me suis dépêché de l'attraper par la queue et l'ai balancé dans le fossé.

— Aïe, a fait Margo. C'était quoi ? Un mocassin d'eau ?

— Je ne sais pas. Allonge-toi, allonge-toi, ai-je dit en lui prenant la jambe pour rouler le bas de son jean.

Deux gouttes de sang s'échappaient des orifices laissés par les crochets du serpent. Je me suis penché sur le mollet de Margo, j'ai posé la bouche sur la blessure et aspiré le plus fort possible pour faire sortir le venin. Puis je l'ai recraché et je m'apprêtais à réitérer l'opération.

— Attends, je le vois, a-t-elle dit alors.

Je me suis relevé d'un bond, terrifié.

— Non, non. Ce n'est qu'un serpent-jarretière,

a-t-elle précisé en me montrant un point dans l'eau.

J'ai suivi son doigt et vu un petit serpent-jarretière onduler à la surface sous le faisceau d'un projecteur. De loin, bien éclairé, il semblait plus inoffensif encore qu'un bébé lézard.

— Tant mieux, ai-je dit, en m'asseyant à côté d'elle pour reprendre mon souffle.

Margo a vérifié sa morsure et constaté que le sang ne coulait déjà plus.

— Alors, c'était comment de rouler une pelle à ma jambe? a-t-elle demandé.

— Pas mal du tout, ai-je répondu, ce qui était vrai.

Elle s'est blottie légèrement contre moi et j'ai senti son bras appuyer sur mes côtes.

— Je me suis rasé les jambes ce matin, précisément pour cette raison. Je me suis dit: « Va savoir si quelqu'un ne va pas se jeter sur ma cheville pour aspirer le venin d'un serpent? »

Devant nous se dressait un grillage, mais seulement de deux mètres, comme l'a fait remarquer Margo.

— Franchement, d'abord les serpents-jarretières et maintenant ce grillage? La sécurité de SeaWorld est une insulte aux ninjas, a-t-elle dit.

Elle a escaladé le grillage en un rien de temps, puis elle est passée de l'autre côté et elle est redescendue avec la même facilité que si elle avait été sur une échelle. Pour ma part, je me suis efforcé de ne pas tomber.

On a traversé un petit bosquet, en longeant au plus près des bassins aux vitres opaques, qui renfermaient probablement des animaux, et on a débouché sur un chemin goudronné d'où on pouvait voir l'énorme amphithéâtre où j'avais été arrosé par l'orque Shamu quand j'étais petit. De la musique d'ascenseur jouée en sourdine s'échappait des modestes haut-parleurs qui jalonnaient le chemin. Pour calmer les animaux, peut-être.

— Margo, ai-je dit. On est à SeaWorld.

— C'est vrai ? a-t-elle dit avant de s'éloigner rapidement.

Je l'ai suivie. On s'est retrouvés devant le bassin des phoques, vide.

— Margo, ai-je répété. On est à SeaWorld.

— Profites-en, a-t-elle dit du coin de la bouche. Voilà la sécurité.

Je me suis précipité sur des buissons voisins, mais constatant que Margo ne prenait pas ses jambes à son cou, je me suis arrêté. Un type en débardeur « SeaWorld Sécurité » s'est avancé tranquillement vers nous.

— Ça va ? nous a-t-il demandé, l'air décontracté.

Il tenait une bombe de quelque chose à la main. Du poivre, ai-je pensé.

— On allait partir, a dit Margo.

— Ça, c'est sûr. La question est de savoir si vous partez à pied ou dans la voiture du shérif du comté d'Orange.

— Si ça ne vous dérange pas, on aimerait autant partir à pied.

J'ai fermé les yeux. J'aurais voulu lui dire que le moment était mal choisi pour les reparties cinglantes. Mais l'homme a ri.

— Vous êtes au courant qu'un type s'est fait tuer, il y a quelques années, en sautant dans le grand bassin. On n'a le droit de laisser filer personne entré illégalement, même les jolies filles.

Margo a tiré sur son T-shirt pour qu'il la moule moins. C'est à cet instant seulement que je me suis rendu compte que l'homme parlait à ses seins.

– Dans ce cas, il ne vous reste plus qu'à nous arrêter, a-t-elle dit.

– C'est le problème. J'ai quasiment fini mon service, j'allais rentrer à la maison boire une bière et dormir un peu. Alors que, si j'appelle la police, ils vont prendre leur temps. Pour tout dire, je réfléchis à voix haute, a-t-il précisé.

Margo a levé les yeux en signe d'approbation. Elle a glissé la main dans la poche de son jean mouillé et en a sorti un billet de cent dollars que son séjour dans l'eau du fossé avait détrempé.

– Vous feriez mieux de partir maintenant, a dit l'homme. Si j'étais vous, j'éviterais le bassin de la baleine. Il est truffé de caméras qui tournent toute la nuit et ce serait dommage que quelqu'un ait vent de votre visite.

– Oui, monsieur, a dit Margo avec une modestie affectée.

Et il s'est fondu dans l'obscurité.

– Franchement, a grommelé Margo après son départ, je me serais bien passée de payer ce gros cochon. Mais tant pis. L'argent est fait pour être dépensé.

Je l'ai à peine entendue, tout au soulagement qui m'avait envahi et me faisait frissonner. Ce plaisir primitif valait toutes les angoisses qui l'avaient précédé.

– Heureusement qu'il ne nous a pas donnés à la police, ai-je dit.

Margo n'a pas réagi. Elle fixait un point derrière moi, les yeux mi-clos.

— J'ai ressenti la même chose en pénétrant dans les Studios Universal, a-t-elle dit au bout de quelques instants. C'est sympa, mais il n'y a pas grand-chose à voir. Aucune attraction ne fonctionne. Tout ce qui est intéressant est sous clef. La plupart des animaux sont déplacés vers d'autres bassins pour la nuit.

Elle a tourné la tête pour embrasser du regard ce qu'on apercevait du parc.

— Je suppose que le plaisir n'est pas d'être à l'intérieur, a-t-elle ajouté.

— Où est-il, alors ? ai-je demandé.

— Dans les préparatifs, peut-être. Je n'en sais rien. Faire est toujours beaucoup moins palpitant que ce qu'on avait échafaudé.

— Je ne suis pas déçu, ai-je avoué. Même s'il n'y a rien à voir.

Je me suis assis sur un banc où elle m'a rejoint. On a regardé le bassin des phoques vide, à l'exception d'une île déserte où des excroissances en plastique faisaient office de rochers. J'ai senti son odeur tout près de moi, un mélange de transpiration, d'algues du fossé, de shampoing aux effluves de lilas mêlés au parfum d'amande douce de sa peau.

Pour la première fois, la fatigue m'a assailli et je nous ai imaginés étendus dans l'herbe, moi sur le dos et elle sur le côté, son bras posé sur ma poitrine, sa tête sur mon épaule, le visage tourné vers le mien. Sans rien faire d'autre que de rester allongés tous les deux sous le ciel, un ciel sans étoiles tant la nuit est éclairée sous ces latitudes.

Et peut-être sentirais-je son souffle dans mon cou. Et peut-être pourrions-nous rester ainsi jusqu'au matin et, quand les gens arriveraient au parc et nous verraient, ils nous prendraient pour des touristes, et nous pourrions en profiter pour disparaître au milieu de la foule.

Mais non. J'avais Chuck et son unique sourcil à voir, Ben à qui raconter ma nuit, les cours, la salle de répète, Duke et l'avenir.

– Q., a dit Margo.

Je me suis tourné vers elle et, pendant quelques secondes, je n'ai pas compris pourquoi elle m'avait appelé, puis j'ai brutalement émergé de mon demi-sommeil. Et je l'ai entendue. Le volume de la musique d'ascenseur diffusée par les haut-parleurs avait été poussé et ce n'était plus de la soupe qui passait, mais de la vraie musique. Un vieux morceau jazzy que mon père adorait et qui s'appelle « Stars Fell on Alabama ». Malgré la taille ridicule des haut-parleurs, il était clair que le chanteur était capable de sortir mille notes à la fois.

J'ai senti alors nos fils qui n'avaient pas rompu, celui de Margo, le mien, courir de notre petite enfance jusqu'à cette nuit en passant par le type mort et le cercle de nos relations. J'ai eu envie de lui dire que le plaisir ne résidait pas dans les préparatifs ni dans le fait de faire ou de partir, le plaisir était de constater que nos cordes se croisaient, se séparaient et se retrouvaient, mais j'ai trouvé ça trop ringard et, de toute façon, elle se levait.

Margo a cligné des yeux, ses magnifiques yeux bleus, et je l'ai trouvée incroyablement belle, avec son jean mouillé qui lui collait aux cuisses et son visage qui irradiait à la lumière grise de l'aube.

Je me suis levé et lui ai présenté ma main.

– Puis-je avoir cette danse ? ai-je demandé.

Margo m'a fait une révérence et m'a tendu la sienne.

– Tu peux.

J'ai posé la main sur la courbe qui marquait la frontière entre sa taille et sa hanche, et elle a posé la sienne sur mon épaule. Pas, pas glissé. Pas, pas, pas glissé. On a fait le tour du bassin des phoques en dansant le fox-trot au rythme de la chanson qui continuait de nous parler d'étoiles filantes.

– Slow de sixième, a annoncé Margo.

On a changé de position, elle a posé ses mains sur mes épaules. Moi, les miennes sur ses hanches, les coudes bloqués, les soixante centimètres réglementaires entre nous. Et on a continué de danser le fox-trot jusqu'à la fin de la chanson. Puis je me suis avancé et je l'ai penchée en arrière sur mon bras, comme on me l'avait appris à l'École supérieure de danse. Elle a levé une jambe et s'est laissée aller de tout son poids. Me faisait-elle confiance ou avait-elle envie de tomber ?

Chapitre 9

On a acheté des torchons au supermarché d'International Drive ouvert vingt-quatre heures sur vingt-quatre pour nous débarrasser de la vase et de la puanteur du fossé qui nous collaient aux vêtements et à la peau, et j'ai remis de l'essence dans le réservoir au même niveau qu'avant notre tour complet d'Orlando. Les sièges seraient sans doute encore un peu humides quand maman partirait travailler, mais j'avais bon espoir qu'elle ne s'en aperçoive pas, vu sa distraction légendaire. Mes parents avaient tendance à croire que j'étais un modèle d'équilibre incapable, par exemple, de pénétrer par effraction dans SeaWorld, car ma bonne santé psychique apportait la preuve de leur compétence professionnelle.

J'ai pris mon temps pour rentrer, préférant les chemins détournés aux autoroutes. On écoutait la radio en essayant de deviner quelle station avait passé « Stars Fell on Alabama », quand soudain, Margo a baissé le son.

— L'un dans l'autre, c'est une réussite, a-t-elle dit.

— Entièrement d'accord, ai-je renchéri, tout en me demandant de quoi demain serait fait.

Viendrait-elle me rejoindre devant la salle de répète avant les cours ? Déjeuner avec Ben et moi ?

— En fait, je me demandais si demain serait différent, ai-je avoué.

— Oui, moi aussi, a-t-elle répondu, laissant sa phrase en suspens. À propos de demain, a-t-elle ajouté peu après, en guise de remerciement pour tes bons et loyaux services durant cette nuit, j'aimerais te remettre un petit cadeau.

Elle a fouillé à ses pieds et ramené l'appareil photo numérique.

— Prends-le, a-t-elle dit. Et fais un excellent usage du petit zizi.

J'ai ri et glissé l'appareil dans ma poche.

— Je chargerai la photo sur mon ordinateur en rentrant. Tu veux que je te rende l'appareil demain au lycée ? ai-je demandé.

Je mourais toujours d'envie de lui dire : *Oui, au lycée, où les choses seront différentes, où je serai ton ami devant tout le monde et, par ailleurs, résolument célibataire.*

— Oui. Quand tu veux, a-t-elle seulement répondu.

Il était cinq heures quarante-deux quand on est arrivés à Jefferson Park. J'ai pris Jefferson Drive jusqu'à Jefferson Court, puis j'ai tourné dans notre rue, Jefferson Way. J'ai éteint les phares pour la dernière fois et emprunté l'allée du garage au pas. Je ne savais pas quoi dire et Margo se taisait. On a fourré nos détritus dans un des sacs du supermarché dans le but de faire oublier à la Chrysler les six dernières heures. Et dans un autre, Margo a glissé le reste de vaseline, la bombe de peinture et la dernière cannette de soda, et me l'a donné. Sous l'effet de la fatigue, mon cerveau s'emballait.

Un sac dans chaque main, je me suis arrêté une seconde à côté du monospace et je l'ai regardée.

– C'était une sacrée nuit, ai-je fini par dire.
– Approche, a-t-elle dit.

J'ai avancé de quelques pas et elle m'a serré dans ses bras. Encombré par les sacs, je n'ai pas pu lui rendre son étreinte. D'un autre côté, si je les avais laissés tomber, j'aurais pu réveiller quelqu'un. J'ai compris qu'elle était sur la pointe des pieds car j'ai senti bientôt sa bouche contre mon oreille.

– Ça va me manquer de ne plus faire de trucs avec toi, a-t-elle murmuré distinctement.
– Il ne faut pas, ai-je répondu en m'efforçant de masquer ma déception. Si tu n'aimes plus tes copains, tu n'as qu'à venir avec moi. Les miens sont vraiment sympas.

Elle avait les lèvres si près de ma peau que j'ai deviné son sourire.

– Je crains que ce ne soit pas possible, a-t-elle chuchoté.

Elle m'a lâché, mais sans me quitter des yeux, reculant pas à pas. Finalement, elle a haussé les sourcils et m'a souri. J'ai cru à son sourire. Je l'ai regardée grimper à un arbre et se hisser sur le toit devant la fenêtre de sa chambre au premier étage, puis faire basculer le panneau et se glisser à l'intérieur.

Je suis rentré chez moi par la porte restée ouverte, j'ai traversé la cuisine à pas de loup pour rejoindre ma chambre, j'ai retiré mon jean que j'ai jeté dans un coin au fond de mon placard où se trouvait déjà la moustiquaire, j'ai chargé la photo de Jase sur mon ordinateur et je me suis couché, la tête bourdonnant de tout ce que je comptais lui dire le lendemain au bahut.

DEUXIÈME PARTIE
L'HERBE

Chapitre 1

Je dormais depuis une demi-heure à peine quand, à six heures trente-deux, mon réveil a sonné. Il a continué de sonner pendant dix-sept minutes – ce qui m'a totalement échappé –, jusqu'à ce que je sente des mains me secouer par les épaules et que j'entende la voix lointaine de ma mère :

– Bonjour, paresseux.
– Euh...

Je me sentais beaucoup plus fatigué qu'à cinq heures cinquante-cinq et j'aurais volontiers séché les cours, sauf que je ne séchais jamais et, même si cela n'avait rien d'un exploit, je n'avais aucune envie de rompre le cours des choses. D'autant que je mourais d'envie de savoir comment Margo allait se comporter avec moi.

Quand je suis entré dans la cuisine, papa racontait quelque chose à maman, ils étaient attablés devant leur petit déjeuner. En me voyant arriver, il s'est interrompu.

– Tu as bien dormi ? a-t-il demandé.
– Merveilleusement bien, ai-je répondu, ce qui était la vérité.

Peu, mais bien.

Il a souri.

– J'étais en train de raconter à ta mère le rêve angoissant que je fais tout le temps, a-t-il dit. Je suis en fac, en cours d'hébreu, mais le prof ne parle pas l'hébreu et les épreuves ne sont pas en hébreu non plus, mais dans une espèce de charabia. Le problème, c'est que tout le monde fait comme si cette langue inventée, avec son alphabet propre, était de l'hébreu. Et moi, j'ai une épreuve à rédiger dans une langue que j'ignore en utilisant un alphabet que je suis incapable de déchiffrer.

– Intéressant, ai-je dit alors que ça ne l'était pas du tout.

Rien de plus ennuyeux que les rêves des autres.

– C'est une image de l'adolescence, a expliqué ma mère. Écrire dans une langue que tu ne comprends pas (l'âge adulte), en te servant d'un alphabet (interaction sociale adulte) que tu ne reconnais pas.

Ma mère travaille avec des ados fêlés, incarcérés en centres d'éducation fermés ou bien en prison. Je pense que c'est la raison pour laquelle elle ne se fait pas trop de souci pour moi. Tant que je ne décapite pas de gerboises selon je ne sais quel rite ou que je n'urine pas sur ma propre figure, elle me trouve parfait.

Une mère normale aurait peut-être dit : « J'ai remarqué que tu avais la tête d'un type en descente de trip d'amphétamines et que tu sentais vaguement l'algue. Ôte-moi d'un doute, tu n'étais pas en train de danser, il y a quelques heures, avec une Margo Roth Spiegelman mordue par un serpent ? » Mais non. Mes parents préféraient les rêves.

J'ai pris une douche, enfilé un T-shirt et un jean. J'étais en retard, mais j'étais toujours en retard.

— Tu es en retard, a dit maman quand je suis revenu à la cuisine.

Je me suis efforcé de secouer mon cerveau embrumé pour me rappeler comment lacer mes baskets.

— Je sais, ai-je répondu, comateux.

Maman m'a accompagné en voiture au lycée. J'étais sur le siège où Margo était assise la veille. Maman n'a pratiquement rien dit du trajet, et c'était tant mieux, parce que je dormais profondément, la tête appuyée contre la vitre.

Quand elle a tourné dans le bahut, je me suis aperçu que l'emplacement où Margo se garait sur le parking des terminales était vide. Honnêtement, comment lui en vouloir d'être en retard. Ses copains étaient moins matinaux que les miens.

— Jacobsen, j'ai rêvé ou bien tu…, a crié Ben alors que je rejoignais les fans de musique.

Sur un imperceptible signe de tête de ma part, il a embrayé sur autre chose en milieu de phrase.

— … m'as entraîné dans une folle aventure à bord d'un voilier en banane sur les eaux de la Polynésie française ?

— Délicieux voilier, ai-je répondu.

Radar s'est éloigné à l'ombre d'un arbre en m'invitant à le suivre d'un haussement de sourcils. Ce que j'ai fait.

— J'ai demandé à Angela pour la cavalière de Ben, a-t-il dit. La réponse est non.

J'ai jeté un coup d'œil en direction de Ben qui

discutait avec animation, le bâtonnet en plastique de son café dansant dans sa bouche au rythme de ses paroles.

– Ça craint, ai-je dit. D'un autre côté, ce n'est pas la fin du monde. On se paiera un marathon de Résurrection ou autre chose tous les deux.

Sur ce, Ben nous a rejoints.

– Vous ne seriez pas en train de la jouer fine ? Je sais que vous parlez du désastre de ma vie qu'est le bal de fin d'année sans beau p'tit lot, a-t-il dit.

Puis il a tourné les talons et il est entré dans le hall, ce qu'on a fait aussi, poursuivant notre conversation en passant devant la salle de répète, où des troisièmes et des secondes bavardaient au milieu d'une multitude d'étuis à musique.

– Je ne comprends même pas pourquoi tu veux y aller, ai-je dit à Ben.

– Mon pote, c'est notre bal de terminale. C'est mon unique chance de laisser un souvenir impérissable du lycée à un beau p'tit lot.

J'ai levé les yeux au ciel.

La première cloche a sonné, ce qui signifiait qu'il restait cinq minutes avant le début des cours, et à l'image du chien de Pavlov tout le monde s'est mis à courir dans tous les sens, embouteillant les couloirs. On était devant le casier de Radar.

– Maintenant tu m'expliques pourquoi tu m'as appelé à trois heures du matin pour avoir l'adresse de Chuck Parson ? m'a demandé Ben.

J'étais en train de réfléchir à la meilleure réponse à apporter à cette question quand j'ai vu Chuck Parson arriver vers nous. J'ai donné un coup de coude à Ben avec un regard discret vers Chuck. À propos, il avait décidé que la meilleure stratégie était de raser le petit gauche.

— La vache ! s'est exclamé Ben.

En moins de deux, Chuck, son front délicieusement imberbe, était devant moi, tandis que je me recroquevillais contre le casier.

— Qu'est-ce que vous regardez, espèces de trous-du-cul ?

— Rien, a répondu Radar. Et sûrement pas tes sourcils.

Chuck a écarté Radar d'une chiquenaude, puis il a abattu sa main sur le casier à côté de moi et il est parti.

— C'est toi qui as fait ça ? a demandé Ben, incrédule.

— Je vous interdis de le répéter à qui que ce soit, leur ai-je dit, mais j'étais avec Margo Roth Spiegelman, ai-je ajouté dans un souffle.

— Tu étais avec Margo Roth Spiegelman cette nuit à trois heures du matin ? a demandé Ben que l'excitation faisait crier.

J'ai acquiescé.

— Seul ?

J'ai acquiescé.

— Si tu es sorti avec elle, tu as intérêt à tout me raconter en détail et à me pondre une disserte sur la forme de ses seins et les sensations qu'ils procurent. Trente pages minimum !

— J'exige un dessin au crayon à la précision photographique, a dit Radar.

— À la rigueur, une sculpture, a ajouté Ben.

Radar a levé mollement la main. Je l'ai respectueusement encouragé à s'exprimer.

— Je me demandais si tu ne pourrais pas rédiger une sextine sur les seins de Margo Roth Spiegelman ? Je te donne tes six mots : rose, rond, fermeté, exquis, souple et moelleux.

— À mon avis, il me semble que l'un d'entre eux devrait être : bouboubouboubou, a proposé Ben.

— Je ne connais pas ce mot, ai-je dit.

— C'est le bruit que fait ma bouche en remontant entre les seins d'un beau p'tit lot, comme seul Ben Starling s'y entend, a expliqué Ben, mimant ce qu'il ferait dans l'improbable éventualité où son visage entrerait en contact avec un décolleté féminin.

— En ce moment même, sans comprendre pourquoi, des milliers de jeunes filles à travers les États-Unis sentent un frisson de peur et de dégoût leur parcourir l'échine. De toute façon, je ne suis pas sorti avec elle, espèce de pervers, ai-je dit.

— Classique, a commenté Ben. Je suis le seul type à ma connaissance susceptible de satisfaire un beau p'tit lot et le seul à ne pas avoir d'ouverture.

— Quelle incroyable coïncidence, ai-je dit.

C'était la vie comme elle avait toujours été, en plus fatiguée. Je m'étais bercé d'illusions en croyant que la nuit aurait changé son cours ; hélas non, du moins pas encore.

La seconde sonnerie a retenti. On s'est précipités en cours.

La fatigue m'a terrassé en première heure de maths. Certes, j'étais épuisé depuis mon réveil, mais le calcul ajouté à la fatigue, c'était trop. Histoire de rester éveillé, j'ai écrit un mot à Margo (que je n'avais pas l'intention de lui envoyer, juste un résumé de mes moments préférés de la nuit passée), mais même cette tentative fut vaine. À un moment donné, mon stylo a tout bonnement cessé de courir sur le papier et mon champ de vision s'est rétréci de plus en plus. J'ai essayé de me rappeler si la perte de vision périphérique était un symptôme d'épuisement et j'en ai conclu que oui, car je ne distinguais qu'une seule chose devant moi : M. Jiminez au tableau. En tout cas, c'était tout ce que mon cerveau était capable d'analyser, si bien que, lorsque M. Jiminez a dit « Quentin ! », j'ai été considérablement troublé, dans la mesure où mon monde se résumait à M. Jiminez en train d'écrire au tableau. Or je ne voyais pas comment il pouvait être une présence à la fois visuelle et auditive dans ma vie.

– Oui ? ai-je demandé.
– Vous avez entendu la question.
– Oui ? ai-je à nouveau demandé.
– Et vous avez levé la main pour y répondre ?

J'ai vérifié et constaté qu'effectivement je levais la main, mais j'ignorais comment elle était montée là. La seule chose que je savais confusément, c'était comment la dé-lever. Mais ce n'est qu'après de considérables efforts que mon cerveau a réussi à dire à mon bras de se baisser et que mon bras a obtempéré.

– Je demandais si je pouvais aller aux toilettes, ai-je dit finalement.
– Allez-y, a répondu M. Jiminez.

Et quelqu'un d'autre a levé la main pour répondre à je ne sais quelle question sur une équation différentielle.

Je suis allé aux toilettes où je me suis aspergé la figure d'eau. Puis, penché au-dessus du lavabo, j'ai regardé dans le miroir à quoi je ressemblais, frottant mes yeux injectés de sang dans l'espoir de leur rendre leur aspect normal, sans succès. Quand soudain j'ai eu une idée de génie. Je suis entré dans un cabinet, j'ai rabattu le couvercle de la cuvette, je me suis assis dessus et, la tête appuyée contre la cloison, je me suis endormi. Je dormais depuis seize millisecondes quand la sonnerie annonçant la deuxième heure de cours a retenti. Je me suis levé pour aller en latin, puis en physique, et finalement la quatrième heure a sonné et j'ai retrouvé Ben à la cafét'.

– Il faut absolument que je fasse une sieste, ai-je dit.

– On n'a qu'à déjeuner avec MALDERALEH, a répondu Ben.

MALDERALEH était la Buick de quinze ans que les trois frères et sœur aînés de Ben avaient conduite en toute impunité avant lui et elle était essentiellement constituée de ruban adhésif et de tonnes de mastic. Son nom entier était « Montée À La Dure Et Rentrée À L'Écurie Humide », mais pour faire court, on l'appelait MALDERALEH. MALDERALEH ne roulait pas à l'essence, mais au combustible inépuisable de l'espoir humain. Une fois installés dans un des sièges au revêtement synthétique délicieusement brûlant, il ne nous restait plus qu'à espérer qu'elle démarre. Ben mettait le contact et le moteur tournait une fois ou deux, comme un poisson dans l'herbe agité par les derniers soubresauts du moribond. Puis on espérait plus fort et le moteur tournait à nouveau une fois ou deux. Puis on espérait encore plus fort et finalement il démarrait.

Ben a mis le contact et poussé la clim à fond. Trois des quatre vitres de la voiture ne s'ouvraient plus, mais le système d'air conditionné fonctionnait très bien, même si, pendant les premières minutes, il ne crachait que de l'air chaud qui se mélangeait à l'atmosphère confinée de la voiture. J'ai abaissé complètement mon siège, me retrouvant ainsi pratiquement allongé, et j'ai tout raconté à Ben : Margo à ma fenêtre, le Walmart, la vengeance, le SunTrust, l'erreur de maison, SeaWorld, le « Ça va me manquer de ne plus faire de trucs avec toi ».

Il ne m'a pas interrompu une seule fois (Ben était un bon copain en ce sens), mais dès que j'ai eu terminé, il m'a posé la question qui lui tenait le plus à cœur.

– Au sujet de Jase Worthington, tu dirais petit comment ?

– Il se peut que la contraction ait joué un rôle dans la mesure où il était stressé, mais tu as déjà vu un crayon ? ai-je demandé.

Ben a hoché la tête.

– La gomme du crayon ?

Re-hochement de tête.

– Les petites pelures que la gomme laisse sur le papier après qu'on a effacé quelque chose ?

Nouveau hochement de tête.

– Alors je dirais, trois pelures de long et une de large.

Ben avait supporté pas mal de saloperies de la part de types comme Jason Worthington et

Chuck Parson, alors je suppose qu'il avait le droit de se réjouir un peu. Mais il n'a même pas ri. Il a secoué lentement la tête, comme abasourdi.

— Quelle casse-cou quand même, a-t-il dit.
— Je sais.
— C'est le genre de fille qui meurt tragiquement à vingt-sept ans comme Jimi Hendrix ou Janis Joplin, ou décroche le premier prix Nobel du Grandiose.
— Oui, ai-je approuvé.

Je me lassais rarement de parler de Margo Roth Spiegelman, mais j'avais aussi rarement été dans cet état de fatigue. J'ai posé la tête contre l'appui-tête déchiré et je me suis endormi instantanément. En me réveillant, j'ai trouvé un hamburger sur mes genoux avec ce mot : *Fallait que je retourne en cours, mon pote. À plus, après la musique.*

Plus tard, après mon dernier cours, adossé au mur de la salle de répète, j'ai traduit un poème d'Ovide, en m'efforçant d'ignorer les couinements cacophoniques qui me parvenaient de l'intérieur. Je restais toujours au bahut après la fin des cours pendant l'heure où les groupes jouaient, parce que rentrer avant Ben et Radar signifiait subir l'humiliation intolérable d'être le seul terminale dans le bus.

Après qu'ils sont sortis, Ben a déposé Radar devant chez lui, à côté du « centre-ville » de Jefferson Park, pas très loin de chez Lacey. Puis il m'a ramené chez moi. J'ai remarqué que la voiture de Margo n'était pas garée dans l'allée non plus. Elle n'avait donc pas séché pour dormir, mais pour vivre une nouvelle aventure. Sans moi. Elle avait sans doute passé la journée à étaler de la crème dépilatoire sur l'oreiller d'autres ennemis ou je ne sais quoi. Je me suis senti un peu exclu en rentrant chez moi, mais elle savait que je ne l'aurais pas accompagnée, j'accordais trop d'importance à une journée de classe. Et personne ne pouvait savoir si Margo allait se limiter à une journée. Peut-être était-elle partie effectuer une autre balade de trois jours dans le Mississippi ou rejoindre un cirque quelque temps. Mais il allait de soi qu'il ne s'agissait ni de l'un ni de l'autre, bien sûr, mais de quelque chose que je ne pouvais et ne pourrais jamais imaginer, parce que je n'étais pas Margo.

Je me suis demandé avec quelles histoires elle rentrerait cette fois. Et si elle me les raconterait, assise en face de moi au déjeuner. J'ai pensé que c'était peut-être ce qu'elle avait voulu dire par « Ça va me manquer de ne plus faire de trucs avec toi. » Elle savait qu'elle partait s'offrir un de ses brefs répits hors de cette Orlando de papier. Mais quand rentrerait-elle ? Nul ne le savait. Elle ne pouvait décemment plus passer les dernières semaines de lycée avec ses copains d'avant, alors elle les passerait peut-être avec moi, après tout.

Elle n'avait pas besoin d'être partie depuis longtemps pour que les rumeurs commencent à circuler. Ben m'a appelé ce soir-là après le dîner.

– Il paraît qu'elle ne répond plus à son portable. Quelqu'un sur Facebook dit qu'elle aurait déménagé dans un entrepôt secret de Tomorrowland à Disney World.

– C'est stupide.

– Je sais. Tomorrowland est de loin la plus nulle des sections du parc. Quelqu'un d'autre dit qu'elle a rencontré un type en ligne.

– Ridicule.

– Bon, d'accord, mais quoi alors ?

– Elle est quelque part en train de s'amuser toute seule à quelque chose qu'on peut seulement imaginer.

Ben s'est marré.

– Tu parles de plaisir solitaire ?

J'ai soupiré.

– Arrête, Ben. Je dis seulement qu'elle est en train de faire des trucs à la Margo. Bâtir des légendes. Secouer le cocotier.

Cette nuit-là, couché sur le côté, j'ai contemplé le monde invisible par ma fenêtre. J'essayais de m'endormir, mais mes yeux ne cessaient de s'ouvrir, pour vérifier. Je ne pouvais m'empêcher d'espérer que Margo Roth Spiegelman vienne chercher ma carcasse fatiguée pour lui faire passer une autre nuit inoubliable.

Chapitre 2

Margo prenait trop souvent la tangente pour qu'une équipe de recherche ou autre se forme au bahut, mais tout le monde ressentait son absence. Un lycée n'est pas une démocratie ni une dictature ni, contrairement à l'opinion fréquemment répandue, un état anarchique. Un lycée est une monarchie de droit divin. Et quand la reine est en vacances, les choses changent. En pire. C'est pendant l'escapade de Margo au Mississippi, en seconde, que Becca avait lâché l'histoire de Ben le Saignant dans la nature. Aujourd'hui, ce n'était pas différent. La petite fille qui bouchait le trou de la digue de son petit doigt était partie, l'inondation était inévitable.

Ce matin-là, j'étais pour une fois à l'heure. Et Ben m'a emmené. Arrivés devant la salle de répète, on a trouvé les autres curieusement silencieux.

— Les mecs, nous a dit notre copain Frank d'un air grave.

— Quoi ?

— Chuck Parson, Têtard Marc et Clint Bauer ont roulé sur les vélos de douze troisièmes et secondes avec le 4 x 4 de Clint.

— Ça craint, ai-je dit en secouant la tête.

— Et hier, quelqu'un a griffonné nos numéros de téléphone dans les toilettes des garçons avec des remarques salaces, a ajouté Ashley, une autre copine.

J'ai de nouveau secoué la tête, puis le silence est retombé sur le groupe. Impossible de les dénoncer. On avait fait plusieurs tentatives pendant nos années de collège, qui s'étaient toutes soldées par des représailles. D'habitude, on se contentait d'attendre que quelqu'un comme Margo leur rappelle qu'ils n'étaient que des crétins patentés.

Mais Margo m'avait fourni le moyen de mener une contre-offensive. Je m'apprêtais à dire quelque chose en ce sens quand, du coin de l'œil, j'ai vu un type balèze courir vers nous à fond de train. Il portait un masque de ski noir et trimbalait un énorme canon à eau vert sophistiqué. En passant à côté de moi, il m'a frappé à l'épaule, j'ai perdu l'équilibre et suis tombé sur le côté gauche, en contact brutal avec le béton fissuré de l'allée. Arrivé à la porte, le type s'est retourné pour nous hurler quelque chose.

— Vous vous foutez encore de notre gueule mais n'oubliez pas que vous êtes mortels.

Je n'ai pas reconnu la voix.

Ben et un autre copain m'ont aidé à me relever. J'avais mal à l'épaule, mais je me refusais à la frotter.

— Ça va ? m'a demandé Radar.

— Oui, ça va, ai-je répondu, me sentant maintenant autorisé à me masser l'épaule.

Radar a secoué la tête.

— Il faut que quelqu'un lui explique que

mortels, on l'est tous. En revanche, il peut effectivement nous faire passer de vie à trépas, a-t-il dit.

Ça m'a fait rire.

Un copain a indiqué le parking d'un signe de tête et j'ai tourné la tête. Deux petits troisièmes venaient vers nous, leurs T-shirts détrempés tombant de leurs épaules menues.

– C'est de la pisse! nous a crié le premier.

Le deuxième ne disait rien, il marchait les mains levées, le plus loin possible de son T-shirt, mais ça n'était pas très efficace. Des rigoles de liquide s'écoulaient des emmanchures et s'enroulaient autour de ses bras.

– De la pisse d'homme ou d'animal? a demandé quelqu'un.

– Comment je saurais? Je ne suis pas expert en pisse.

Je me suis approché du gosse et lui ai posé la main sur la tête, le seul endroit sec de tout son corps.

– On va arranger ça, ai-je dit.

La deuxième sonnerie a retenti et Radar et moi avons foncé en maths. En me glissant derrière mon bureau, je me suis cogné le bras et la douleur a irradié dans mon épaule. Radar a tapoté la page de son carnet sur laquelle il avait entouré cette phrase : *Ça va, l'épaule?*

Dans un coin du mien, j'ai répondu : *Comparé aux troisièmes de tout à l'heure, j'ai passé la matinée à folâtrer avec des chiots dans un champ d'arcs-en-ciel.*

Radar a ri, assez fort pour que M. Jiminez lui décoche un regard noir. J'ai ajouté : *J'ai un plan, mais il faut trouver qui c'était.*

Radar a répondu : *Jasper Hanson* en entourant le nom plusieurs fois. Je n'en revenais pas.
Comment tu sais ?
Réponse de Radar : *Tu n'as pas remarqué ? Ce gros nul portait son maillot de foot perso.*

Jasper était en première. Je l'avais toujours considéré comme inoffensif sinon sympa, dans la catégorie papillonnant de droite à gauche. Pas le genre de type qu'on imaginait crachant des geysers de pisse sur des troisièmes. Alors, dans la bureaucratie gouvernementale de Winter Park High School, Jasper Hanson aurait donc occupé le poste de sous-secrétaire adjoint à l'athlétisme et à la malfaisance réunis. Quand un type de cette envergure était promu vice-président exécutif du jet d'urine, il était nécessaire d'entreprendre une action immédiate.

Alors, de retour à la maison en fin d'après-midi, j'ai créé un nouveau compte mail et écrit à mon vieil ami Jason Worthington.

De : mavengeance@mail.com
À : jworthington90@yahoo.com
Objet : Vous, moi, la maison de Becca Arrington, votre pénis, etc.

Cher monsieur Worthington,

1. Deux cents dollars en liquide devront être versés aux douze propriétaires des vélos que vos sbires ont détruits à coup de 4 x 4. Ce qui ne devrait pas poser de problème, vu vos moyens exceptionnels.

2. Cette histoire de graffitis obscènes dans les toilettes doit cesser.

3. Des canons à eau remplis de pisse ? Franchement, grandissez un peu !

4. Vous feriez mieux de traiter vos camarades avec respect, en particulier ceux qui sont issus d'un milieu moins favorisé que le vôtre.

5. Et sans doute conseiller aux membres de votre clique d'en faire autant.

J'ai bien conscience que certaines de ces tâches vous poseront des difficultés. Mais il me sera tout aussi difficile de ne pas faire profiter le monde entier de la photo que je vous adresse en pièce jointe.

Je vous prie d'agréer, monsieur Worthington, mes salutations distinguées,

                      Votre dévoué bras vengeur

La réponse est arrivée douze minutes après.

Écoute, Quentin. Oui, je sais que c'est toi. Ce n'est pas moi qui ai arrosé les troisièmes de pisse. Excuse-moi mais je ne contrôle pas les agissements des autres.

Ma réponse :

Monsieur Worthington,

Je comprends que vous ne contrôliez pas Chuck et Jasper. Mais figurez-vous que je suis dans la même situation. Je ne contrôle pas le petit diable sur mon épaule gauche qui n'arrête pas de dire : « Imprime la photo ! Imprime la photo

et placarde-la dans tout le lycée ! Vas-y, fais-le ! »
D'un autre côté, sur mon épaule droite, un petit ange blanc dit ceci : « J'espère à mort que les troisièmes récupéreront leur fric lundi matin première heure. »

Moi aussi, petit ange. Moi aussi.

Bien cordialement,
Votre dévoué bras vengeur

Il n'a pas répondu, c'était inutile. Tout avait été dit.

Ben a débarqué après le dîner pour une partie de Résurrection. On l'arrêtait toutes les demi-heures pour appeler Radar, qui passait la soirée avec Angela. On lui a laissé onze messages, tous plus horripilants et libidineux les uns que les autres. Il était un peu plus de neuf heures quand on a sonné à la porte.

– Quentin ! a crié maman.

Pensant que c'était Radar, on a mis le jeu sur « Pause » et on est allés au salon. Chuck Parson et Jason Worthington nous attendaient à la porte d'entrée. Je me suis approché.

– Salut, Quentin ! a dit Jason.

J'ai hoché la tête.

Jason a jeté un regard en coin à Chuck, qui s'est tourné vers moi.

– Pardon, Quentin, a-t-il marmonné.

– Pardon pourquoi ? ai-je demandé.

– Pour avoir demandé à Jasper d'arroser les troisièmes de pisse, a-t-il grommelé.

Il s'est tu.

– Et pour les vélos, a-t-il ajouté.

Ben a ouvert les bras comme pour lui donner l'accolade.
— Viens là, mon pote, a-t-il dit.
— Quoi ?
— Viens là, a-t-il répété.
Chuck a avancé.
— Plus près.

Quand il a été dans l'entrée, à trente centimètres de lui, Ben lui a soudain filé un coup de poing dans le ventre. Chuck n'a même pas cillé, mais il s'est redressé aussitôt, prêt à frapper. Jase l'a retenu par le bras.

— Calme-toi, mon pote, a-t-il dit. T'as même pas mal.

Puis en me tendant la main :
— T'es gonflé, mon pote, ça me plaît. Tu restes un trou-du-cul, mais n'empêche.

Je lui ai serré la main.

Puis ils sont partis dans la Lexus de Jase en reculant dans l'allée du garage. Dès que la porte s'est refermée, Ben a poussé un rugissement.

— Aïïïïe ! La vache, ma main !

Il a essayé de serrer le poing, mais la tentative lui a arraché une grimace.

— Je pense que Chuck Parson se colle un bouquin de classe sur le ventre.

— Ça s'appelle des abdominaux, ai-je dit.

— Ah oui, j'en ai entendu parler !

Je lui ai filé une claque dans le dos et on est retournés jouer à Résurrection dans ma chambre. On venait de reprendre la partie quand Ben a dit :

— Au fait, tu as remarqué que Jase nous a servi du « mon pote » ? C'est entièrement grâce à moi, grâce à la puissance de mon génie.

— Je te ferai remarquer que tu passes ton vendredi soir à jouer à un jeu vidéo et à soigner ta main, que tu as failli casser en voulant filer un coup de poing traître dans le bide de quelqu'un. Pas étonnant que Jase Worthington soit à ta remorque.

— Au moins, je suis bon à Résurrection, a-t-il répondu et tout de suite après il m'a tiré dans le dos, même si on jouait en tandem.

On a poursuivi la partie encore un peu, jusqu'à ce que Ben se roule en boule sur le sol, la commande posée sur la poitrine, et s'endorme. J'étais fatigué moi aussi, la journée avait été longue. Margo serait sans doute rentrée lundi de toute façon, mais j'étais fier d'avoir été celui grâce à qui la vague de nullité avait été endiguée.

Chapitre 3

Désormais, tous les matins je jetais un coup d'œil par la fenêtre en quête d'un quelconque signe de vie dans la chambre de Margo. Elle descendait toujours son store en rotin, mais depuis qu'elle était partie, sa mère ou quelqu'un d'autre l'avait remonté, je voyais donc un petit bout de mur bleu et de plafond blanc. Samedi matin, après seulement quarante-huit heures d'absence, je me doutais qu'elle ne serait pas rentrée, mais j'ai quand même ressenti un pincement de déception à la vue de son store toujours relevé.

Je me suis brossé les dents et après avoir brièvement essayé de réveiller Ben à coups de pied, je suis sorti de ma chambre, en short et T-shirt. J'ai trouvé cinq personnes assises à la table de la salle à manger : maman, papa, la mère de Margo, son père et un grand Afro-Américain corpulent, chaussé de lunettes surdimensionnées, vêtu d'un costume gris, tenant un dossier à la main.

— Euh... bonjour, ai-je dit.
— Quentin, m'a demandé maman, as-tu vu Margo mercredi soir ?

Je suis entré dans la pièce et me suis adossé au mur, face à l'inconnu. J'avais déjà réfléchi à la question.

– Oui, ai-je répondu. Elle s'est pointée à ma fenêtre vers minuit, à peu près. On a discuté quelques minutes, puis M. Spiegelman l'a surprise et elle est rentrée à la maison.

– Et c'est… Tu l'as revue après ? a demandé M. Spiegelman, plutôt calme.

– Non, pourquoi ?

– Il semblerait que Margo ait encore fugué, a répondu la mère de Margo d'une voix criarde. (Puis, avec un soupir :) C'est la… je ne me rappelle plus, Josh. La quatrième fois ?

– J'ai perdu le fil, a dit son père, agacé.

– C'est la cinquième fois que vous faites un signalement, est intervenu alors l'Afro-Américain. Inspecteur Otis Warren, m'a-t-il précisé avec un signe de tête.

– Quentin Jacobsen.

Maman s'est levée et elle a posé les mains sur les épaules de Mme Spiegelman.

– Debbie, je suis de tout cœur avec toi. C'est une situation où on se sent vraiment impuissant.

Je connaissais le truc. En psychologie, ça s'appelle l'écoute positive. On met des mots sur les sentiments de son interlocuteur pour lui faire sentir qu'il est compris. Maman me le fait tout le temps.

– Je ne me sens pas impuissante, a répondu Mme Spiegelman. Je jette l'éponge.

– C'est exact, a renchéri M. Spiegelman. Un serrurier vient cet après-midi changer les serrures. Elle a dix-huit ans et, d'après l'inspecteur, on ne peut rien faire…

– Ce ne sont pas mes termes, l'a interrompu l'inspecteur Warren. J'ai dit qu'on n'était plus dans le cas d'une disparition de mineure et qu'elle avait le droit de partir de chez elle.

M. Spiegelman s'est adressé alors à maman.

– On est ravis de lui payer la fac, mais on ne supporte plus ces... ces enfantillages. Enfin, Connie, elle a dix-huit ans! Et elle est toujours aussi nombriliste! Il faut qu'elle voie les conséquences.

Maman a lâché les épaules de Mme Spiegelman.

– Encore faudrait-il que ce soient des conséquences pleines d'amour, lui a-t-elle dit.

– Ce n'est pas ta fille, Connie. Ça ne fait pas dix ans qu'elle te piétine comme un paillasson. On doit penser à notre deuxième enfant.

– Et à nous, a ajouté M. Spiegelman. (Puis se tournant vers moi :) Quentin, je suis navré qu'elle ait essayé de t'entraîner dans son petit jeu. Tu te doutes à quel point tout cela est gênant pour nous. Tu es un garçon tellement bien et elle est... bref.

Je me suis décollé du mur et me suis redressé. Je connaissais un peu les parents de Margo, mais je ne les avais jamais vus se comporter de manière aussi vache. Pas étonnant qu'ils l'aient énervée mercredi soir. J'ai jeté un coup d'œil à l'inspecteur. Il consultait son dossier.

– Elle a, semble-t-il, pour habitude de semer des petits cailloux derrière elle. C'est exact ? a-t-il demandé.

– Des indices, a précisé M. Spiegelman en se levant.

L'inspecteur avait posé son dossier sur la table et le père de Margo s'est penché pour le parcourir avec lui.

— Des indices partout. Le jour où elle a fugué dans le Mississippi, elle a mangé du potage au vermicelle et a laissé quatre lettres au fond de son assiette, un M, un I, un S, et un P. Je me rappelle sa déception qu'on n'ait pas décrypté son message et pourtant, quand elle est finalement rentrée, je lui ai expliqué : « Comment veux-tu qu'on te retrouve avec pour seule piste le Mississippi ? C'est un État immense, Margo ! »

L'inspecteur s'est raclé la gorge.

— Elle a laissé une Minnie sur son lit quand elle est allée passer une nuit à Disney World.

— Oui, a confirmé sa mère, des indices. Des indices stupides qui ne mènent jamais nulle part, croyez-moi.

L'inspecteur a levé le nez de son dossier.

— On va faire passer l'info, évidemment, mais on ne peut pas l'obliger à rentrer. Il se peut qu'elle ne revienne pas tout de suite sous votre toit.

— Je ne veux pas d'elle sous mon toit, a dit Mme Spiegelman en se tamponnant les yeux avec un mouchoir en papier, bien que je n'aie entendu aucune larme dans sa voix. Je sais que c'est terrible, mais c'est la vérité.

— Deb, a dit maman sur son ton de psy.

Mme Spiegelman a secoué la tête. À peine secoué la tête.

— Que pouvons-nous faire ? On a averti l'inspecteur. On a fait un signalement. C'est une adulte, Connie.

— Votre fille, a corrigé maman, sans se départir de son calme.

— Oh, arrête, Connie ! À la question « Est-ce anormal de vivre son départ comme une bénédiction ? », la réponse est oui, bien sûr. Mais dans la famille, c'est elle l'anormalité ! Comment veux-tu remettre la main sur une fille qui déclare d'emblée qu'on ne la retrouvera pas, qui laisse des indices qui ne mènent nulle part, qui prend la poudre d'escampette à tout bout de champ ? On ne peut pas !

Mes parents ont échangé un regard, puis l'inspecteur s'est tourné vers moi.

— Dis-moi, gamin, j'aimerais bien te parler en privé.

J'ai acquiescé. On s'est isolés dans la chambre de mes parents, l'inspecteur s'est assis dans un fauteuil et moi au bord du lit.

— Écoute, a-t-il dit, une fois bien installé, laisse-moi te donner un conseil. Ne travaille jamais pour l'État. Parce que travailler pour l'État, c'est travailler pour les gens. Et travailler pour les gens t'oblige à entrer en contact avec eux, y compris des spécimens comme les Spiegelman.

J'ai laissé échapper un petit rire.

— Pour être franc avec toi, ces gens s'entendent aussi bien à élever les enfants que moi à suivre un régime. J'ai déjà eu affaire à eux et ils ne me plaisent pas. Je me fiche que tu leur dises où elle est, en revanche j'aimerais que tu le fasses pour moi.

— Je ne sais vraiment pas où elle est.

— Écoute, j'ai beaucoup réfléchi à son cas. Aux trucs qu'elle fait, s'introduire à Disney World, par exemple. Partir dans le Mississippi en laissant des lettres-vermicelles. Mener une opération destinée à entourer des maisons de papier toilette.

— Comment êtes-vous au courant ?

Deux ans auparavant, Margo avait mené l'offensive durant laquelle deux cents maisons avaient été entourées de papier toilette en une nuit. Inutile de préciser que je n'avais pas été invité à participer à l'aventure.

— Ce n'est pas la première fois que je bosse sur son cas. Alors écoute, voilà comment tu peux m'aider. Dis-moi qui échafaude ces plans déments ! Elle en est l'exécutrice, elle est assez allumée pour ça, mais qui se cache derrière ? Qui remplit tous ces tableaux pour calculer combien de mètres de papier toilette sont nécessaires pour entourer une tonne de maisons ?

— Elle, sûrement.

— Elle a forcément un acolyte, quelqu'un qui l'aide à mettre au point ces tours géniaux. Or il se peut que la personne qui partage ses secrets ne soit pas forcément celle à laquelle on pense, pas son meilleur ami ni son copain.

L'inspecteur a repris sa respiration et s'apprêtait à ajouter quelque chose, mais je l'ai coupé.

— Je ne sais pas où elle est. Je le jure, ai-je dit.

— Je ne faisais que vérifier, gamin. Bref, tu sais quelque chose, n'est-ce pas ? Alors commençons par là.

Je lui ai tout raconté. J'avais confiance en lui. Il a pris quelques notes, mais rien de détaillé. À mesure que je lui parlais et qu'il gribouillait dans son carnet, conscient de la nullité dont ses parents faisaient preuve, j'ai senti grandir en moi la possibilité d'une absence prolongée de Margo. Au moment où je me suis arrêté, j'avais le souffle coupé par l'angoisse. L'inspecteur s'est tu quelques instants, penché en avant sur son fauteuil, le regard perdu loin derrière moi, jusqu'à ce qu'il trouve ce qu'il cherchait, j'ignore quoi, et qu'il se remette à parler.

— Écoute. Voilà, je t'explique. Il y a des jeunes, des filles en général, qui développent une personnalité indépendante et ne s'entendent pas très bien avec leurs parents. Et ces jeunes sont comme des ballons gonflés à l'hélium, retenus par une corde. Le jeune va tirer sur la corde, tirer encore et encore, puis quelque chose va se passer et la corde va casser, le ballon s'envoler. Peut-être ne le reverra-t-on jamais. Le ballon atterrira au Canada ou ailleurs, il trouvera un boulot dans un resto, et avant même qu'il s'en rende compte, il aura servi du café dans le même rade aux mêmes enfoirés pendant trente ans. À moins que d'ici trois ou quatre ans, ou trois ou quatre jours, les vents dominants ramènent le ballon chez lui, parce qu'il aura besoin d'argent, ou qu'il aura dessaoulé, ou que son petit frère lui manquera. Mais écoute-moi bien, la corde casse à tous les coups.

— Oui, mais...

— Je n'ai pas fini. Le problème avec ces ballons, c'est qu'il y en a une tripotée. Le ciel en est noir, ils se frôlent en allant d'un endroit à un autre et, quoi qu'il arrive, tous viendront un jour s'échouer sur mon bureau. Je ne te cache pas qu'au bout d'un moment le découragement me prend. Des ballons partout, chacun avec son père ou sa mère, ou pire, les deux. On finit par ne plus les distinguer individuellement. On lève les yeux vers le ciel et on voit la multitude, mais aucun séparément.

Il s'est interrompu pour prendre une brusque inspiration comme s'il avait soudain réalisé quelque chose.

– Mais il arrive qu'un jour on tombe sur un jeune aux yeux écarquillés, avec beaucoup trop de cheveux pour sa petite tête. Alors on a envie de lui mentir, parce qu'il a l'air d'un bon gosse. On a mal pour lui, car la seule chose qui soit pire que le ciel rempli de ballons que nous voyons, c'est ce qu'il voit, lui : un grand ciel dégagé dans lequel flotte son unique ballon. N'oublie pas, une fois la corde cassée, elle est cassée, impossible de revenir en arrière. Tu comprends ?

J'ai hoché la tête et pourtant je n'étais pas sûr de bien comprendre.

Il s'est levé.

– Je pense qu'elle sera bientôt de retour. Si ça peut t'aider.

L'image de Margo en ballon me plaisait, mais il m'a semblé que, dans son désir de poésie, l'inspecteur avait surestimé mon inquiétude, qui n'avait pas dépassé le pincement que j'avais effectivement ressenti. Je savais qu'elle reviendrait, que le ballon se dégonflerait et que le vent le ramènerait à Jefferson Park. Elle était toujours revenue.

J'ai suivi l'inspecteur à la salle à manger. Il a demandé à retourner chez les Spiegelman pour fouiller un peu sa chambre.

– Tu as toujours été un si bon garçon, m'a dit Mme Spiegelman en me prenant dans ses bras. Je regrette qu'elle t'ait entraîné dans ses bêtises.

M. Spiegelman m'a serré la main et ils sont partis.

— Ouaouh ! s'est exclamé mon père, la porte sitôt refermée.

— Ouaouh ! a renchéri maman.

Papa a posé son bras sur mes épaules.

— Voilà des dynamiques bien inquiétantes, pas vrai, mon gars ?

— Quels connards, ai-je dit.

Mes parents adoraient que je jure devant eux. Je lisais le plaisir sur leur visage. Jurer devant eux signifiait que je leur faisais confiance, que j'étais moi-même en leur présence. Néanmoins, ils étaient tristes.

— Chaque fois que Margo fait des siennes, ses parents subissent une terrible blessure narcissique, m'a expliqué mon père.

— Ce qui les empêche de remplir efficacement leur rôle de parents, a ajouté maman.

— Ce sont des connards, ai-je répété.

— Honnêtement, ils ont peut-être raison, a dit papa. Elle a sans doute besoin d'attention. Et qui n'en aurait pas besoin avec des parents pareils ?

— Elle va être dévastée à son retour, a dit maman, d'être abandonnée comme ça ! Exclue quand elle a le plus besoin d'amour.

— Elle pourrait peut-être venir vivre chez nous, ai-je proposé, réalisant du même coup quelle formidable idée j'avais eue.

Le regard de maman s'est animé, mais quelque chose dans l'expression de mon père l'a poussée à me répondre sur le même ton mesuré que d'habitude.

— Il va de soi qu'elle serait la bienvenue, bien que sa présence parmi nous ne serait pas sans conséquences, sachant que les Spiegelman habitent à côté. Mais quand elle reviendra au lycée, dis-lui qu'on serait ravis de l'avoir chez nous et que, si elle n'en a pas envie, il y a d'autres solutions que nous serions heureux de lui expliquer.

Ben est sorti de ma chambre pile à ce moment-là, ses cheveux en bataille remettant en cause notre compréhension élémentaire des lois de la gravité.

— M. et Mme Jacobsen... C'est toujours un plaisir.

— Bonjour, Ben, je ne m'étais pas aperçu que tu avais dormi ici cette nuit.

— Moi non plus, en fait, a-t-il dit. Qu'est-ce qui se passe ?

Je l'ai mis au courant de la visite de l'inspecteur et des Spiegelman, et du fait que Margo était maintenant une adulte disparue.

À la fin de mon récit, Ben a hoché la tête.

— On ferait mieux de parler de tout ça devant une assiette bouillante de Résurrection.

J'ai souri et je suis retourné dans ma chambre avec lui.

Radar nous a rejoints peu après et, dès qu'il est arrivé, j'ai été éjecté de la partie parce que, bien que seul propriétaire du jeu, on était aux prises avec une mission difficile et que j'étais nul à Résurrection. Je les ai regardés musarder à l'intérieur d'une station spatiale truffée de démons.

— Un gobelin, Radar ! Un gobelin ! a soudain crié Ben.

— Je le vois.

— Viens par ici, mon cochon, a dit Ben en agitant la commande. Papa va te faire traverser le Styx.

— Je rêve ou tu puises dans la mythologie grecque pour débiter des âneries ? ai-je demandé.

Radar a éclaté de rire.

— Bouffe-le ! Bouffe-le ! a crié Radar en malmenant les boutons. Mange-le comme Zeus mangea Métis !

— Je pense qu'elle sera rentrée lundi, ai-je dit. Toute Margo Roth Spiegelman qu'elle est, manquer trop longtemps ne doit pas lui plaire. Elle viendra peut-être habiter chez nous jusqu'à la fin de l'année.

Radar m'a répondu à la manière décousue du type en pleine partie de Résurrection.

— Pour commencer, je ne comprends pas pourquoi elle est partie. Ne me dis pas que *diablotin à six heures non mon pote balance-lui un coup de pistolet à rayons* que c'est à cause de son chagrin d'amour ? Je la croyais *où est la crypte sur la gauche* imperméable à ce genre de choses.

— Non, ce n'est pas la raison, je ne pense pas, ai-je dit. Pas la seule, en tout cas. Elle déteste Orlando, elle dit que c'est une ville de papier où tout est faux et impalpable. Elle devait avoir envie de s'en échapper.

Il se trouve alors que j'ai jeté un coup d'œil par la fenêtre et que je me suis immédiatement aperçu que quelqu'un (sans doute l'inspecteur) avait baissé le store de Margo. Seulement, ce n'était pas le store que je voyais mais un poster en noir et blanc scotché derrière. Sur la photo, un homme, les épaules légèrement voûtées, cigarette au bec, tenait une guitare en bandoulière et sur la guitare était écrit : MACHINE À TUER LES FASCISTES.

— Il y a quelque chose à la fenêtre de Margo, ai-je dit.

La bande-son du jeu s'est arrêtée et Ben et Radar sont venus me rejoindre, l'un à droite, l'autre à gauche.

— C'est nouveau ? a demandé Radar.

— J'ai vu le dos de ce store un million de fois, mais le poster, jamais.

— Bizarre, a dit Ben.

— D'après ses parents, elle laisse parfois des indices, mais rien d'assez concret pour qu'on la retrouve avant son retour, ai-je expliqué.

Radar avait déjà dégainé son ordinateur de poche et recherchait la phrase sur Omnictionary.

— Photo de Woody Guthrie, musicien de folk né en 1912, mort en 1967. A beaucoup chanté sur la classe ouvrière. Tube « This Land Is Your Land ». Un peu communiste sur les bords. A inspiré Bob Dylan.

Radar nous a fait écouter un petit bout d'une des chansons. On a entendu une voix aiguë et éraillée chanter quelque chose à propos de syndicats.

— Je vais envoyer un mail au type qui a rédigé la plus grande partie de l'article pour voir si je trouve des correspondances évidentes entre Woody Guthrie et Margo, a dit Radar.

— J'ai du mal à croire qu'elle aime ses chansons, ai-je dit.

— Franchement, on dirait un Kermit la Grenouille alcoolique, atteint d'un cancer de la gorge, a renchéri Ben.

Radar a ouvert la fenêtre et s'est penché au-dehors, tournant la tête à droite et à gauche.

— On dirait qu'elle a laissé ce truc à ton intention, Q. Elle a un autre copain qui voit sa fenêtre ?

J'ai secoué la tête en signe de dénégation.

— Cette manière qu'il a de nous fixer..., a-t-il ajouté quelques instants après. C'est comme s'il nous disait «Regardez-moi!». Et vu la façon dont il penche la tête, il n'est sûrement pas sur scène. On dirait plutôt qu'il est dans l'encadrement d'une porte.

— À mon avis, il veut qu'on entre, ai-je dit.

Chapitre 4

De ma chambre, on ne voyait pas la porte d'entrée des Spiegelman ni celle de leur garage. Pour profiter de la vue, il fallait être au salon. Alors, pendant que Ben continuait de jouer à Résurrection, Radar et moi nous y sommes installés, officiellement pour regarder la télé, surveillant d'un œil la porte des Spiegelman par la baie vitrée, dans l'espoir qu'ils quittent la maison. La voiture de fonction de l'inspecteur Warren était toujours dans l'allée.

Un quart d'heure après, l'inspecteur est parti, mais ni la porte du garage ni celle de l'entrée ne se sont ouvertes avant une heure. Radar et moi regardions une comédie moyennement drôle sur le câble, qui racontait les aventures de fumeurs de pétards, et je commençais à être vraiment pris par l'histoire.

— Porte du garage, a soudain annoncé Radar.

Je me suis levé d'un bond pour vérifier à la fenêtre qui s'en allait. M. et Mme Spiegelman. Ruthie était restée.

— Ben! ai-je crié.

Il est sorti de ma chambre comme une fusée

et tandis que les Spiegelman quittaient Jefferson Way pour s'engager sur Jefferson Road, on s'est rués dehors dans l'air moite du matin.

On a traversé leur pelouse et j'ai sonné. J'ai entendu les pattes de Myrna Mountweazel détaler sur le parquet et tout de suite après ses aboiements frénétiques en nous voyant derrière la vitre latérale de l'entrée. Ruthie a ouvert. C'était une adorable petite fille de onze ans.

— Salut, Ruthie.
— Salut, Quentin.
— Tes parents sont là ?
— Ils viennent juste de partir faire des courses au supermarché.

Ruthie avait les grands yeux de Margo, mais noisette. Elle m'a regardé, la bouche crispée par l'angoisse.

— Tu as vu le policier ?
— Oui, ai-je répondu. Il a l'air gentil.
— Maman dit que c'est comme si Margo était allée en fac plus tôt.
— Oui, ai-je approuvé, songeant que le moyen le plus simple de résoudre un mystère était de décréter qu'il n'y en avait pas.

Mais pour moi, il était clair maintenant que Margo avait laissé des indices.

— Écoute, Ruthie, il faut qu'on aille dans la chambre de Margo. Mais le problème, c'est que... c'est top secret, comme les trucs que tu fais pour elle.

— Margo n'aime pas qu'on entre dans sa chambre. Sauf quand c'est moi. Ou maman, des fois.

— Mais on est ses copains.

– Elle ne veut pas que ses copains aillent dans sa chambre.

Je me suis penché sur elle.

– S'il te plaît, Ruthie.

– En plus il ne faut pas que je le répète à papa et maman ?

– Exact, ai-je répondu.

– Cinq dollars, a-t-elle dit.

Je m'apprêtais à marchander mais Radar a sorti un billet de sa poche et le lui a donné.

– Si je vois la voiture, je vous avertis, a-t-elle dit d'un ton de conspirateur.

Je me suis baissé pour donner une bonne grosse caresse à une Myrna Mountweazel vieillissante mais toujours aussi enthousiaste, puis on a foncé au premier. En posant la main sur la poignée de sa porte, j'ai réalisé que je n'avais pas mis les pieds dans cette chambre depuis l'âge de dix ans.

Je suis entré. La pièce était mieux rangée qu'on s'y serait attendu de la part de Margo, mais il se pouvait que sa mère ait déjà fait le ménage. Sur ma droite, il y avait une penderie pleine à craquer de fringues. Et derrière la porte, un rack à chaussures sur lequel s'alignaient plusieurs dizaines de paires brassant tous les styles, du modèle sage aux talons hauts. Pas grand-chose ne semblait manquer.

– J'allume son ordi, a annoncé Radar.

Ben était en train de tripoter le store.

– Le poster tient juste avec du Scotch, a-t-il dit. Rien de solide.

La grande surprise, ce furent les rayonnages contre le mur, à côté de son bureau, une fois hauts comme moi et deux fois plus longs, où s'alignaient des vinyles. Par centaines.

– *A Love Supreme* de John Coltrane est sur la platine, a dit Ben.
– J'adore cet album, a ajouté Radar sans quitter l'ordinateur des yeux. Elle a du goût.

J'ai jeté un regard perplexe à Ben.
– C'était un saxophoniste, m'a-t-il expliqué.

J'ai hoché la tête.
– Je n'en reviens pas que Q. ne connaisse pas Coltrane, a dit Radar sans cesser de pianoter. Le jeu de Coltrane est la preuve la plus convaincante que j'aie reçue de l'existence de Dieu.

Je me suis mis à fouiller parmi les disques rangés par ordre alphabétique, les faisant défiler rapidement jusqu'aux G. Dizzy Gillespie, Jimmie Dale Gilmore, Green Day, Guided by Voices, George Harrison.

– Elle a tous les musiciens du monde sauf Woody Guthrie, ai-je observé.

J'ai repris mes recherches en commençant par les A.

– Tous ses livres de classe sont là, ai-je entendu Ben dire. Ainsi que d'autres sur sa table de nuit. Pas de journal intime.

J'étais estomaqué par la collection de Margo. Elle avait des goûts vraiment éclectiques. Je ne l'aurais jamais imaginée écoutant tous ces vieux disques. Je l'avais vue courir, un casque sur les oreilles, mais comment deviner une passion pareille ? Je ne connaissais pas la plupart des groupes et pour les disques les plus récents, j'ignorais complètement qu'on continuait de fabriquer des vinyles.

J'ai continué avec les A et suis passé aux B, Beatles, Blondie, Blind Boys of Alabama, puis j'ai accéléré, tellement accéléré que je n'ai pas vu le dos de la pochette de *Mermaid Avenue* de Billy Bragg avant d'arriver à Buzzcocks. Je me suis arrêté net et suis revenu en arrière pour sortir le disque de Billy Bragg. Le recto de la pochette était illustré par une photo de maisons mitoyennes. Mais au dos, Woody Guthrie me fixait, une cigarette à la bouche, une guitare en bandoulière sur laquelle était écrit : MACHINE À TUER LES FASCISTES.

— Hé! me suis-je exclamé.

Ben s'est tourné vers moi.

— Nom d'un chien! a-t-il dit. Bonne pioche.

Radar a pivoté sur sa chaise.

— Impressionnant. Je me demande ce qu'il y a dedans.

Malheureusement, il contenait seulement un disque. Un disque pareil à n'importe quel autre. Je l'ai posé sur la platine de Margo après avoir finalement découvert comment l'allumer et poser l'aiguille. Un type chantait des chansons de Woody Guthrie. Mieux que Woody Guthrie.

— C'est quoi ce truc? Une coïncidence incroyable, s'est étonné Ben, qui examinait la pochette. Regardez! a-t-il dit en indiquant la liste des morceaux.

Le titre « Walt Whitman's Niece » avait été entouré au stylo.

— Intéressant, ai-je dit.

À en croire sa mère, les indices de Margo ne menaient nulle part, mais j'étais sûr à présent qu'elle en avait créé une chaîne, et j'avais tout lieu de croire qu'ils m'étaient destinés. Je la revoyais au SunTrust Building, me disant qu'elle me préférait sûr de moi. J'ai retourné le disque. «Walt Whitman's Niece» était le premier morceau. Pas mal, en fait.

C'est alors que j'ai aperçu Ruthie sur le pas de la porte. Elle me regardait.

– Tu as une piste pour nous, Ruthie ?

Elle a secoué la tête.

– J'ai déjà cherché, a-t-elle répondu d'un air sombre.

Radar s'est tourné vers moi en m'indiquant Ruthie d'un signe de tête.

– Tu veux bien continuer à regarder si tes parents rentrent ? ai-je demandé.

Elle a hoché la tête et elle est partie. J'ai refermé la porte.

– Quoi de neuf ?

Radar nous a fait signe de venir à l'ordinateur.

– Dans la semaine qui a précédé son départ, Margo a passé des plombes sur Omnictionary. Je le sais d'après le nombre de minutes où son identifiant s'est connecté, elle l'a classé avec ses mots de passe. Le problème, c'est qu'elle a effacé l'historique de sa navigation, par conséquent je ne peux pas connaître l'objet de ses recherches.

– Au fait, Radar, tu pourrais regarder qui est Walt Whitman ? a dit Ben.

– C'était un poète du XIXe siècle, ai-je répondu.

– Super, a dit Ben en levant les yeux au ciel. De la poésie.

– Qu'est-ce qu'il y a de mal ? ai-je demandé.

– La poésie, c'est pour les hypersensibles, a-t-il dit. Oh, la douleur. La douleur. Il pleut toujours. Dans mon âme.

– Ça pourrait être du Shakespeare, ai-je dit

pour couper court. Whitman avait des nièces ? ai-je demandé à Radar.

Il était déjà sur la page consacrée à Whitman. On y voyait un type robuste à la barbe fournie. Je n'avais rien lu de lui, mais il avait une tête de génie.

— Pas très connu. Deux frères, mais pas un mot sur de possibles enfants. Je peux sûrement trouver l'info si tu veux.

J'ai secoué la tête. Ça ne servirait à rien. J'ai repris mes recherches. Sur la dernière étagère des disques, je suis tombé sur des annuaires du collège, une bande dessinée toute défraîchie et des magazines d'ado épuisés. Rien qui me conduise à la nièce de Walt Whitman, c'était certain.

J'ai jeté un coup d'œil aux livres sur sa table de chevet. Aucun intérêt.

— Ce serait logique qu'elle ait un recueil de ses poèmes, ai-je dit. Mais apparemment non.

— Elle en a un ! s'est exclamé Ben.

Je l'ai rejoint au pied des rayonnages devant lesquels il était agenouillé et je l'ai vu. J'avais raté le mince recueil, coincé entre deux annuaires du bahut, sur l'étagère du bas. *Feuilles d'herbe* de Walt Whitman. Je l'ai sorti. Sur la couverture s'étalait une photo de Whitman dont les yeux clairs me regardaient.

— Pas mal, ai-je dit à Ben.

Il a approuvé.

— Et maintenant, si on sortait d'ici ? Je suis peut-être vieux jeu mais je préférerais ne plus être là au retour des parents de Margo.

— On rate quelque chose ?

— Il semblerait qu'elle ait tracé une ligne

bien droite, a dit Radar en se levant. Il y a sûrement quelque chose dans ce bouquin. C'est bizarre, n'empêche. Ne le prends pas mal, Q., mais jusqu'ici elle a toujours laissé des indices à l'intention de ses parents, pourquoi à la tienne, cette fois ?

J'ai haussé les épaules. Je n'avais pas la réponse, mais je nourrissais des espoirs : il fallait peut-être que Margo me voie faire preuve d'assurance. Qui sait si elle ne voulait pas être retrouvée cette fois ? Qui plus est par moi. Qui sait si elle ne m'avait pas de nouveau choisi ? Comme cette fameuse nuit. Et qui sait si des richesses insoupçonnées n'attendaient pas celui qui la découvrirait ?

Ben et Radar sont partis peu après qu'on est rentrés à la maison, non sans avoir parcouru le livre chacun son tour sans y découvrir d'indice patent. J'ai sorti des lasagnes froides du frigo en guise de déjeuner et je suis revenu dans ma chambre avec Walt. Je tenais entre les mains une première édition de *Feuilles d'herbe*. J'ai parcouru l'introduction rapidement, puis j'ai commencé à feuilleter le livre proprement dit. Plusieurs passages étaient surlignés en bleu, tous extraits du même long poème épique intitulé «Chanson de moi-même». Et deux vers étaient surlignés en vert :

Qu'on dévisse les serrures aux portes !
Qu'on dévisse les portes de leurs charnières !

J'ai passé une grande partie de l'après-midi à essayer de trouver un sens à cette citation en me demandant si Margo ne s'en était pas servie pour m'enjoindre d'être encore plus casse-cou. Par ailleurs, je ne cessais de lire et relire chaque phrase surlignée en bleu :

Jamais plus tu n'accepteras rien de deuxième ou de troisième main ni ne verras par les yeux des morts, ni ne te nourriras des spectres livresques ;

Je suis un routard de l'errance perpétuelle.

Tout marche vers l'avant, tout s'en va vers le large, rien ne s'effondre,
Mourir ne ressemble pas à ce que vous ou moi supposerions, c'est une chance.

Que personne ne fasse attention à moi
Ou que l'on y fasse attention de partout cela m'est égal !

Les trois dernières strophes de « Chanson de moi-même » étaient également surlignées.

Je fais don de moi-même à la boue pour grandir avec l'herbe amoureuse,
Cherchez-moi sous vos semelles si vous voulez me retrouver.

Qui je suis, quels sont mes buts, ça vous ne le saurez guère !
Cependant je voudrai du bien à votre santé, quoi qu'il arrive,
Serai le filtre, la fibre de votre sang.

Ne soyez pas découragés par l'échec dans votre poursuite,
Vous ne me trouvez pas ici ? Dans ce cas courez plus loin,
Je suis quelque part, immobile, je vous attends.

Finalement, j'ai passé le week-end à lire, essayant de discerner Margo à travers les fragments de poèmes qu'elle m'avait laissés. Les vers ne me menaient jamais nulle part, mais je continuais d'y réfléchir malgré tout, car je me refusais à la décevoir. Elle voulait que je déroule le fil, que je retrouve l'endroit où elle s'était arrêtée pour m'attendre, que je suive les petits cailloux qu'elle avait semés et qui menaient directement à elle.

Chapitre 5

Lundi matin, un événement extraordinaire s'est produit. J'étais en retard, normal. Puis maman m'a déposé au bahut, normal. Puis j'ai glandé dehors en bavardant un moment avec tout le monde, normal. Puis Ben et moi sommes entrés, normal. Mais on n'avait pas plus tôt poussé les portes métalliques du hall que j'ai surpris un mélange de panique et d'excitation sur le visage de Ben, comme s'il avait été choisi dans la foule par un magicien pour servir de cobaye à son numéro d'homme coupé en deux.

Minijupe en jean. T-shirt moulant blanc. Décolleté saisissant. Peau merveilleusement olivâtre. Jambes qui se propulsaient littéralement au premier plan de toutes les préoccupations. Chevelure noire bouclée parfaitement coiffée. Badge proclamant : ÉLISEZ-MOI REINE DU BAL DE FIN D'ANNÉE. Lacey Pemberton. Marchant vers nous. À deux pas de la salle de répète.

– Lacey Pemberton, a chuchoté Ben, alors qu'elle était à moins de un mètre et nous entendait parfaitement.

D'ailleurs, elle a esquissé un sourire faussement modeste en entendant son nom.

– Quentin ! s'est-elle exclamée.

Plus que tout le reste, c'est le fait qu'elle connaisse mon nom qui m'a éberlué.

Lacey m'a fait un signe de tête et je l'ai suivie vers les casiers en passant devant la salle de répète. Ben sur mes talons.

– Salut, Lacey, ai-je dit quand elle s'est arrêtée.

J'ai senti son parfum que je me rappelais pour l'avoir senti dans sa voiture, et m'est revenu avec lui le souvenir du poisson qu'on avait écrabouillé avec Margo en rabattant le siège.

– Il paraît que tu étais avec Margo.

Je l'ai regardée sans piper mot.

– La nuit du poisson ? Dans ma voiture ? Dans le placard de Becca ? Par la fenêtre de chez Jase ?

J'ai continué à la regarder. Je ne savais pas quoi dire. On peut mener une longue existence palpitante sans que jamais Lacey Pemberton vous adresse la parole. Alors quand l'occasion inespérée se présentait, on préférait trouver les mots justes. Ben a répondu à ma place.

– Oui, c'est exact, ils étaient ensemble, a-t-il dit, sous-entendant que Margo et moi étions vraiment proches.

– Elle était en colère contre moi ? a demandé Lacey au bout d'un moment, les yeux baissés, révélant son ombre à paupières brune.

– Quoi ?

Elle s'exprimait doucement, d'une voix à peine étranglée, si bien que, soudain, elle n'a plus été Lacey Pemberton, mais une autre personne.

– Elle m'en voulait de quelque chose ?

J'ai réfléchi à la réponse adéquate.

– Elle était un peu déçue que tu ne l'aies pas

prévenue pour Jase et Becca, mais tu connais Margo. Elle s'en remettra.

Lacey s'est éloignée. On l'a laissée partir, mais elle a ralenti l'allure, nous invitant à l'escorter. Ben m'a donné un coup de coude et on y est allés.

— Je ne savais même pas pour Jase et Becca. C'est ça, le truc. J'espère avoir rapidement l'occasion de l'expliquer à Margo. À un moment, j'ai eu peur qu'elle soit partie pour de bon, mais j'ai ouvert son casier, je connais la combinaison, et toutes ses affaires sont encore là, ses photos, ses livres.

— Tant mieux, ai-je dit.

— N'empêche, ça fait quatre jours. C'est un record pour elle. Ce qui craint vraiment, c'est que Craig était au courant. J'étais tellement furax contre lui de ne pas me l'avoir dit que j'ai rompu. Du coup, je n'ai plus de cavalier pour le bal et ma meilleure copine est quelque part à New York ou je ne sais où, pensant que j'ai fait quelque chose que je ne ferais jamais, au grand jamais.

Ben et moi avons échangé un regard.

— Il faut que je file en cours, ai-je dit. Mais pourquoi serait-elle à New York, d'après toi ?

— Deux jours avant son départ, elle a dit à Jase que New York était la seule ville d'Amérique où on pouvait espérer vivre une vie à peu près supportable. Ce n'étaient peut-être que des mots. Va savoir.

— Il faut que j'y aille, ai-je dit.

Je me doutais que Ben n'arriverait jamais à convaincre Lacey de l'accompagner au bal, mais il méritait au moins de tenter sa chance. J'ai traversé les halls en courant jusqu'à mon casier, frottant la tête de Radar au passage. Il discutait avec Angela et une troisième de l'orchestre.

– Ce n'est pas moi qu'il faut remercier, mais Q., l'ai-je entendu dire à la troisième.

– Merci pour mes deux cents dollars ! a crié la fille.

– Ce n'est pas moi qu'il faut remercier, c'est Margo Roth Spiegelman, ai-je répondu sans me retourner, parce que Margo m'avait évidemment donné les clefs.

Arrivé à mon casier, j'ai attrapé mon livre de maths au vol et je me suis soudain figé, je suis resté immobile au milieu du hall, même après la deuxième sonnerie, scindant le flot des élèves qui se hâtaient dans un sens et dans l'autre, comme sur le terre-plein central d'une autoroute. Un autre jeune m'a remercié pour ses deux cents dollars. J'ai senti le bahut m'appartenir bien plus qu'au cours des quatre années que j'y avais passées. On avait obtenu réparation pour les dingues de musique privés de vélo. Lacey Pemberton m'avait adressé la parole. Chuck Parson s'était excusé.

Je connaissais ces halls par cœur et eux finissaient, semble-t-il, par me connaître. Je suis resté immobile jusqu'à ce que la troisième sonnerie retentisse et que la foule des élèves s'amenuise. Alors seulement, je me suis rendu en maths, prenant ma place juste après que M. Jiminez a entamé un autre de ses interminables cours.

J'avais pris le *Feuilles d'herbe* de Margo avec moi et j'ai commencé à relire les passages surlignés de « Chanson de moi-même », sous mon bureau, pendant que M. Jiminez écrivait je ne sais quoi au tableau. Je n'ai trouvé aucune référence directe à New York. Finalement, j'ai passé le livre à Radar, qui s'est plongé dedans quelques instants avant de griffonner un mot dans le coin de son carnet le plus proche de moi : *Les passages surlignés en vert ont sûrement une signification. Elle veut peut-être que tu ouvres la porte de ton esprit ?* J'ai haussé les épaules et répondu : *Ou bien elle a lu le poème à plusieurs jours d'intervalle en se servant de deux Stabilo différents.*

Quelques minutes après, je jetais un énième coup d'œil à la pendule quand j'ai aperçu Ben dans le couloir en train de danser une danse improbable, une autorisation de sortie de cours à la main.

Quand l'heure du déjeuner a sonné, je me suis précipité à mon casier, mais Ben m'avait curieusement devancé et il discutait devant avec Lacey Pemberton, la serrant de près, le dos légèrement voûté de façon à avoir son visage en face du sien. Parfois, parler à Ben me rendait un peu claustro et je n'étais pas une fille à tomber.

— Salut, tout le monde, ai-je dit en arrivant auprès d'eux.

— Salut, a dit Lacey en reculant ostensiblement pour s'écarter de Ben. Ben me mettait au courant des derniers développements concernant Margo. Tu savais que personne n'était jamais entré dans sa chambre ? Elle disait que ses parents lui interdisaient de faire venir des copains à la maison.

— Ah bon ?

Lacey a hoché la tête.

— Tu étais au courant qu'elle avait au bas mot un millier de disques ?

— Non, a répondu Lacey en lançant les mains

en l'air. Non, c'est justement ce que Ben était en train de m'apprendre ! Margo ne parlait jamais de musique. Si elle entendait un morceau qu'elle aimait bien à la radio, elle le disait. Mais autrement, non. Elle est vraiment bizarre.

J'ai haussé les épaules. Peut-être était-elle bizarre. À moins que ce fût nous qui l'étions.

– On était en train de dire que Walt Whitman était originaire de New York, a-t-elle poursuivi.

– Et d'après Omnictionary, Woody Guthrie y a vécu longtemps, a dit Ben.

– Je la vois à New York comme si j'y étais. Mais il faut trouver la signification du dernier indice. Je ne m'en sors pas avec le bouquin. Il y a forcément un code ou je ne sais quoi dans les passages surlignés, ai-je dit.

– Je pourrai y jeter un coup d'œil au déjeuner ? a demandé Lacey.

– Oui. Ou je t'en prends un double à la bibliothèque si tu veux.

– Non, je vais le lire juste une fois. La poésie, ce n'est pas mon truc. Au fait, j'ai une cousine à New York University, je lui ai envoyé un prospectus à imprimer. Je vais lui demander de l'afficher dans les magasins de disques. Je sais qu'il y en a un paquet, mais on ne sait jamais.

– Bonne idée, ai-je dit.

Ben et Lacey sont partis pour la cafét' et j'ai suivi le mouvement.

– Dis-moi, Lacey, de quelle couleur est ta robe ? a demandé Ben.

– Saphir. Pourquoi ?

– Je veux être sûr que mon smoking ne jure pas avec.

Je n'avais jamais vu Ben arborer un sourire aussi vertigineusement ridicule. Ce qui en dit long car Ben était un type vertigineusement ridicule.

Lacey a hoché la tête.

– Oui, mais pas question d'être superassortis. Si tu t'en tenais aux traditionnels smoking et gilet noirs ?

– Pas de ceinture haute ?

– Je n'y vois pas d'inconvénient. Mais pas trop de gros plis quand même.

Ils ont poursuivi leur discussion (apparemment le niveau idéal de grosseur de pli était un sujet de conversation auquel on pouvait consacrer plusieurs heures), mais j'ai cessé de les écouter en prenant place dans la queue pour ma pizza. Ben avait trouvé sa cavalière et Lacey, un garçon ravi de parler bal de fin d'année pendant des plombes. Tout le monde était casé cette fois, sauf moi, et je n'y allais pas. La seule fille que j'aurais voulu y emmener était une routarde de l'errance perpétuelle ou je ne sais quoi.

Quand on a été assis, Lacey a commencé à lire « Chanson de moi-même » et elle a été d'avis que le texte ne rimait à rien, en tout cas qu'il ne collait pas avec Margo. On n'avait toujours pas la moindre idée du message qu'elle avait voulu me transmettre, si tant est qu'il y en ait eu un. Lacey m'a rendu le livre et ils ont recommencé à parler du bal.

Tout l'après-midi, j'ai eu le sentiment que lire les passages surlignés ne menait pas à grand-chose, et pourtant dès que je m'ennuyais, je sortais le livre de mon sac à dos, je le posais sur mes genoux et je revenais dessus. En septième et dernière heure de cours, j'avais anglais et on étudiait *Moby Dick*, Mme Holden a donc beaucoup parlé de la pêche au XIXe siècle. J'avais *Moby Dick* sur ma table et Whitman sur les genoux, mais être en cours d'anglais ne m'a été d'aucune utilité. Pour une fois, j'ai laissé filer plusieurs minutes sans regarder la pendule, si bien que j'ai été surpris par la sonnerie et que j'ai passé plus de temps que les autres à ranger mes affaires. J'ai mis mon sac sur mon épaule et m'apprêtais à partir quand Mme Holden m'a souri.

– Walt Whitman, hein ?

J'ai hoché la tête d'un air piteux.

– Excellent, a-t-elle dit. Je ne vous en veux donc pas trop de le lire en classe, mais il ne faut pas exagérer.

J'ai marmonné des excuses et suis sorti pour rejoindre le parking des terminales.

Pendant que Ben et Radar répétaient avec leur groupe, je me suis installé dans MALDERALEH, toutes portières ouvertes, faisant circuler un fort courant d'air. Je me suis plongé dans *Le Fédéraliste* en vue de mon interro d'instruction civique du lendemain, mais mon esprit ne cessait de s'enrouler autour de la même boucle : Guthrie, Whitman, New York, Margo. Était-elle allée à New York pour s'immerger dans la musique folk ? Y avait-il une Margo secrète dingue de folk dont j'ignorais l'existence ? S'était-elle installée dans un appartement autrefois occupé par un de ses musiciens préférés ? Et pourquoi voulait-elle que je le sache ?

J'ai vu Ben et Radar approcher dans le rétroviseur, Radar balançant son étui à saxe en marchant rapidement vers MALDERALEH. Ils se sont jetés à l'intérieur de la voiture aux portières déjà ouvertes et Ben a mis le contact. MALDERALEH a toussé et on a espéré. Elle a re-toussé et on a ré-espéré, puis elle a fini par revenir à la vie dans un gargouillement. Ben est sorti du parking à toute blinde et il a quitté l'enceinte du bahut.

– T'y crois à ce qui m'arrive! s'est-il exclamé, ne pouvant contenir sa joie.

Puis il a commencé à donner des coups de Klaxon, mais bien sûr le Klaxon était cassé. Alors, à chaque coup donné, il hurlait:

– Bip! Bip! Bip! Klaxonne si tu vas au bal avec ce beau p'tit lot de premier choix qu'est Lacey Pemberton! Klaxonne, ma poulette! Klaxonne!

Il n'a pratiquement pas cessé de parler jusqu'à la maison.

– Tu sais ce qui a emporté le morceau? À part qu'elle m'a choisi en désespoir de cause. J'ai cru comprendre que Becca Arrington et elle n'étaient pas au mieux parce que Becca est une traîtresse. À mon avis, Lacey commence à se sentir coupable de l'affaire Ben le Saignant. Elle ne me l'a pas dit explicitement, mais je l'ai deviné à son comportement. Par conséquent, Ben le Saignant m'aura finalement rapporté quelque chose, une ouverture.

J'étais content pour lui, bien sûr, mais j'avais envie de rester concentré sur le jeu de piste qui menait à Margo.

– Vous n'avez vraiment aucune idée? ai-je demandé.

Il y a eu un silence, puis Radar m'a regardé dans le rétroviseur.

— Le truc sur les portes est le seul qui soit signalé de façon différente des autres, a-t-il dit. Et c'est aussi le plus extravagant. Je suis sûr que l'indice est là. C'est quoi déjà ?

— *Qu'on dévisse les serrures aux portes !/ Qu'on dévisse les portes de leurs charnières !* ai-je répondu.

— Il faut reconnaître que Jefferson Park n'est pas l'endroit idéal pour arracher de leurs gonds les portes de l'étroitesse d'esprit, a proposé Radar. C'est peut-être ce qu'elle a voulu dire, dans le même ordre d'idées qu'Orlando ville de papier. Ce serait la raison de son départ et ainsi qu'elle l'indiquerait.

Ben a ralenti à un feu et s'est tourné vers Radar.

— Mon pote, il me semble que vous accordez beaucoup trop de mérite à Margo beau p'tit lot.

— Comment ça ? ai-je demandé.

— *Qu'on dévisse les serrures aux portes !/ Qu'on dévisse les portes de leurs charnières !* a-t-il répété.

— Oui, ai-je dit.

Le feu est passé au vert et Ben a appuyé sur le champignon. MALDERALEH a vibré, menaçant de se désagréger, mais elle a avancé.

— Ce n'est pas de la poésie. Ni une métaphore. C'est un ordre. On doit aller dans sa chambre dévisser la serrure de sa porte et dévisser la porte de ses charnières.

Radar et moi avons échangé un regard dans le rétroviseur.

— Ce type est tellement attardé qu'il en devient presque génial, m'a dit Radar.

Chapitre 6

Une fois garés dans l'allée, on a traversé la pelouse, comme le samedi précédent. Ruthie nous a ouvert en nous avertissant que ses parents ne seraient pas de retour avant six heures et Myrna Mountweazel a décrit des cercles infernaux autour de nous. On est montés à l'étage. Ruthie est allée nous chercher la caisse à outils dans le garage et on s'est plantés devant la porte. Aucun de nous n'était bricoleur.

– Merde ! Qu'est-ce qu'on doit faire ? s'est interrogé Ben.

– Ne jure pas devant Ruthie, ai-je dit.

– Ruthie, ça t'embête si je dis merde ?

– Je ne sais pas ce que ça veut dire, a-t-elle dit en guise de réponse.

– Les gars, les gars, nous a interrompus Radar. La porte.

Puis il a plongé dans le fouillis de la caisse à outils et en a sorti un tournevis cruciforme à l'aide duquel, un genou à terre, il a dévissé la poignée ronde avec verrou. J'en ai pris un plus gros, pensant dévisser les gonds, mais je n'ai trouvé aucune vis à dévisser. J'ai réexaminé la porte. Ruthie a fini par s'ennuyer et elle est descendue regarder la télé.

Radar a dégagé la poignée et, chacun son tour, on a étudié le bois autour, brut et non peint. Pas de message. Pas de mot. Rien. Agacé, je me suis à nouveau concentré sur les gonds, en me demandant comment les démonter. J'ai ouvert et fermé la porte pour essayer de comprendre le mécanisme.

— Quand on pense à la longueur du poème, vous ne croyez pas que ce vieux Walt aurait consacré un vers ou deux à nous expliquer comment dévisser les portes de leurs charnières, ai-je dit.

Ce n'est qu'en entendant sa réponse que je me suis aperçu que Radar était à l'ordinateur de Margo.

— À en croire Omnictionary, a-t-il dit, nous sommes devant des charnières. Il suffit de prendre un tournevis pour faire levier et sortir la porte de ses gonds. Curieusement, je ne sais quel vandale a ajouté que si les charnières marchaient si bien, c'est qu'elles fonctionnaient aux pets. Oh, Omnictionary, seras-tu un jour exact ?

Une fois que nous avons été instruits par Omnictionary, l'opération s'est révélée incroyablement facile. J'ai libéré les trois charnières et Ben a retiré la porte. J'ai scruté les gonds et le chambranle. Rien.

— Rien dans la porte, a annoncé Ben.

Ben et moi avons remis la porte en place, puis Ben a tapé sur les charnières à l'aide du manche du tournevis pour remettre la porte sur ses gonds.

Après quoi, on est allés chez Ben (dont la maison était la copie conforme de la mienne) jouer à Arctic Fury, un jeu qui consiste à se tirer dessus sur un glacier à l'aide de lanceurs de Paintball. Dès qu'on touche un ennemi dans les roupettes, on gagne des points supplémentaires. Très raffiné.

— Mon pote, elle est forcément à New York, a dit Ben.

J'ai aperçu le canon de son lanceur dans un coin, mais je n'ai pas eu le temps de faire un geste qu'il me tirait entre les jambes.

— Zut! ai-je marmonné.

— Les autres fois, elle a laissé des indices qui désignaient un endroit. Elle a parlé de New York à Jase. Cette fois, elle en laisse concernant deux personnes qui ont vécu la plus grande partie de leur vie à New York. C'est cohérent, a dit Radar.

— Mon pote, c'est ce qu'elle veut, a déclaré Ben.

Pile au moment où je m'avançais subrepticement derrière lui, Ben a mis le jeu sur «Pause».

— Elle veut que tu ailles à New York. Et si elle avait imaginé que le seul moyen de la retrouver était d'y aller?

— Quoi? New York est une ville de douze millions d'habitants, ai-je dit.

— Si ça se trouve, elle a une taupe ici qui la renseigne sur tes agissements, a dit Radar.

— Lacey! s'est exclamé Ben. C'est du Lacey tout craché. Oui! Il faut que tu montes dans le premier avion pour New York. Dès que Lacey sera au courant, Margo viendra te chercher à l'aéroport. Oui, mon pote, je vais te raccompagner chez toi pour que tu fasses ta valise, t'emmener à l'aéroport où tu prendras un billet sur ta carte de crédit pour les cas d'urgence. Et quand

Margo se rendra compte à quel point tu es tête brûlée, à un degré dont Jase Worthington n'oserait même pas rêver, on ira tous les trois au bal de fin d'année, un supercanon au bras.

Je ne doutais pas que des avions partaient à toute heure pour New York. D'Orlando, il en décollait pour toutes les destinations à tout moment. Ce dont je doutais, c'était du reste.

– Si tu appelais Lacey…, ai-je dit.

– Elle n'avouera jamais ! a répliqué Ben. Pense à toutes les fausses pistes qu'elles ont lancées. Elles ont sûrement fait semblant d'être fâchées pour que tu ne soupçonnes pas Lacey d'être sa taupe.

– Ça ne colle pas, a dit Radar.

Il a continué de parler, mais je ne l'écoutais que d'une oreille. Le regard fixé sur l'écran figé, j'ai tout remis à plat. Si Margo et Lacey jouaient les copines brouillées, Lacey faisait-elle semblant d'avoir rompu avec son copain ? De s'inquiéter ? Elle avait répondu à des dizaines de mails (aucun n'ayant fourni d'information valable) suite aux prospectus que sa cousine avait affichés dans les magasins de disques de New York. Elle n'était pas une taupe et le plan de Ben était idiot. N'empêche, la seule idée d'un plan me plaisait. Mais il ne restait que deux semaines et demie avant la fin du lycée et partir pour New York impliquait de manquer deux jours au moins, sans parler de mes parents qui me tueraient pour avoir acheté un billet avec ma carte. Plus j'y pensais et plus je trouvais l'idée nulle. D'un autre côté, la possibilité de voir Margo le lendemain… Mais non.

– Je ne veux pas manquer les cours, ai-je dit

finalement, relâchant la touche «Pause». J'ai interro de français demain.

– Quel romantique tu fais! s'est écrié Ben.

J'ai joué encore quelques minutes, puis je suis rentré chez moi en traversant Jefferson Park à pied.

Un jour, maman m'avait raconté le cas d'un jeune fêlé qu'elle avait eu à traiter, un gosse qui, jusqu'à ce qu'il perde son père à l'âge de neuf ans, avait été normal. Certes, des tas de gosses de neuf ans perdent leur père et la plupart ne deviennent pas fous, mais je suppose que ce jeune était une exception.

Voilà ce qu'il faisait. Armé d'un compas, il dessinait des cercles sur une feuille de papier, des cercles de cinq centimètres de diamètre exactement. Quand il avait noirci une feuille, il en prenait une autre et recommençait. Tous les jours, toute la journée. Il n'écoutait pas à l'école et traçait des cercles sur ses cahiers et ses interros. Maman m'avait expliqué qu'il avait inventé cette pratique routinière afin de supporter la perte de son père, sauf que la routine était devenue destructrice. Tout ça pour dire que ma mère l'avait sans doute amené à pleurer la mort de son père et qu'il avait cessé de tracer des cercles, vivant probablement très heureux depuis. Mais je repensais parfois à ce jeune et à ses cercles, parce que, d'une certaine façon, je le comprenais. J'ai toujours adoré la routine. Je ne trouve pas l'ennui ennuyeux. Je ne suis pas certain de pouvoir l'expliquer à Margo, mais dessiner des cercles toute sa vie m'apparaissait comme une folie raisonnable.

Par conséquent, ne pas aller à New York n'aurait pas dû me poser de problème. De toute manière, l'idée était nulle. Mais ce soir-là, puis le lendemain au lycée, en suivant mon petit train-train quotidien, j'ai commencé à me sentir miné, comme si la routine en elle-même m'éloignait davantage du moment de mes retrouvailles avec Margo.

Chapitre 7

Mardi soir, comme elle était partie depuis six jours, je m'en suis ouvert à mes parents. Ce n'était pas la décision du siècle ni rien. Je l'ai fait, c'est tout. On était à la cuisine, mon père éminçait des légumes et ma mère faisait revenir du bœuf dans une sauteuse. Papa était en train de se moquer de moi parce que je passais un temps considérable sur un livre tout mince.

– Ce n'est pas pour mon cours d'anglais, ai-je expliqué. Je crois que Margo l'a laissé à mon intention.

Mes parents se sont tus et je leur ai raconté Woody Guthrie et Walt Whitman.

– Il est certain qu'elle aime jouer au jeu des informations parcellaires, a dit papa.

– Je comprends son besoin d'attention, a dit maman, puis se tournant vers moi : mais ça ne signifie pas pour autant que tu es responsable de son bien-être.

Papa a ajouté les carottes et les oignons dans la sauteuse en les faisant glisser à l'aide de son couteau.

– Oui, c'est vrai, a-t-il renchéri. Ni que ta mère ou moi puissions poser un diagnostic sur elle en son absence, mais je pressens qu'elle sera bientôt de retour.

— On ne devrait pas se perdre en conjectures, lui a dit maman tout bas, comme si je ne les entendais pas.

Papa s'apprêtait à lui répondre, mais je l'ai interrompu.

— Qu'est-ce que je dois faire ?

— Passer ton diplôme, a dit maman. Et faire confiance à Margo pour se prendre en charge, elle a prouvé qu'elle en était parfaitement capable.

— Entièrement d'accord, a dit papa.

Seulement, après dîner, quand je suis retourné dans ma chambre jouer à Résurrection en mode muet, je les ai entendus discuter à voix basse ; je ne distinguais pas les mots, mais leur inquiétude était palpable.

Ben m'a appelé plus tard sur mon portable.
— Salut, ai-je dit.
— Mon pote.
— Oui.
— Je sors acheter des chaussures avec Lacey.
— Acheter des chaussures ?
— Oui. De dix heures à minuit, tout est à moins trente pour cent. Elle veut que je l'aide à choisir ses chaussures de bal. Elle en avait trouvé une paire mais je suis passé chez elle hier et on a jugé qu'elle n'était pas… tu vois. Tu vises la perfection pour le bal. Alors on va rapporter la paire au magasin et en choisir une aut…
— Ben, l'ai-je coupé.
— Ouais ?
— Mon pote, je n'ai pas envie de discuter des

chaussures de bal de Lacey. Et je vais te dire pourquoi. Parce que j'ai un truc qui fait que ça ne m'intéresse pas du tout. Ce truc s'appelle un pénis.

– Je suis supermal. Je n'arrête pas de me dire qu'en fait elle me plaît vraiment, et pas seulement parce que c'est une superbe cavalière pour le bal, mais surtout parce qu'elle est drôlement sympa et que j'aime bien faire des trucs avec elle. Et peut-être que pendant le bal, on s'embrassera sur la piste et tout le monde en restera comme deux ronds de flan. Et tout ce que les autres auront toujours pensé de moi partira aux oubliettes…

– Ben, arrête de débiter des âneries et tout ira bien.

Mais il a continué encore un moment et j'ai fini par raccrocher.

Je me suis allongé sur mon lit, en proie à une légère déprime relative au bal. Je refusais de succomber à toute forme de tristesse sous prétexte que je n'y allais pas, mais j'avais pensé (stupidement, à ma grande honte) retrouver Margo et revenir à Orlando avec elle juste à temps pour le bal, samedi tard dans la soirée. On serait entrés dans la salle du Hilton, en jean et T-shirt minables, pile pour la dernière danse, on aurait dansé devant l'assistance, qui nous aurait montrés du doigt, épatée par le retour de Margo, on aurait dansé un fox-trot endiablé et ensuite on serait allés manger une glace. Alors oui, comme Ben, je me faisais des films idiots à propos du bal. Mais au moins, je les gardais pour moi.

Ben se montrait parfois sous les traits du parfait

imbécile égocentrique et je devais me remémorer les raisons pour lesquelles je l'aimais bien. Si je ne devais n'en citer qu'une, il lui arrivait d'avoir des idées brillantes. La trouvaille de la porte était excellente, même si elle n'avait pas marché. Mais il ne faisait aucun doute que Margo avait voulu lui donner un autre sens pour moi.

Pour moi.

C'était mon indice. C'était ma porte.

Pour aller dans le garage, je devais traverser le salon où mes parents regardaient la télé.

– Tu veux voir la fin ? m'a demandé maman. Ils sont sur le point de résoudre l'énigme.

C'était une de ces émissions où des candidats doivent dénouer une affaire criminelle.

– Non merci, ai-je répondu en passant rapidement devant eux pour aller à la cuisine, puis au garage.

J'ai pris le plus gros tournevis que je trouvais et l'ai glissé dans mon short en serrant fort ma ceinture à la taille. Je me suis servi en biscuits à la cuisine, j'ai retraversé le salon d'une démarche un peu étrange et, pendant que mes parents assistaient au dénouement, j'ai retiré les trois broches des charnières de ma porte. Quand la dernière est venue, la porte a craqué et a commencé à basculer, je l'ai rabattue aussitôt contre le mur. En l'ouvrant, j'ai vu un tout petit bout de papier (de la taille de l'ongle de mon pouce) tomber de la charnière du haut. Du Margo tout craché. Pourquoi cacher quelque chose dans sa chambre quand elle pouvait le faire chez moi ? Je me suis demandé à quel moment elle était venue et comment elle avait réussi à entrer. Je n'ai pu m'empêcher de sourire.

C'était un morceau de papier arraché au *Orlando Sentinel*, certains coins nets et d'autres déchirés. Je savais qu'il s'agissait du journal parce que sur un des coins déchirés on lisait «*do Sentinel* 6 mai, page 2». Le jour de son départ. Le message était indéniablement signé Margo. J'ai reconnu son écriture:

8328 bartlesville Avenue

Impossible de remettre la porte en place sans taper sur les broches à coups de tournevis, ce qui aurait forcément attiré l'attention de mes parents, alors je l'ai simplement reposée sur ses gonds et laissée grande ouverte. J'ai fourré les broches dans ma poche et je me suis mis à mon ordinateur pour chercher 8328 Bartlesville Avenue sur un plan. Je ne connaissais pas la rue.

Elle se trouvait à plus de cinquante kilomètres, bien après Colonial Drive, presque à Christmas, une autre ville de Floride. En agrandissant l'image satellite, j'ai vu un rectangle noir à la façade grise avec de l'herbe derrière. Un camping-car, peut-être. Il était difficile de se faire une idée de l'échelle, dans la mesure où le rectangle était littéralement entouré de végétation.

J'ai appelé Ben pour le mettre au courant.

– J'avais raison! s'est-il exclamé. Je suis impatient de le raconter à Lacey, parce qu'elle trouvait l'idée mégabonne aussi!

Je n'ai pas relevé la remarque concernant Lacey.

— Je vais y aller, ai-je dit.

— Bien sûr, il faut que tu y ailles. Je t'accompagne. Allons-y dimanche matin. Je serai crevé après la soirée du bal, mais tant pis.

— Non, maintenant.

— Il fait nuit. Pas question que tu ailles dans un endroit bizarre à une adresse mystérieuse de nuit. Tu n'as jamais vu de film d'horreur ?

— Elle y est peut-être.

— Oui, tout comme le démon qui se nourrit exclusivement du pancréas de jeunes garçons, a répondu Ben. Attends au moins demain. Bien que demain, après la répète, je doive commander son bouquet et ensuite je veux rentrer au cas où Lacey ait décidé de chatter, on chatte beaucoup tous les deux...

— Non, ce soir, l'ai-je coupé. Je veux la voir.

Je sentais le cercle se refermer. Dans une heure, si je me dépêchais, je la verrais.

— Mon pote, je ne te laisserai pas aller à je ne sais quelle vague adresse en pleine nuit. Je t'immobiliserai au Taser s'il le faut.

— Demain matin, ai-je dit, en grande partie pour moi. J'irai demain matin.

De toute façon, j'en avais assez d'être aussi assidu. Ben s'est tu. Je l'ai entendu souffler entre ses dents.

— Effectivement, je sens quelque chose couver, a-t-il dit. De la fièvre. Une toux. Des douleurs.

J'ai souri. Après avoir raccroché, j'ai appelé Radar.

— Je suis en ligne avec Ben, a-t-il répondu. Je te rappelle.

Une minute après, il me rappelait.

— Q., a-t-il annoncé avant même que je dise allô, j'ai une migraine de tous les diables. Impossible d'aller en classe demain.

J'ai éclaté de rire.

Après avoir raccroché, je me suis déshabillé, ne gardant que mon T-shirt et mon caleçon, j'ai vidé ma corbeille à papiers dans un tiroir et l'ai placée à côté de mon lit. J'ai réglé mon réveil sur six heures du matin, une heure indue, et j'ai consacré les malheureuses heures restantes à vainement essayer de m'endormir.

Chapitre 8

— Tu n'as même pas fermé ta porte hier soir, gros paresseux, a dit maman le lendemain matin en entrant dans ma chambre.

J'ai ouvert les yeux.

— Je crois que j'ai des ennuis gastriques, ai-je dit en lui montrant le vomi au fond de ma corbeille.

— Quentin! Oh, zut. C'est arrivé quand?

— Vers six heures, ai-je répondu, ce qui était vrai.

— Pourquoi ne nous as-tu pas appelés?

— Trop fatigué, ai-je dit, ce qui était également vrai.

— Tu t'es réveillé en ne te sentant pas bien?

— Oui, ai-je répondu, ce qui était faux.

Je m'étais réveillé parce que mon réveil avait sonné à six heures. À la suite de quoi, je m'étais faufilé dans la cuisine où j'avais mangé une barre aux céréales et bu un verre de jus d'orange. Dix minutes après, je m'enfonçais deux doigts dans la gorge. Je ne l'avais pas fait la veille pour éviter que ma chambre n'empeste toute la nuit. C'était immonde de vomir, mais ce fut rapide.

Maman a pris la corbeille et je l'ai entendue la nettoyer à la cuisine. Elle me l'a rapportée toute propre, une moue d'inquiétude lui pinçant les lèvres.

— Je devrais peut-être prendre ma journée…, a-t-elle commencé.

Mais je l'ai coupée :

— Non. Franchement, ça va. J'ai juste un peu mal au cœur, c'est tout. Sûrement un truc que j'ai mangé.

— Tu es sûr ?

— Je t'appelle si ça empire, ai-je dit.

Elle m'a embrassé sur le front. J'ai senti son rouge à lèvres coller à ma peau. Je n'étais pas réellement malade. Et pourtant elle m'avait rasséréné.

— Tu veux que je ferme ta porte ? a-t-elle demandé en amorçant le geste.

La porte n'a pas bougé sur ses gonds, mais il s'en est fallu de peu.

— Non, non, ai-je dit avec peut-être trop d'empressement.

— Entendu. J'avertis le lycée sur le chemin du travail. Tu me préviens si tu as besoin de quoi que ce soit. Et tu peux aussi appeler ton père. Je prendrai des nouvelles cet après-midi, d'accord ?

J'ai hoché la tête et remonté mon drap jusqu'au menton. Bien que ma corbeille ait été nettoyée, l'odeur du détergent ne masquait pas tout à fait celle du vomi. Et sentir cette odeur m'a rappelé l'acte lui-même. Ce qui, pour une raison évidente m'a redonné envie de vomir, alors j'ai respiré lentement, par la bouche, jusqu'à ce que j'entende la Chrysler reculer dans l'allée. Il était sept heures trente-deux. Pour une fois, me suis-je dit, je serai à l'heure. Pas pour aller au bahut. Mais n'empêche.

J'ai pris une douche, je me suis brossé les dents et j'ai enfilé un jean et un T-shirt noirs. J'ai glissé le petit bout de journal de Margo dans ma poche, remis les broches en les enfonçant à coups de marteau, puis j'ai préparé mes affaires. Je ne savais pas trop quoi prendre. Finalement, j'ai emporté le tournevis démonte-porte, la carte satellite que j'avais imprimée, un itinéraire, une bouteille d'eau et, au cas où Margo serait là, le bouquin de Whitman sur lequel j'avais des questions à lui poser.

Ben et Radar se sont pointés à huit heures pétantes. Je me suis glissé à l'arrière de la voiture. Ils hurlaient en chœur la chanson des Mountain Goats qui passait sur le lecteur.

Ben s'est retourné et m'a tendu son poing. J'ai tapé dedans, même si je n'aimais pas ce salut.

– Q.! a-t-il crié par-dessus la musique, c'est pas le pied ?

Je comprenais exactement ce qu'il voulait dire. Écouter les Mountain Goats avec ses copains dans une voiture qui roulait un mercredi matin de mai vers Margo et la récompense margotesque inconnue que ces retrouvailles apporteraient avec elles.

– C'est mieux que les maths, ai-je répondu.

Le volume de la musique empêchait toute conversation. Une fois sortis de Jefferson Park, on a baissé la seule vitre en état de marche pour faire connaître au monde entier nos excellents goûts musicaux.

On a pris Colonial Drive jusqu'au bout, ses cinémas et ses librairies, devant lesquels j'étais passé des milliers de fois dans ma vie. Seulement, cette fois-là, c'était différent et plus jouissif car cela avait lieu à la place du cours de maths, en compagnie de Ben et Radar, et nous étions en route vers un lieu où je pensais la retrouver. Au bout de trente kilomètres, Orlando a laissé place aux dernières orangeraies survivantes et aux fermes inexploitées, à une plaine interminable envahie de broussailles, de chênes rongés par les parasites, immobiles dans la chaleur sans vent. C'était la Floride de mes années de scoutisme où, dévoré par les moustiques, je passais des nuits à pourchasser les tatous. À présent, les camions monopolisaient la chaussée et tous les deux ou trois kilomètres on apercevait un lotissement en bordure d'autoroute, des petites rues qui serpentaient sans objet autour de maisons surgissant de nulle part, tels des volcans aux flancs synthétiques.

Soudain, un panneau en bois décati a signalé l'agglomération de GROVEPOINT ACRES. Une route crevassée s'étirait sur quelques centaines de mètres avant de se terminer brutalement dans une étendue de terre grise, indiquant que Grovepoint Acres était ce que maman appelait un « pseudotissement », un lotissement abandonné avant d'avoir été achevé. On m'en avait montré plusieurs au cours de voyages en famille, mais je n'en avais jamais vu d'aussi désolé.

On était à environ huit kilomètres de Grovepoint Acres quand Radar a baissé le son.

– On devrait y être dans un peu moins de deux kilomètres.

J'ai pris une profonde inspiration. L'excitation

suscitée par le fait d'être ailleurs qu'au lycée avait commencé à se dissiper. Vu l'endroit, on pouvait douter que Margo ait voulu s'y cacher ou même le visiter. On était à des années-lumière de New York. Cette Floride était celle qu'on survolait en avion en se demandant comment des gens avaient pu songer un jour à habiter la péninsule. J'ai regardé la route déserte, la chaleur déformant ma vision. Et j'ai vu au loin devant nous une galerie marchande trembler dans la lumière aveuglante.

– C'est ça ? ai-je demandé en me penchant en avant, le doigt tendu.

– Sans doute, a dit Radar.

Ben a éteint la musique et on n'a plus dit un mot pendant qu'il se garait sur le parking, reconquis depuis longtemps par des acres de terre grise de poussière. Les quatre devantures étaient autrefois indiquées par un panneau. Un poteau rouillé de trois mètres de haut se dressait au bord de la route, mais le panneau avait disparu, arraché par un ouragan ou tombé en ruine. Les magasins eux-mêmes n'étaient guère en meilleur état. Le bâtiment était de plain-pied avec un toit en terrasse et il laissait apparaître des parpaings nus par endroits. Des lambeaux de peinture se détachaient des murs par vagues, tels des insectes accrochés à un nid. Des taches d'eau dessinaient des motifs abstraits entre les vitrines condamnées par des plaques d'aggloméré gondolées. Une pensée abominable m'a traversé, de celles qu'il est impossible de rattraper une fois échappées à l'air libre de la conscience. On ne se rendait pas dans un endroit pareil pour y vivre, mais pour y mourir.

La voiture à peine arrêtée, j'ai eu le nez et la

bouche envahis par l'odeur âcre de la mort et j'ai dû ravaler la montée de bile au fond de ma gorge irritée. C'est à ce moment-là seulement, après tout ce temps perdu, que je me suis rendu compte à quel point je m'étais trompé à la fois sur le jeu qu'elle jouait et sur le prix qui le couronnait.

Je sors de la voiture, Ben est debout près de moi et Radar, à côté de lui. Je comprends immédiatement qu'on n'est pas dans le registre de la blague, du «prouve-moi que tu es assez bien pour traîner avec moi». Je revois Margo cette fameuse nuit où on avait fait le tour d'Orlando en voiture. Je l'entends me dire: «Je n'ai aucune envie que des gosses me découvrent au milieu d'une nuée de mouches un samedi matin dans Jefferson Park.» Ne pas vouloir être découverte par des gosses dans Jefferson Park n'est pas pareil que ne pas vouloir mourir.

Aucun signe n'indique que quelqu'un a mis les pieds dans ce lieu depuis des lustres, si ce n'est l'odeur, cette puanteur acide, nauséabonde, conçue pour séparer les vivants des morts. Je me dis qu'elle ne peut pas dégager pareille infection, mais si. On le peut tous. Je frotte mon bras contre mon nez pour sentir l'odeur de la sueur et de ma peau, n'importe quoi sauf la mort.

– Margo? appelle Radar.

Un oiseau moqueur perché sur la gouttière rouillée du bâtiment crache deux syllabes en réponse.

– Margo? appelle à nouveau Radar.

Rien. Il trace un cercle dans la poussière du bout de sa chaussure.

— Merde ! lâche-t-il.

Planté devant ce bâtiment, j'apprends quelque chose sur la peur. J'apprends qu'elle n'est pas le fantasme vain d'un individu qui a peut-être envie qu'il lui arrive quelque chose d'important, même si ce quelque chose est horrible. Ce n'est pas le dégoût que m'inspira jadis la vue d'un inconnu mort, ni mon souffle coupé en entendant quelqu'un armer un fusil devant chez Becca. Impossible de juguler cette peur par des exercices respiratoires. Elle n'a rien à voir avec aucune de celles que j'ai déjà ressenties. C'est l'émotion la plus primitive de toutes, la sensation qui nous accompagnait avant d'exister, avant que ce bâtiment n'existe, avant que la terre n'existe. C'est la peur qui poussa un poisson à ramper jusqu'à la terre ferme et à développer des poumons, la peur qui nous apprend à courir, la peur qui nous conduit à enterrer nos morts.

L'odeur pestilentielle me laisse en proie à une panique désespérée, mais pas comme si j'étais privé d'air, plutôt comme si l'atmosphère elle-même était privée d'air. Je crois que la raison pour laquelle j'ai passé le plus clair de mon existence à avoir peur est que je m'efforçais de me préparer, d'entraîner mon corps à la véritable peur quand elle se présenterait. Mais je ne suis pas préparé.

— Mon pote, on ferait mieux de partir, dit Ben. On devrait appeler les flics.

On ne s'est toujours pas regardés. On a les yeux rivés sur le bâtiment abandonné depuis si longtemps qu'il ne peut renfermer que des cadavres.

— Non, dit Radar. Non, non, non et non. On appellera s'il y a une raison d'appeler. Elle a laissé l'adresse à Q. Pas aux flics. Il faut trouver un moyen d'entrer là-dedans.

– Entrer là-dedans ? répète Ben d'un air sceptique.

Je lui donne une claque dans le dos et pour la première fois de la journée, on ne regarde pas droit devant nous mais on se regarde. Et les choses deviennent supportables. Le fait de les voir me donne l'impression que, tant qu'on ne l'a pas découverte, elle n'est pas morte.

– Oui, là-dedans, je confirme.

Désormais, je ne sais plus qui elle est ni qui elle était, mais il faut que je la retrouve.

Chapitre 9

En faisant le tour du bâtiment, on découvre quatre portes métalliques fermées à clef. À part ça, rien, si ce n'est de la terre en jachère, des carrés de choux palmistes piquetant une étendue d'herbe verte tirant sur le jaune. La puanteur est encore plus puissante de ce côté-ci. J'ai peur de continuer d'avancer. Ben et Radar sont juste derrière moi, l'un à droite et l'autre à gauche, on forme un triangle, qui progresse lentement en scrutant les alentours.

– C'est un raton laveur ! s'écrie Ben. Dieu merci, c'est un raton laveur.

Radar et moi nous éloignons du bâtiment pour rejoindre Ben près d'une rigole d'écoulement. Un énorme raton laveur boursouflé, le poil emmêlé, gît mort, pas de blessure apparente, sa fourrure tombant par poignées, une côte visible. Radar se détourne, pris d'un haut-le-cœur, mais rien ne vient. Je me penche à côté de lui et lui pose la main entre les omoplates.

– Je ne te raconte pas comment je suis content de voir ce raton laveur, dit-il une fois qu'il a repris sa respiration.

Quand bien même, je n'arrive pas à l'imaginer vivante. Il me vient à l'esprit que le poème de Whitman est peut-être une lettre d'adieu. Je repense aux passages qu'elle a surlignés : « Mourir ne ressemble pas à ce que vous ou moi supposerions, c'est une chance. » « Je fais don de moi-même à la boue pour grandir avec l'herbe amoureuse,/ Cherchez-moi sous vos semelles si vous voulez me retrouver. » J'ai un bref moment d'espoir en me remémorant le dernier vers : « *Je suis quelque part, immobile, je vous attends.* » Mais tout de suite après je songe que le « je » n'est pas forcément une personne. Le « je » peut aussi être un corps.

Radar a délaissé le raton laveur et tire sur la poignée d'une des quatre portes métalliques fermées à clef. Je suis à deux doigts de prier pour le mort, de dire le *kaddish* pour le raton laveur, mais j'ignore même comment m'y prendre. Je suis navré pour lui et le suis davantage d'être aussi heureux de l'avoir vu dans cet état.

— Je sens que ça vient, nous crie Radar. Venez m'aider.

Ben et moi accourons lui mettre les bras autour de la taille pour le tirer en arrière. Ben pose un pied sur le mur afin de se donner plus d'élan et redouble d'efforts, quand soudain les deux s'effondrent sur moi, le T-shirt trempé de sueur de Radar s'écrasant sur ma figure.

L'espace d'une seconde, pensant qu'on a réussi à ouvrir, je suis aux anges. Et puis je vois Radar, la poignée à la main. Je me remets debout tant bien que mal et regarde la porte. Toujours fermée.

— Saloperie de poignée de vieux machin merdique, dit Radar.

Je ne l'ai jamais entendu parler comme ça.

– Tout va bien. Il y a un moyen. Forcément, dis-je.

On refait le tour dans l'autre sens pour revenir aux devantures. Pas de porte, pas de trou, pas de tunnel visible. Mais il faut que j'entre. Ben et Radar essaient d'arracher les plaques d'aggloméré des vitrines, mais elles sont hermétiquement clouées. Radar donne un coup de pied dans l'une d'entre elles, qui ne cède pas.

– Il n'y a pas de vitre derrière celle-ci, me dit Ben en s'éloignant du bâtiment au trot, ses baskets soulevant des nuages de poussière.

Je lui lance un regard perplexe.

– Je vais l'exploser, m'explique-t-il.

– Tu ne peux pas faire ça.

Il est le plus petit de notre trio de poids plume. Si quelqu'un doit tenter de passer au travers de la vitrine condamnée, c'est moi.

Il ouvre et ferme les poings. Je m'approche de lui.

– À l'époque où ma mère voulait m'éviter de prendre des coups en cours élémentaire, me dit-il, elle m'a inscrit en taekwondo. Je n'y suis allé que trois fois et je n'ai appris qu'un seul truc, mais ce truc peut se révéler pratique. Devant nos yeux éberlués, le maître avait explosé une grosse souche du tranchant de la main et on s'était tous demandé comment il avait fait. Il nous avait expliqué que si on effectuait le geste en étant persuadés que la main allait trancher le bois, elle le tranchait.

Je m'apprête à réfuter cette logique stupide quand il prend son élan et me passe devant comme une fusée, continuant d'accélérer à l'approche de la fenêtre condamnée. Puis, faisant preuve d'une folle témérité, il saute à la toute dernière seconde, pivote de côté, l'épaule en avant pour amortir le choc, et se jette contre la plaque d'aggloméré. J'espère secrètement qu'il va la traverser, laissant une découpe dans le bois en forme de Ben, comme dans les dessins animés. Mais il rebondit et tombe dans un carré d'herbe chatoyante, au milieu d'un océan de terre poussiéreuse. Il roule sur le côté en se frottant l'épaule.

– Elle est cassée, annonce-t-il.

Pensant qu'il s'agit de son épaule, je me précipite sur lui, mais il se relève et j'avise une fissure de sa hauteur dans la plaque. Je me mets aussitôt à donner des coups de pied dedans, créant cette fois une fente horizontale. Radar et moi glissons les doigts à l'intérieur pour agrandir le trou. Je cligne des paupières pour chasser la sueur qui me brûle les yeux et tire d'avant en arrière de toutes mes forces jusqu'à ce que la fente se transforme en une ouverture aux bords déchiquetés. Radar et moi nous activons en silence. Ben relève Radar qui n'en peut plus. Finalement, d'un coup de poing, on réussit à faire tomber un grand bout de plaque à l'intérieur. Je m'introduis les pieds devant, atterrissant à l'aveuglette sur ce qui me semble être un tas de papiers.

Le trou pratiqué laisse entrer un peu de lumière, mais pas assez pour que je me fasse une idée des dimensions de la pièce ni me rende compte de la présence ou non d'un plafond. L'air chaud et fétide abolit les frontières entre l'inspiration et l'expiration.

Je me retourne, heurtant du menton le front de Ben. Je me surprends à chuchoter alors que rien ne l'impose.

— Tu as une…

— Non, murmure-t-il, sans me laisser le temps de finir. Radar, tu as une lampe de poche ?

J'entends Radar passer par le trou.

— J'en ai une sur mon porte-clefs. Mais elle n'est pas très puissante.

Radar allume sa lampe et, bien que je ne distingue pas encore très bien ce qui m'entoure, je me rends compte qu'on se trouve dans une grande pièce où serpente un labyrinthe d'étagères métalliques. Les papiers par terre sont les pages d'une éphéméride dont les jours jaunis et mangés par les souris jonchent le sol. Je me demande si l'endroit n'a pas été autrefois une librairie, néanmoins les étagères n'ont visiblement supporté que de la poussière depuis des lustres.

On marche à la queue leu leu derrière Radar. Un craquement retentit au-dessus de nos têtes, nous faisant piler net. J'essaie de réprimer la panique qui monte en moi. J'entends la respiration de Ben et celle de Radar, leurs pas hésitants. Je n'ai qu'une envie, sortir d'ici, seulement rien ne dit que ce n'est pas Margo qui a provoqué le craquement. À moins que ce ne soient des fumeurs de crack.

— C'est le bâtiment qui bouge, chuchote Radar, mais il est moins catégorique que d'habitude.

Je reste figé, incapable de faire un mouvement. Puis j'entends la voix de Ben.

— La dernière fois que j'ai eu aussi peur, je me suis fait pipi dessus.

— La dernière fois que j'ai eu aussi peur, dit Radar, j'affrontais un Seigneur Noir pour que les génies vivent en paix.

Je fais une faible tentative.

— La dernière fois que j'ai eu peur aussi, j'ai dormi dans la chambre de ma maman.

Ben s'esclaffe.

— Q., si j'étais toi, j'aurais peur aussi tous les soirs.

Je ne suis pas d'humeur à rire, mais les entendre rend soudain l'endroit moins terrifiant. On commence alors notre exploration, parcourant systématiquement chaque rangée d'étagères. Rien, à part quelques numéros du *Reader's Digest* datant des années 1970 éparpillés au sol. Je m'aperçois que mes yeux se sont habitués à l'obscurité et chacun part dans une direction à sa propre allure en se guidant à la lumière grisâtre.

— Personne ne quitte la pièce sans les autres, je chuchote.

Ben et Radar répondent « D'accord ». En longeant un mur, je tombe sur la première preuve du passage d'un individu dans ce bâtiment depuis son abandon. Une ouverture semi-circulaire aux bords inégaux a été pratiquée dans la paroi à hauteur de la taille. Au-dessus, on a écrit en orange à la bombe : TROU DE TROLL, suivi d'une flèche indiquant obligeamment l'ouverture.

— Les mecs ! dit Radar, tellement fort que le charme est brièvement rompu.

Je me guide à sa voix et le découvre au pied du mur opposé, sa lampe éclairant un deuxième trou de troll. Les inscriptions ne semblent pas spécialement être l'œuvre de Margo, mais je n'en suis pas sûr, dans la mesure où je ne l'ai jamais vue bomber qu'une seule lettre.

Radar pointe sa lampe vers le trou pendant que je me glisse à l'intérieur, ouvrant la voie. La nouvelle pièce est entièrement vide à l'exception d'un rouleau de moquette posé dans un coin. La lampe balaie le sol en béton, révélant des points de colle aux endroits où la moquette était fixée jadis. Je devine un deuxième trou découpé dans le mur, cette fois sans inscription.

Je me faufile par ce nouveau trou et me retrouve dans une salle où s'alignent des portants à habits. Les montants en acier inoxydable sont toujours chevillés aux murs que de multiples fuites d'eau ornent de taches lie-de-vin. La pièce est mieux éclairée. Je mets pourtant un moment à réaliser que c'est en raison des nombreux trous dans le toit. D'ailleurs, du papier goudronné pend en lambeaux et j'aperçois par endroits la terrasse qui s'est affaissée contre les poutrelles métalliques maintenant apparentes.

– Magasin de souvenirs, chuchote Ben, qui se trouve en face de moi.

Je sais immédiatement qu'il a raison. Au milieu de la pièce, cinq vitrines dessinent un pentagone. Le verre qui séparait jadis les touristes de leurs cochonneries a été brisé et, au pied des vitrines, le sol est constellé d'éclats de verre. La peinture grise se détache des murs, formant des motifs extravagants d'une rare beauté, chaque lambeau de peinture à l'image d'un flocon de décrépitude.

Curieusement, il reste quelques articles. Un

téléphone Mickey que je reconnais pour en avoir vu de semblables quand j'étais petit. Des T-shirts « SOUS LE SOLEIL D'ORLANDO » mangés aux mites, mais toujours pliés, sont restés exposés, constellés de débris de verre. Radar met la main sur une boîte remplie de cartes et de vieux guides touristiques sous les vitrines, vantant les mérites de Gator World, Chrystal Gardens et autres fêtes foraines qui n'existent plus. Ben me fait signe de le rejoindre et me montre un alligator en verre filé seul dans une vitrine, quasi enfoui sous la poussière. Cela est le clou de nos souvenirs, me dis-je. On ne brade pas pareille merde.

On retourne dans la pièce vide, puis dans celle des étagères et on se faufile par le dernier trou de troll. La nouvelle pièce ressemble à un bureau, mais sans ordinateur, et on dirait qu'il a été abandonné en toute hâte, comme si les employés avaient été téléportés dans l'espace. Vingt bureaux disposés en quatre rangées. Il reste encore des stylos sur certains et sur chacun est posé un calendrier surdimensionné, arrêté au mois de février 1986. Ben repousse un fauteuil revêtu de tissu qui se met à tourner avec un couinement rythmique. Des milliers de Post-it au sigle de la société hypothécaire Martin-Gale sont empilés au pied d'un des bureaux, formant une pyramide branlante. Dans des cartons ouverts, des documents tirés sur une imprimante matricielle obsolète recensent les entrées et les sorties de la société hypothécaire Martin-Gale. Sur un autre bureau, quelqu'un a édifié un château de cartes d'un étage à l'aide de brochures sur des lotissements. Je les fais tomber, pensant qu'elles renferment un indice. Mais non.

Radar feuillette les documents.

— Rien après 1986.

Je commence à fouiller les tiroirs des bureaux. Je trouve des cotons-tiges et des épingles à cravate. Des stylos et des crayons conditionnés dans des boîtes en carton mou à la typo et à la déco rétros. Des serviettes de table. Une paire de gants de golf.

— Vous avez trouvé quelque chose qui prouve que cet endroit a été visité depuis moins de… disons… vingt ans ? je demande.

— Rien, à part les trous de troll, répond Ben.

On est dans une tombe où tout est enveloppé de poussière.

— Alors pourquoi nous a-t-elle fait venir ici ? demande Radar.

À ce stade, on se concerte.

— Je n'en sais rien, dis-je.

Il est clair qu'elle n'est pas là.

— Certains endroits sont moins poussiéreux, dit Radar. Et puis il y a ce rectangle propre dans la pièce vide, qui pourrait indiquer que quelque chose a été déplacé. Ou peut-être pas.

— Et puis, il y a ce mur repeint, dit Ben en le pointant du doigt.

On constate dans le faisceau de la lampe de Radar qu'un pan du mur d'en face a été recouvert d'une couche de blanc, comme si on avait voulu redécorer le bureau, puis abandonné le projet une demi-heure après. Je me rapproche et me rends compte que, sous la peinture blanche, il y a quelque chose écrit en rouge. Mais on n'en voit que des fragments suinter au travers du blanc, pas assez pour décrypter l'inscription. Je découvre au pied du mur un bidon de peinture blanche, ouvert. Je me baisse pour tremper le doigt dedans. Une croûte s'est formée à la surface, mais elle se brise facilement. J'ai le doigt dégoulinant de peinture. Je le laisse dégoutter sur le sol sans rien dire, parce qu'on est arrivés tous les trois à la même conclusion. À savoir que, finalement oui, quelqu'un est effectivement passé par cet endroit récemment. Tout à coup, le bâtiment fait entendre un nouveau craquement et Radar en lâche sa lampe avec un juron.

– Ça fout la trouille, dit-il.
– Les mecs, dit Ben.

La lampe est restée par terre et je m'avance pour la ramasser quand Ben me montre quelque chose sur le mur. Un jeu de lumière indirecte révèle une inscription d'un gris fantomatique qui transparaît sous la couche de blanc. Je reconnais instantanément l'écriture de Margo :

TU IRAS DANS LES VILLES DE PAPIER
ET TU N'EN REVIENDRAS JAMAIS

Je ramasse la lampe et dirige le faisceau directement sur l'endroit repeint, le message disparaît. Je l'oriente maintenant vers une autre partie du mur et le message réapparaît.

– Merde ! jure Radar dans sa barbe.
– Mon pote, on peut y aller maintenant ? demande Ben à son tour. Parce que la dernière fois que j'ai eu aussi peur... laisse tomber. Ce truc n'est franchement pas drôle.

Par « ce truc n'est franchement pas drôle », Ben approche au plus près la terreur qui est la mienne. Et pour moi, c'est assez. J'avance rapidement vers le trou de troll, sentant les murs se refermer sur nous.

Chapitre 10

Ben et Radar m'ont déposé devant chez moi. Même s'ils avaient séché les cours, il n'était pas question pour eux de rater une répète. Je me suis isolé avec « Chanson de moi-même » un long moment et, pour la dixième fois au moins, j'ai essayé de lire le poème en entier depuis le début. Le problème est qu'il fait quatre-vingts pages environ, il est bizarre et répétitif, et bien que j'en aie compris chaque mot, le sens général m'échappait. Je me doutais que les extraits surlignés étaient les plus importants, mais je voulais m'assurer qu'il ne s'agissait pas d'un poème de type lettre d'adieu. Malgré mes efforts, il me restait obscur.

J'en avais lu dix pages déconcertantes quand je me suis senti soudain si mal que j'ai décidé d'appeler l'inspecteur. J'ai repêché sa carte de visite dans mon short au fond du panier de linge sale. L'inspecteur a répondu à la deuxième sonnerie.

– Warren.

– Bonjour, Quentin Jacobsen à l'appareil. Je suis un ami de Margo Roth Spiegelman.

– Bien sûr, gamin, je me souviens de toi. Quoi de neuf ?

Je lui ai tout raconté, les indices, la galerie marchande, les villes de papier, Margo disant qu'Orlando était une ville de papier du haut du SunTrust Building, sans mentionner d'autres villes et prétendant qu'elle ne voulait pas être retrouvée, qu'il fallait la chercher sous la semelle de nos chaussures. Il ne m'a même pas sermonné pour être entré par effraction dans un bâtiment à l'abandon, ni demandé ce que j'y faisais à dix heures du matin un jour de classe. Il a attendu que j'aie fini de parler.

— Dis-moi, gamin, tu n'es pas loin de devenir inspecteur. Il ne te manque plus qu'une arme, l'intuition et trois ex-femmes. Alors quelle est ta théorie ?

— J'ai peur qu'elle se soit… comment dire, suicidée.

— Il ne m'est jamais venu à l'esprit que cette fille ait pu faire autre chose que fuguer. Je comprends ton raisonnement, mais n'oublie pas qu'elle est coutumière du fait. Je parle des indices, qui confèrent à son entreprise plus de mystère encore. Honnêtement, gamin, si elle voulait que tu la retrouves, vivante ou morte, ce serait déjà fait.

— Mais vous ne…

— Le malheur, gamin, c'est qu'elle est une adulte libre de ses mouvements, tu comprends ? Je te donne un conseil. Laisse-la revenir. Il arrive un moment où il faut arrêter de scruter le ciel ou bien, un de ces jours, en baissant les yeux, tu t'apercevras que toi aussi, tu flottes en l'air.

J'ai raccroché avec un mauvais goût dans la bouche, réalisant que la poésie de Warren ne me mènerait pas jusqu'à Margo. Je n'arrêtais pas de repenser aux derniers vers du poème surlignés par Margo : « Je fais don de moi-même à la boue pour grandir avec l'herbe amoureuse,/ Cherchez-moi sous vos semelles si vous voulez me retrouver. » Dans les premières pages, Whitman parle de l'herbe comme de « la splendide et folle chevelure des tombes ». Où étaient les tombes ? Où étaient les villes de papier ?

Je me suis connecté à Omnictionary pour voir si l'encyclopédie en savait davantage que moi sur l'expression « villes de papier ». Je suis tombé sur un article particulièrement profond et utile, rédigé par un certain Culdeputois : « Une ville de papier est une ville où il y a une usine à papier. » C'était l'inconvénient d'Omnictionary. Pour un Radar consciencieux et terriblement compétent, il y avait des Culdeputois dont la contribution non révisée laissait à désirer. En étendant ma recherche à l'ensemble du Net, j'ai fini par dégoter une perle enfouie sous quarante messages d'un forum consacré à l'immobilier au Kansas.

Madison Estates ne sera pas construit. Mon mari et moi y avons acheté une maison, mais quelqu'un nous a appelés cette semaine pour nous avertir que notre dépôt de garantie nous serait remboursé parce que le nombre de maisons prévendues était insuffisant pour financer le projet. Encore une autre ville de papier au Kansas. – Marge à Cawker, Kansas.

Un pseudotissement ! *Tu iras dans les pseudotissements et tu n'en reviendras jamais.* J'ai pris une profonde inspiration et suis resté un moment à fixer l'écran.

La conclusion s'imposait. Même si tout était brisé en elle, si tout était déterminé, elle ne pouvait se permettre de disparaître pour de bon. Elle avait décidé de laisser son corps (de me laisser son corps) dans une version fantôme de notre lotissement, où ses premières cordes avaient cassé. Elle ne voulait pas être découverte par de quelconques gosses. Il était logique que parmi toutes ses connaissances, elle m'ait choisi pour trouver son corps : ça ne risquait pas de m'infliger un choc nouveau, puisque je m'y étais déjà colleté. J'avais de l'expérience en la matière.

Je me suis aperçu que Radar était connecté et je cliquais pour chatter quand un message de lui s'est affiché à l'écran.

OMNICTIONARIEN96 : Salut.
QCARRESURRECTION : Villes de papier = pseudotissements.

À mon avis, elle veut que je retrouve son corps. Elle doit penser que je suis capable de le faire à cause du mort qu'on a vu quand on était petits.

Et je lui ai envoyé le lien concernant les villes de papier.

OMNICTIONARIEN96 : On se calme. Laisse-moi consulter le lien.

QCARRESURRECTION : OK.
OMNICTIONARIEN96 : Ne sois pas si morbide. Tu n'es sûr de rien. Je pense qu'elle va sans doute bien.
QCARRESURRECTION : Faux.
OMNICTIONARIEN96 : D'accord, je ne le pense

pas. Mais rien ne prouve qu'elle ne soit pas vivante...

QCARRESURRECTION : Sans doute. Je vais m'allonger. Mes parents ne vont pas tarder à rentrer.

Mais impossible de me calmer. Alors j'ai appelé Ben de mon lit pour lui raconter ma théorie.
— C'est plutôt morbide, ton truc, mon pote. Elle va bien. Ça fait partie de son jeu.
— Je trouve que tu traites ça un peu à la légère.
Il a soupiré.
— En tout cas, c'est vraiment nul de sa part de prendre en otage les trois dernières semaines de bahut. Tu es miné à cause d'elle, Lacey est minée à cause d'elle, alors que le bal est dans trois jours. On ne pourrait pas se faire un gentil petit bal ?
— Tu plaisantes ? Si ça se trouve, elle est morte, Ben.
— Elle n'est pas morte. Elle adore les drames. Elle veut qu'on s'intéresse à elle. Je sais que ses parents sont des salauds, mais ils la connaissent mieux que nous, non ? Et ils pensent la même chose.
— Tu es le roi des gogos !
— N'importe quoi, mon pote. La journée fut longue pour tout le monde. Trop d'émotions. Je te TTYS (*Talk To You Soon*).

J'ai eu envie de me moquer de lui parce qu'il utilisait des raccourcis de chat dans la vraie vie, mais je n'en ai pas eu l'énergie.

Après avoir raccroché, j'ai repris mes recherches sur le Net dans l'espoir de mettre la main sur une liste de pseudotissements. Aucune liste nulle part, mais après avoir tapé « lotissements abandonnés », « Grovepoint Acres » et autres, je suis parvenu à réunir cinq noms de lieux à trois heures de route de Jefferson Park. J'ai imprimé la carte de Floride centrale, que j'ai punaisée au mur au-dessus de mon ordinateur, et j'ai signalé les cinq lieux par cinq punaises. D'un regard à la carte, j'ai constaté qu'ils ne formaient pas de motif particulier. Ils étaient disséminés au milieu de banlieues éloignées et il m'aurait fallu une semaine pour en faire le tour. Pourquoi ne m'avait-elle pas indiqué d'endroit précis ? Tous ces indices à vous glacer les sangs. Toutes ces allusions dramatiques. Mais pas d'endroit. Rien à quoi se raccrocher. C'était comme essayer d'escalader une montagne en gravillons.

Le lendemain, Ben a accepté de me prêter MALDERALEH, puisqu'il conduisait le 4 x 4 de Lacey pour l'accompagner faire des courses. Alors pour une fois, je n'ai pas attendu devant la salle de répète. À la septième sonnerie, je me suis précipité à la voiture. Je n'avais pas le talent de Ben pour faire partir MALDERALEH, si bien que j'ai été parmi les premiers à arriver au parking des terminales et parmi les derniers à en sortir. Finalement, MALDERALEH a bien voulu démarrer et j'ai pris la direction de Grovepoint Acres.

J'ai quitté la ville par Colonial Drive en roulant doucement, essayant de repérer des pseudo-tissements qui m'auraient échappé sur le Net. Une longue file de voitures a commencé à s'étirer derrière moi, me faisant craindre de les ralentir. Comment je pouvais encore me soucier d'un truc aussi insignifiant et ridicule que de savoir si le type en 4x4 derrière moi me prenait pour un conducteur excessivement prudent ? Je voulais que la disparition de Margo m'ait changé, mais ce n'était pas le cas, pas vraiment.

Tandis que la file de voitures serpentait à contrecœur dans mon rétroviseur, semblable à un cortège funéraire, je me suis surpris à lui parler à haute voix : « Je suivrai le fil. Je ne trahirai pas ta confiance. Je te retrouverai. »

Curieusement, m'adresser ainsi à elle m'a permis de garder mon calme. De ne pas imaginer le pire. Je suis arrivé au vieux panneau en bois indiquant Grovepoint Acres. J'ai presque entendu les soupirs de soulagement s'échapper de l'embouteillage derrière moi quand j'ai tourné à gauche pour prendre la route goudronnée en cul-de-sac. On aurait dit une allée de garage sans maison. J'ai laissé tourner le moteur et suis descendu de voiture. De près, je me suis aperçu que Grovepoint Acres était plus abouti qu'il ne m'était d'abord apparu. Deux chemins en impasse avaient été dégagés dans la terre poussiéreuse. Cependant, ils étaient tellement érodés que j'en voyais à peine le tracé. En les parcourant, j'ai senti la chaleur pénétrer à l'intérieur de mon nez à chaque respiration. Le soleil impitoyable rendait chaque mouvement pénible, mais je connaissais la merveilleuse, sinon morbide, vérité. À la chaleur, la mort pue. Or Grovepoint Acres ne sentait rien si ce n'est l'air brûlant et les gaz d'échappement, la somme de nos rejets maintenue au ras du sol par l'humidité.

Je suis parti à la chasse aux indices qu'elle aurait laissés derrière elle, empreintes de pas, inscription dans la poussière, souvenir. Mais j'étais sans doute le premier individu à fouler ces chemins de terre anonymes depuis des années. Le sol était plat et la végétation n'avait pas encore repris ses droits, je voyais donc très loin alentour. Pas de tentes. Pas de feu de camp. Pas de Margo.

Je suis remonté dans MALDERALEH et j'ai pris la direction de l'I-4 pour rejoindre le nord-est de la ville et gagner un endroit appelé Holly Meadows, que j'ai dépassé trois fois sans le voir. Les parages n'étaient que chênes, terre en jachère et Holly Meadows, qui était dépourvu de panneau indicateur à l'entrée, n'avait rien de remarquable. Mais après quelques mètres sur le chemin de terre qui traversait le bosquet de chênes et de pins, à l'origine au bord de la route, Holly Meadows offrait exactement le même spectacle de désolation que Grovepoint Acres. Le chemin de terre principal se dissolvait lentement dans un champ de poussière. Je n'en ai pas remarqué d'autre, mais en fouinant, je suis tombé sur plusieurs piquets de bois tombés par terre portant des traces de peinture à la bombe, sans doute des repères pour définir les lopins. Je n'ai rien vu ni rien senti de suspect. Malgré tout, une peur pesait sur ma poitrine. Au début, je n'en ai pas compris la cause, puis je l'ai aperçu. Quand la parcelle avait été dégagée pour être construite, on avait laissé un chêne solitaire à l'extrémité du terrain. Et cet arbre noueux aux branches couvertes d'une écorce épaisse ressemblait tellement à celui sous lequel on avait trouvé

Robert Joyner dans Jefferson Park que j'étais certain qu'elle était là, de l'autre côté du tronc.

Et pour la première fois, j'ai visualisé le tableau : Margo Roth Spiegelman affalée contre un arbre, les yeux absents, du sang noir s'écoulant de sa bouche, boursouflée, abîmée, parce que j'avais mis trop de temps à la découvrir. Elle m'avait fait confiance pour que je parvienne jusqu'à elle assez tôt. Elle m'avait fait confiance pour sa dernière nuit. Et je l'avais déçue. Bien que l'air n'ait eu qu'un avant-goût de pluie, j'étais sûr d'avoir touché au but.

Mais non. Ce n'était qu'un arbre, seul dans la poussière argentée. Je me suis assis à son pied pour reprendre ma respiration. Je détestais avoir à faire ça seul. Si elle pensait que Robert Joyner m'avait préparé à ça, elle se trompait. Je ne connaissais pas Robert Joyner. Je n'étais pas amoureux de lui.

J'ai tapé des poings dans la poussière, tapé encore et encore, faisant voler la terre autour de moi jusqu'à ce que mes mains frappent les racines nues. Et j'ai continué, la douleur me remontant des paumes dans les poignets. Je n'avais pas pleuré Margo, les larmes venaient enfin. Et j'ai pleuré et tapé et crié car personne ne pouvait m'entendre. Elle me manquait, elle me manquait, elle me manquait, elle me manque.

J'ai continué à penser à elle à cette même place bien après que mes bras ont été fatigués et mes yeux secs, me laissant lentement gagner par la lumière grise.

Chapitre 11

Le lendemain matin en arrivant au bahut, j'ai trouvé Ben, Lacey, Radar et Angela en grande conversation près de la salle de répète, à l'ombre d'un arbre dont les branches retombaient très bas. Il m'était difficile de les écouter discuter du bal et de la dispute qui opposait Lacey à Becca. J'attendais l'occasion de leur raconter ce que j'avais vu, mais quand celle-ci s'est présentée et que j'ai pu enfin dire : « J'ai fouillé à fond les deux pseudotissements, mais je n'ai pas trouvé grand-chose », je me suis rendu compte que je n'avais rien de nouveau à leur faire partager.

D'ailleurs, personne n'a manifesté d'intérêt particulier, à part Lacey, qui a secoué la tête en entendant le mot « pseudotissement ».

– Hier soir, sur le Net, a-t-elle dit, j'ai lu que les gens qui avaient des tendances suicidaires coupaient les ponts avec leurs amis quand ils étaient fâchés avec eux. Et se séparaient de leurs affaires. Margo m'a donné cinq jeans la semaine dernière en prétendant qu'ils m'iraient mieux, or c'est faux parce qu'elle a beaucoup plus de formes que moi.

J'aimais bien Lacey, mais je comprenais ce qu'entendait Margo par « travail de sape ».

Le fait de raconter cette anecdote a fait pleurer

Lacey. Ben l'a prise dans ses bras et elle a enfoui son visage au creux de son épaule, ce qui relevait de l'exploit car, perchée sur ses talons, elle était plus grande que lui.

— Lacey, on veut juste trouver un endroit, ai-je plaidé. Parles-en à tes copines. Est-ce que Margo a jamais évoqué les villes de papier devant toi ? Nommé des endroits précis ? Y avait-il un lotissement quelque part qui aurait eu une signification particulière pour elle ?

Lacey a haussé les épaules, sans quitter le refuge des bras de Ben.

— Mon pote, ne lui mets pas la pression, a dit Ben.

J'ai soupiré, mais je me suis tu.

— Je m'occupe du côté Internet, a dit Radar, mais son identifiant ne s'est pas connecté à Omnictionary depuis son départ.

Et tout à coup, le sujet du bal est revenu sur le tapis. Lacey a émergé du creux de l'épaule de Ben, l'air toujours triste et ailleurs, mais s'efforçant de sourire aux histoires que Ben et Radar échangeaient concernant l'achat de bouquets de fleurs.

La journée s'est écoulée, comme toujours, au ralenti, entrecoupée d'un millier de coups d'œil désespérés à l'horloge. Mais désormais, l'attente était encore plus dure à supporter, parce que chaque minute perdue au bahut était une minute de plus où j'échouais à la retrouver.

Le seul cours vaguement intéressant fut le cours d'anglais, sauf que Mme Holden m'a totalement gâché *Moby Dick* en supposant à tort qu'on avait tous lu le livre et en évoquant l'obsession du capitaine Achab qui veut à tout prix trouver la baleine blanche pour la tuer. Mais c'était drôle de la voir s'enflammer de plus en plus à mesure qu'elle parlait.

— Achab est un dément qui s'en prend au destin. Il ne manifeste pas d'autre désir de tout le livre, n'est-ce pas ? C'est son unique obsession. Et comme il est le capitaine du bateau, personne ne peut l'arrêter. On pourrait rétorquer, si vous choisissiez Achab comme sujet de votre dernière dissertation, qu'il est stupide d'être la proie d'une obsession. Mais on pourrait alléguer également qu'il y a quelque chose de désespérément héroïque à mener une bataille perdue d'avance. L'espoir d'Achab est-il une forme de folie ou *a contrario* la définition même de l'humanisme ?

J'ai pris autant de notes que j'ai pu, me rendant compte que je pourrais sans doute accoucher de ma dissertation sans avoir lu le livre. En l'entendant parler, il m'est apparu que Mme Holden avait un talent de lectrice que je ne lui connaissais pas. De plus, elle aimait Whitman. Alors quand la cloche a sonné, j'ai sorti *Feuilles d'herbe* de mon sac, que j'ai lentement refermé, pendant que mes camarades se précipitaient dehors pour rentrer chez eux ou participer à une activité parascolaire. J'ai attendu mon tour derrière un type qui voulait un délai supplémentaire pour un devoir qu'il rendait déjà en retard, et qui a fini par partir.

— Voilà mon lecteur de Whitman préféré, a dit Mme Holden.

J'ai souri d'un air contraint.

— Connaissez-vous Margo Roth Spiegelman ? ai-je demandé.

Elle s'est assise derrière son bureau et m'a fait signe de m'asseoir aussi.

— Je ne l'ai jamais eue comme élève, mais j'ai entendu parler d'elle, bien sûr. Je sais qu'elle a fugué.

— Elle a laissé ce recueil de poèmes à mon intention avant de… disparaître, ai-je dit en lui tendant le livre.

Mme Holden l'a feuilleté lentement.

— J'ai beaucoup réfléchi aux passages qu'elle a surlignés, ai-je dit. À la fin de « Chanson de moi-même », vous verrez qu'elle a surligné un vers qui parle de la mort : « Cherchez-moi sous vos semelles si vous voulez me retrouver. »

— Elle a laissé ce livre pour vous, a dit doucement Mme Holden.

— Oui.

Elle est revenue au début du poème et a tapoté le passage surligné en vert du bout de l'ongle.

— Qu'entend-il par « charnières » ? C'est un passage du poème vraiment magnifique où Whitman… On l'entend presque nous crier : « Ouvrez les portes ! Ou plus exactement, retirez les portes ! »

— En fait, Margo m'a laissé quelque chose dans une charnière de ma porte.

Mme Holden a ri.

— Ouaouh ! Malin. Mais ce poème est tellement beau que je n'aime pas le voir réduit à une lecture aussi littérale. Par ailleurs, elle semble avoir réagi de façon très sombre à un poème qui est somme toute très optimiste. Le sujet en est les liens qui nous unissent, chacun d'entre nous partageant le même réseau de racines, à l'instar des feuilles d'herbe.

– Mais, en me basant sur les passages qu'elle a surlignés, on croirait une lettre d'adieu.

Mme Holden a relu les dernières strophes et m'a regardé.

– Quelle erreur de dénaturer le sens de ce poème pour en extraire quelque chose de désespéré. Ne me dites pas que c'est le cas, Quentin. Si vous lisiez le poème en entier, je ne vois pas à quelle autre conclusion vous pourriez parvenir si ce n'est que la vie est sacrée et n'a pas de prix. Mais… qui sait, peut-être l'a-t-elle seulement survolé à la recherche de ce qu'elle voulait y trouver. On lit souvent les poèmes de cette façon. Mais si c'est le cas, elle s'est totalement méprise sur ce que Whitman attendait d'elle.

– Et c'est quoi ?

Mme Holden a refermé le livre et elle a planté ses yeux dans les miens. Je n'ai pas pu soutenir son regard.

– À votre avis ? a-t-elle demandé.

– Je n'en sais rien, ai-je répondu en fixant un tas de copies corrigées sur son bureau. J'ai essayé de lire le poème en entier un nombre incalculable de fois, mais je ne suis jamais allé très loin. Je me suis surtout attardé sur les passages qu'elle avait surlignés. Je le lis pour tenter de comprendre Margo, pas Whitman.

Mme Holden a pris son stylo et griffonné quelque chose au dos d'une enveloppe.

– Une seconde. Je note ça.

– Quoi ?

– Ce que vous venez de dire.
– Pourquoi ?
– Parce que c'est précisément ce que Whitman aurait voulu. À savoir, que vous ne voyiez pas en « Chanson de moi-même » uniquement un poème, mais un moyen d'accéder à la compréhension de l'autre. Maintenant, je m'interroge sur le bien-fondé de le lire en tant que poème et non d'en parcourir des passages à la recherche de citations et d'indices. Je pense effectivement qu'il existe des correspondances entre le poète de « Chanson de moi-même » et Margo Spiegelman – le charisme échevelé, le goût des voyages. Mais le poème ne peut remplir son office si vous n'en lisez que des bribes.
– D'accord, merci, ai-je dit.
J'ai repris mon livre et me suis levé, ne me sentant guère mieux.

Ben m'a ramené et je suis resté un moment chez lui, jusqu'à ce qu'il parte chercher Radar pour se rendre à je ne sais quelle soirée pré-bal organisée par notre copain Jake, dont les parents étaient absents. Ben m'a proposé de les accompagner, mais je n'en avais pas envie.
Je suis rentré à la maison à pied en traversant le parc où Margo et moi avions trouvé le macchabée. Je me rappelais parfaitement cette matinée et son souvenir m'a tordu le ventre, non en raison du mort, mais parce que c'était elle qui l'avait trouvé. Même à l'aire de jeux de mon quartier, je n'étais pas fichu de dégoter un cadavre tout seul. Alors comment pourrais-je y parvenir maintenant ?
Je me suis replongé dans « Chanson de

moi-même », mais en dépit des conseils de Mme Holden, le poème m'est encore une fois apparu comme une bouillie de mots incompréhensibles.

Le lendemain matin, je me suis réveillé tôt, peu après huit heures, et je me suis installé à l'ordinateur. Ben était connecté, je lui ai envoyé un message.

QCARRESURRECTION : Comment était la soirée ?
CT1INFECTIONRENALE : Nulle, évidemment. Chaque fois que je vais à une soirée, elle est nulle.
QCARRESURRECTION : Navré de l'avoir ratée. Tu es matinal. Tu viens jouer à Résurrection ?
CT1INFECTIONRENALE : Tu plaisantes ?
QCARRESURRECTION : Euh... non.
CT1INFECTIONRENALE : Tu sais quel jour on est ?
QCARRESURRECTION : Samedi 15 mai.
CT1INFECTIONRENALE : Mon pote, le bal débute dans onze heures et quatorze minutes. Il faut que j'aille chercher Lacey dans moins de neuf heures et je n'ai pas encore lavé ni lustré MALDERALEH que tu t'es gentiment employé à salir, soit dit en passant. Ensuite, je dois prendre ma douche, me raser, me couper les poils du nez, bref me laver et me lustrer aussi. Ne me branche pas sur le sujet. J'ai des milliards de trucs à faire. Écoute, je t'appelle plus tard si j'ai une minute.

Radar était également connecté. Je lui ai envoyé un message.

QCARRESURRECTION : C'est quoi, le problème de Ben ?

OMNICTIONARIEN96 : Holà, Bijou !

QCARRESURRECTION : Pardon, c'est juste que je suis furax qu'il prenne le bal tellement au sérieux.

OMNICTIONARIEN96 : Tu vas l'être encore plus quand tu sauras que la seule raison pour laquelle je suis debout à cette heure-ci est que je dois aller chercher mon smoking. Pas toi ?

QCARRESURRECTION : J'y crois pas. Tu es sérieux ?

OMNICTIONARIEN96 : Q., demain et après-demain et après-après-demain et tous les autres jours de ma vie, je serai ravi de participer à ton enquête. Mais j'ai une copine. Elle a envie de passer une supersoirée de bal. J'ai envie de passer une supersoirée de bal. Ce n'est pas ma faute si Margo Roth Spiegelman ne voulait pas qu'on passe une supersoirée de bal.

Je n'ai pas su quoi répondre. Il avait peut-être raison. Margo méritait sans doute d'être oubliée. En revanche, je ne pouvais pas l'oublier.

Mes parents étaient encore au lit et regardaient un vieux film à la télé.

– Je peux emprunter le monospace ? ai-je demandé.

– Bien sûr. Pour quoi faire ?

– J'ai décidé d'aller au bal, ai-je répondu précipitamment.

Le mensonge m'a traversé l'esprit au moment où je l'ai dit.

– Il faut que j'aille chercher un smoking et que je passe chez Ben ensuite. On fait un apéro.

Maman s'est redressée, le sourire aux lèvres.

— Je trouve ça formidable, mon chéri. Ça va te faire un bien fou. Tu repasses entre les deux pour que je te prenne en photo ?

— Maman, tu veux vraiment une photo de moi en route pour mon apéro entre potes avant le bal de fin d'année ? Ma vie n'est-elle pas assez humiliante comme ça ?

Elle a ri.

— Appelle avant le couvre-feu, a dit papa, ce qui signifiait minuit.

— Sans faute, ai-je dit.

Leur mentir était tellement facile que je me suis demandé pourquoi je n'en avais pas plus abusé avant cette fameuse nuit avec Margo.

J'ai pris l'I-4 dans le sens Kissimmee et les parcs à thème, dépassant International Drive par laquelle Margo et moi avions pénétré à l'intérieur de SeaWorld, et j'ai bifurqué ensuite par la nationale 27 en direction de Haines City. Les lacs étaient nombreux dans le coin et qui disait lacs en Floride disait riches qui pullulaient autour. Par conséquent, ce n'était pas l'environnement idéal pour un pseudotissement. Pourtant le site sur lequel j'avais trouvé l'information était catégorique quant à cette énorme parcelle de terrain maintes fois hypothéquée, mais que personne n'avait jamais réussi à exploiter. J'ai reconnu l'endroit car les lotissements longeant la route d'accès étaient tous planqués derrière des murs, alors que Quail Hollow n'était signalé que par un panneau en plastique planté en terre. En arrivant sur place, j'ai constaté que des affichettes

À VENDRE, EMPLACEMENT DE CHOIX À SAISIR étaient apposées un peu partout.

Contrairement aux autres pseudotissements, Quail Hollow était entretenu. Aucune maison n'avait été construite, mais les lopins de terre étaient délimités par des piquets et l'herbe venait d'être tondue. Toutes les rues étaient pavées et portaient un nom qui figurait sur une plaque. Au centre du pseudotissement, un lac rigoureusement circulaire avait été foré puis, pour une raison inconnue, vidé. Du haut du monospace, je me suis rendu compte qu'il mesurait environ trois mètres de profondeur sur plusieurs centaines de diamètre. Un tuyau serpentait au fond du cratère jusqu'au centre où une fontaine en acier et aluminium montait jusqu'à hauteur d'yeux. Je me suis surpris à éprouver de la reconnaissance pour le lac d'avoir été vide, ne m'obligeant pas à sonder ses profondeurs en me demandant si elle ne gisait pas quelque part, attendant que j'enfile une combinaison de plongée pour aller la repêcher.

J'étais certain que Margo n'était pas à Quail Hollow. L'endroit était trop proche de nombreux lotissements pour constituer une cache idéale, qu'on soit une personne ou un corps. Mais j'ai quand même vérifié. Je me sentais nul au volant du monospace, roulant au pas dans les rues. J'aurais voulu me réjouir que ce ne fût pas ici. Mais si Quail Hollow n'était pas le bon endroit, alors ce serait le prochain ou celui d'après ou encore après. À moins que je ne la retrouve jamais. Était-ce un meilleur sort ?

J'ai fini mon tour d'inspection, bredouille, et j'ai repris la direction de la nationale. J'ai acheté de quoi manger à un drive-in et j'ai dîné au volant en roulant vers l'ouest, vers la galerie marchande.

Chapitre 12

En arrivant au parking, je me suis aperçu que quelqu'un avait colmaté notre trou par du ruban adhésif bleu de peintres. Je me suis demandé qui avait pu venir après notre visite.

J'ai fait le tour du bâtiment et me suis garé à côté d'une benne à ordures qui n'avait pas vu l'ombre d'un camion de ramassage depuis des lustres. J'ai réalisé que je pourrais crever l'adhésif si besoin était, et j'allais revenir aux devantures quand j'ai remarqué qu'aucune charnière n'était visible sur les portes métalliques à l'arrière des boutiques.

J'avais appris une ou deux choses concernant les charnières, grâce à Margo, et j'ai compris qu'on ne risquait pas d'ouvrir ces portes en tirant dessus, pour la bonne raison qu'elles s'ouvraient vers l'intérieur. J'ai marché jusqu'à la porte de la société hypothécaire et je l'ai poussée. Elle s'est ouverte sans résistance. Ce qu'on avait pu être bêtes ! Sûrement, celui ou celle qui était familier des lieux savait que les portes n'étaient pas fermées à clef ; le ruban adhésif bleu ne m'en est apparu que plus incongru.

Je me suis libéré du sac à dos que j'avais rempli d'affaires le matin même, j'y ai pris la torche surpuissante de mon père et j'en ai balayé la pièce. Une bestiole de taille conséquente a galopé le long des poutrelles. Un frisson m'a parcouru. Des petits lézards zigzaguaient à toute vitesse dans le faisceau de la lampe.

Un trou dans le plafond laissait passer un unique rai de lumière côté façade et le soleil filtrait par endroits au travers de l'aggloméré, mais je me fiais surtout à la torche. J'ai déambulé entre les rangées de bureaux, examinant nos trouvailles de la dernière fois, dénichées dans les tiroirs et laissées sur place. La vision du même calendrier non coché sur chaque bureau m'a donné la chair de poule. Février 1986. Février 1986. Février 1986. Juin 1986. Février 1986. J'ai fait volte-face et éclairé le bureau au centre de la pièce dont le calendrier avait été changé à juin. Je me suis penché pour étudier la page à la recherche fébrile de déchirures à l'endroit où les mois précédents avaient été arrachés, ou de marques là où un stylo aurait appuyé sur la feuille, mais le calendrier ne se différenciait pas des autres, si ce n'est par la date.

La torche coincée entre le cou et l'épaule, j'ai entrepris une nouvelle fouille des tiroirs en accordant une attention particulière à ceux du bureau de juin : des serviettes, des crayons encore bien taillés, des notes concernant des hypothèques adressées à un certain Dennis McMahon, un paquet de cigarettes vide et un flacon de vernis rouge pratiquement plein.

La torche dans une main et le vernis dans l'autre, j'ai scruté le contenu. Tellement rouge qu'il en était presque noir. J'avais déjà vu cette nuance. Sur le tableau de bord du monospace, cette fameuse nuit. Soudain, les galopades le long des poutres et les craquements du bâtiment m'ont paru dérisoires au regard de l'euphorie déplacée qui m'a envahi. Je n'étais pas sûr qu'il se soit agi du même flacon, évidemment, mais c'était sans aucun doute la même teinte.

En le faisant pivoter, j'ai clairement reconnu une microscopique trace de peinture bleue sur le bord. Laissée par ses doigts bleuis par la bombe. J'en étais certain désormais. Elle était venue ici après qu'on s'était séparés à l'aube. Peut-être y dormait-elle toujours. Peut-être n'y venait-elle qu'à la nuit tombée. Peut-être avait-elle posé l'adhésif sur l'aggloméré dans le dessein de préserver son intimité.

J'ai pris sur-le-champ la décision de rester jusqu'au lendemain matin. Si Margo y avait dormi, pourquoi pas moi. S'en est suivie une conversation avec moi-même :

Moi : Mais les rats.

Moi : Ils ont l'air de vouloir se cantonner au plafond.

Moi : Mais les lézards.

Moi : Arrête ton cinéma. Autrefois, quand tu étais petit, tu leur arrachais la queue. Tu n'as pas peur des lézards.

Moi : Mais les rats.

Moi : Les rats ne peuvent pas te faire de mal. Ils ont plus peur de toi que toi d'eux.

Moi : Oui, d'accord, mais qu'est-ce que tu fais des rats ?

Moi : Ferme-la.

Au final, je me fichais des rats, parce que je me trouvais à un endroit où Margo avait été de son vivant. Un endroit qui l'avait vue après moi et c'était une pensée tellement réconfortante que la galerie à l'abandon en est presque devenue avenante. Je ne me sentais quand même pas aussi confiant que le nouveau-né dans les bras de sa mère, mais je n'avais plus le souffle coupé chaque fois que j'entendais un bruit. La galerie devenue avenante, je l'ai trouvée plus facile à explorer. Je savais que d'autres découvertes m'attendaient et j'étais prêt.

Je suis sorti du bureau par le trou de troll, d'où j'ai gagné le labyrinthe d'étagères, que j'ai parcouru quelques instants. À l'autre bout de la pièce, je me suis glissé par le deuxième trou de troll dans la pièce vide. Je me suis assis sur le rouleau de moquette de l'autre côté. La peinture blanche écaillée a craqué dans mon dos. Je suis resté là un moment, assez longtemps en tout cas pour que le rai de lumière qui tombait d'une déchirure dans le toit progresse de trois centimètres et que je commence à m'habituer aux bruits.

L'ennui a fini par me gagner et je suis passé dans la boutique de souvenirs par le dernier trou de troll. J'ai fouiné parmi les T-shirts. J'ai sorti le carton rempli de brochures touristiques de sous la vitrine et les ai consultées dans l'espoir d'y découvrir un message de Margo, mais rien.

Je suis retourné dans la pièce que je me suis surpris à appeler la bibliothèque. J'ai feuilleté plusieurs numéros du *Reader's Digest* et suis tombé sur une pile de *National Geographic* datant des années 1960, mais le carton était tellement poussiéreux qu'il était évident que Margo n'y avait pas mis les mains.

Je n'ai trouvé trace de séjour humain que lorsque je suis revenu dans la pièce vide. Sur le mur contre lequel était appuyé le rouleau de moquette, j'ai découvert neuf trous de punaises dans la peinture tombant en lambeaux. Quatre de ces trous formaient plus ou moins un carré et les cinq autres étaient à l'intérieur. J'ai pensé que Margo était peut-être restée assez longtemps pour accrocher des posters au mur, bien qu'il n'en ait visiblement manqué aucun dans sa chambre quand on l'avait fouillée.

J'ai déroulé le rouleau de moquette à moitié et trouvé instantanément quelque chose d'autre : une boîte vide ayant contenu vingt-quatre barres énergétiques. Je me suis alors surpris à imaginer Margo dans cette pièce, adossée au mur, le rouleau de moquette moisi en guise de siège, croquant dans une barre énergétique. Margo toute seule, avec pour seules provisions les barres en question. Elle se rend peut-être dans une épicerie une fois par jour pour acheter un sandwich et des sodas, mais passe le plus clair de son temps ici, assise sur ou à côté de la moquette. Cette image était trop triste pour être vraie. Trop solitaire, trop anti-Margo. Mais tous les indices des dix derniers jours mis bout à bout tendaient à une conclusion pour le moins surprenante : Margo était très anti-Margo, du moins parfois.

J'ai déroulé un peu plus le rouleau de moquette et trouvé une couverture bleue tricotée, aussi mince que du papier journal. Je l'ai ramassée et pressée contre mon visage. Et là, oui, c'était dingue. Son odeur. Le shampoing au lilas et le lait à l'amande douce, et en dessous, un soupçon du parfum sucré de sa peau.

Je la voyais à nouveau : elle déroule le rouleau de moquette à moitié tous les soirs pour éviter d'avoir la hanche en contact direct avec le béton quand elle s'allonge sur le côté. Elle se blottit sous la couverture, se servant du bout du rouleau de moquette comme d'un oreiller, et elle dort. Mais pourquoi ici ? En quoi cet endroit est-il préférable à chez elle ? Et s'il est tellement mieux, pourquoi le quitter ? Voilà ce que je ne parvenais pas à deviner et je me suis rendu compte que cette impossibilité était due au fait que je ne connaissais pas Margo. Je connaissais son odeur et la façon dont elle se comportait en ma présence, ainsi que devant les autres, et je savais qu'elle aimait le soda, l'aventure et les gestes théâtraux. Je savais aussi qu'elle était drôle, intelligente et souvent supérieure au reste de ses semblables, mais j'ignorais ce qui l'avait amenée ici, ou ce qui lui avait donné envie d'y rester, puis d'en partir. Je ne savais pas pourquoi elle avait des milliers de disques sans avoir jamais fait partager à quiconque son goût pour la musique. Je ne savais pas ce qu'elle faisait la nuit, quand son store était baissé, sa porte fermée à clef, dans l'intimité hermétiquement close de sa chambre.

Alors peut-être était-ce ce par quoi il me fallait commencer : découvrir à quoi ressemblait Margo quand elle ne faisait pas sa Margo.

Je me suis allongé un moment sur la couverture imprégnée de son odeur en regardant le plafond. Par une crevasse, j'ai aperçu un ruban de ciel aux reflets de fin d'après-midi, semblable à une toile déchirée peinte en bleu vif. C'était l'endroit idéal où dormir, on pouvait y admirer les étoiles sans se faire mouiller par la pluie.

J'ai appelé mes parents comme promis. C'est papa qui a répondu. J'ai prétendu qu'on était en route pour aller retrouver Radar et Angela, et que je restais dormir chez Ben. Il m'a demandé de ne pas boire et je le lui ai promis. Il m'a dit qu'il était fier que j'aille au bal de fin d'année et je me suis demandé s'il l'aurait été autant s'il avait su ce que j'étais en train de faire.

L'endroit était à mourir d'ennui. Une fois qu'on en avait fini avec les rongeurs et autres gémissements mystérieux émis par un bâtiment sur le point de s'écrouler, il n'y avait strictement rien à faire. Pas d'Internet ni de télé, ni de musique. Je m'embêtais, alors je me suis à nouveau demandé avec perplexité pourquoi elle avait choisi cet endroit, connaissant son faible seuil de tolérance à l'ennui. Peut-être était-elle séduite par l'idée de vivre de rien ? Peu probable. Margo portait un jean de marque pour entrer par effraction dans SeaWorld.

C'est le manque de stimulation qui m'a ramené aux pages de « Chanson de moi-même », le seul cadeau qu'elle m'avait réellement fait. Je me suis déplacé jusqu'à une parcelle de béton tachée d'eau, à la verticale du trou dans le plafond, je me suis assis en tailleur de sorte que la lumière tombe directement sur le livre. Et pour une raison que j'ignore, j'ai finalement réussi à lire le poème.

Le problème est qu'il démarre très lentement, par une sorte de longue introduction, mais vers le quatre-vingt-dixième vers, Whitman se met enfin à raconter un embryon d'histoire et c'est précisément au cours de ce passage que j'ai trouvé qu'il s'améliorait. Donc Whitman est assis (lui dit qu'il « flâne ») dans l'herbe et il se passe ceci :

C'est quoi l'herbe ? m'a posé la question un enfant, les mains pleines de touffes.
Qu'allais-je lui répondre ? Je ne sais pas davantage que lui.
Peut-être que c'est le drapeau de mon humeur, tissé d'un tissu vert espoir.

Voilà donc l'espoir dont Mme Holden parlait, l'herbe est une métaphore de l'espoir. Mais ce n'est pas tout. Il poursuit :

Peut-être que c'est le mouchoir de Notre-Seigneur,
Laissé sciemment à terre par Lui, cadeau parfumé pour notre mémoire,

L'herbe serait alors une métaphore de la grandeur de Dieu ou je ne sais quoi...

Ou bien l'herbe, qui sait, est peut-être aussi une enfant...

Et peu après :

Ou bien, pourquoi pas, une livrée hiéroglyphique,

Qui veut dire: Je pousse indifféremment partout, zones larges ou étroites,
Je pousse aussi bien chez les Noirs que chez les Blancs.

Ainsi l'herbe serait la métaphore de notre égalité et des liens fondamentaux qui nous unissent, comme l'avait suggéré Mme Holden. Il disait enfin ceci de l'herbe:

Et puis, je me dis, tout à coup, que c'est peut-être la splendide et folle chevelure des tombes.

Par conséquent, l'herbe est également la mort. Elle croît de nos corps ensevelis. L'herbe était toutes sortes de choses à la fois, c'était ahurissant. Pour résumer, l'herbe était la métaphore de la vie, de la mort, de l'égalité, des liens qui nous unissaient, des enfants, de Dieu et de l'espoir.

Je n'arrivais pas à déterminer laquelle de ces idées était au cœur du poème, si tant est qu'il y en ait eu une. Néanmoins réfléchir à l'herbe et aux différentes façons de l'appréhender m'a amené à penser aux différentes façons dont j'avais appréhendé ou non Margo.

Les manières de la voir ne manquaient pas. Je m'étais focalisé sur ce qu'il était advenu d'elle, mais à présent, en m'efforçant de comprendre la multiplicité de l'herbe, et son parfum, dont la couverture était imprégnée, toujours au fond de la gorge, je me suis rendu compte que la question la plus importante était: à la recherche de qui suis-je? La réponse à la question «C'est quoi l'herbe?» était d'une extrême complexité, la réponse à la question « Qui est Margo Roth Spiegelman ? » devait l'être aussi. Telle une métaphore rendue incompréhensible par son ubiquité, j'avais, avec ce qu'elle m'avait laissé, tout loisir de me perdre en de multiples conjectures, d'inventer une infinité de Margo.

Je devais rétrécir les possibles la concernant et me mettre dans la tête qu'il y avait dans cet endroit des choses que je ne voyais pas correctement, sinon pas du tout. J'avais envie d'arracher le toit pour que la lumière l'éclaire en totalité, de façon à l'embrasser d'un seul regard, et non petit à petit. J'ai repoussé la couverture de Margo.

– Je vais trouver quelque chose ici ! ai-je hurlé assez fort pour que tous les rats m'entendent.

J'ai repris la fouille des bureaux, un par un, mais il était de plus en plus clair que Margo n'avait utilisé que celui où j'avais trouvé le vernis dans le tiroir et le calendrier arrêté à juin.

Je suis repassé par le trou de troll pour retourner à la bibliothèque où j'ai à nouveau arpenté le dédale d'étagères métalliques, scrutant chacune d'elles à la recherche de surfaces dépoussiérées, indiquant que Margo en aurait fait je ne sais quel usage. Mais en vain. Quand soudain le faisceau de la lampe a saisi un objet au sommet d'une étagère, dans un des recoins de la pièce, juste à côté de la vitrine condamnée. Le dos d'un livre.

Le livre était intitulé *L'Amérique, par ses curiosités* et il avait été publié en 1998, postérieurement à l'abandon de la galerie marchande. Je l'ai feuilleté à la lumière de la torche, coincée entre mon cou et mon épaule. Le livre recensait des centaines d'attractions à visiter, de la plus grosse pelote de ficelle à Darwin dans le Minnesota à la plus grosse boule de timbres à Omaha dans le Nebraska. Quelqu'un avait corné plusieurs pages, au hasard, semble-t-il. Le livre n'était pas très poussiéreux. SeaWorld était peut-être la première étape de je ne sais quelle aventure enivrante. Oui. Ça tenait debout. C'était du Margo. Elle avait entendu parler de la galerie marchande, y était venue rassembler ce dont elle avait besoin, y avait passé une nuit ou deux et avait repris la route. Je pouvais l'imaginer ricocher d'un piège à touristes à l'autre.

À la lumière des derniers vestiges du jour pénétrant par les trous du plafond, j'ai trouvé d'autres bouquins sur le haut des étagères. *Guide élémentaire du Népal*, *Les plus beaux paysages du Canada*, *L'Amérique en voiture*, *Guide Fodor des Bahamas*, *Si on allait au Bhoutan*. Ils n'avaient visiblement aucun rapport les uns avec les autres, si ce n'est que c'étaient tous des guides de voyage et qu'ils avaient été publiés après l'abandon de la galerie marchande. J'ai coincé la torche sous mon menton, empilé les bouquins et rapporté le tout dans la pièce que j'imaginais désormais comme étant la chambre.

Il se trouve finalement que j'ai passé la soirée du bal de fin d'année en compagnie de Margo, mais pas tout à fait comme je l'avais rêvé. Au lieu de débarquer avec elle à la soirée, je me suis assis le dos appuyé contre son rouleau de moquette, sa couverture mitée enroulée autour des genoux, alternant lecture des guides de voyage et pause immobile dans le noir, bercé par le chant des cigales que j'entendais au-dessus et autour de moi.

Peut-être s'était-elle assise ici dans cette obscurité peuplée de bruits et, gagnée par une sorte de désespoir, avait-elle trouvé impossible d'éliminer l'idée de la mort. C'était plausible, bien sûr.

Mais il était tout aussi plausible qu'elle ait dégoté tous ces bouquins dans des vide-greniers, achetant pour trois fois rien tout ce qui lui tombait sous la main. Puis venant ici (même avant sa disparition) pour parcourir les livres de ses yeux avides. Les lisant en tâchant de se fixer sur une destination. Oui. Elle allait continuer à faire la route, cachée, tel un ballon flottant dans le ciel, avalant des centaines de kilomètres par jour, poussée par un vent arrière infatigable. M'avait-elle conduit jusqu'ici pour me fournir les indices nécessaires à la reconstitution d'un itinéraire ? Peut-être. Évidemment, j'en étais loin. À en juger par les livres, elle pouvait aussi bien être en Jamaïque qu'en Namibie, à Topeka ou à Pékin. Mais je venais à peine de commencer.

Chapitre 13

Dans mon rêve, elle avait la tête posée sur mon épaule et j'étais couché sur le dos, tous deux protégés du sol en béton par un bout de moquette. Elle me tenait enlacé. On était simplement allongés, endormis. Pitié pour moi, le seul jeune d'Amérique à rêver qu'il dort avec des filles, et uniquement qu'il dort avec elles. Quand soudain, mon téléphone a sonné. Deux fois encore avant que mes doigts le retrouvent à tâtons sur la moquette déroulée. Il était trois heures dix-huit. C'était Ben.

– Bonjour, Ben, ai-je dit.
– Ouiiiiiiiiiiiiiiiiiiiiii! a-t-il hurlé.

À son cri, j'ai aussitôt conclu que le moment était mal choisi pour lui raconter ce que j'avais appris et imaginé à propos de Margo. Je pouvais quasiment sentir son haleine avinée. Ce seul mot, à la façon dont il l'avait hurlé, renfermait plus de points d'exclamation qu'aucune des déclarations que Ben m'eût jamais faites de toute sa vie.

– Je me trompe ou la soirée se passe bien ?
– Ouiiiiiiiiiiiii ! Quentin Jacobsen ! Le Q. ! Le meilleur Quentin d'Amérique ! Oui !

Sa voix s'est éloignée, mais je l'entendais quand même.

— Tout le monde ! Taisez-vous ! Une seconde. Taisez-vous ! Quentin Jacobsen est dans mon téléphone !

J'ai entendu des applaudissements.

— Oui, Quentin ! Oui ! Mon pote ! Il faut que tu viennes ici.

— C'est où ici ? ai-je demandé.

— Chez Becca ! Tu sais où c'est ?

Il se trouve que je savais parfaitement où c'était. J'avais même visité l'entresol.

— Je sais où c'est, mais on est en pleine nuit, Ben. Et je suis à...

— Ouiiiiiiiiiii ! Il faut que tu rappliques immédiatement. Immédiatement !

— Ben, il se passe des trucs plus importants.

— Capitaine de soirée !

— Quoi ?

— Tu es mon capitaine de soirée ! Oui ! Celui qui ne boit pas ! Je suis trop content que tu aies répondu ! C'est génial ! Faut que je sois rentré à six heures ! Je t'ai choisi pour me raccompagner ! Ouiiiiiiiiiiii !

— Tu ne peux pas dormir sur place ? ai-je demandé.

— Noooooooooooon ! Hou ! Hou pour Quentin. Hé, tout le monde ! Hou pour Quentin !

L'assemblée m'a hué.

— Tout le monde est saoul. Ben est saoul. Lacey est saoule. Radar est saoul. Personne ne prend sa voiture. À la maison à six heures. Promis à ma mère. Hou, Quentin sommeil ! Oui, capitaine de soirée ! Ouiiiiiiiiiii !

J'ai pris une profonde inspiration. Si Margo avait dû se pointer, elle l'aurait fait vers trois heures.

— Je serai là dans une demi-heure.
— Oui ! Oui ! Oui ! Oui ! Oui ! Oui ! Oui !

Ben continuait de manifester son approbation quand j'ai raccroché. Je suis resté allongé quelques instants en m'exhortant à me lever, ce que j'ai fini par faire. Encore endormi, je suis repassé par les trous de troll, de la librairie dans le bureau, j'ai tiré sur la porte et suis remonté en voiture.

Je suis arrivé au lotissement où habitait Becca peu avant quatre heures. Des dizaines de voitures étaient garées des deux côtés de la rue et je me doutais que la foule serait encore plus compacte à l'intérieur, puisque la plupart des invités avaient été déposés en limousine. J'ai trouvé une place à quelques voitures de MALDERALEH.

Je n'avais jamais vu Ben ivre. En seconde, j'avais descendu une bouteille de soi-disant rosé à une soirée groupe. Le breuvage était infect à boire et à régurgiter. C'était Ben qui m'avait tenu compagnie pendant que je projetais des grands jets de vomi sur un dessin de Bourriquet dans la salle de bains Winnie l'Ourson de Cassie Fesse. L'expérience nous avait tous les deux guéris de l'alcool. Jusqu'à ce soir, en tout cas.

Je m'attendais à ce que Ben soit saoul. Je l'avais compris au téléphone. Aucun individu à jeun ne répète autant de fois « oui » à la minute. Néanmoins, en me frayant un passage parmi les jeunes qui fumaient sur la pelouse devant chez Becca, puis en ouvrant la porte d'entrée, je ne m'attendais pas à trouver Jase Worthington et deux autres joueurs de base-ball tenant un Ben en smoking la tête en bas au-dessus d'un fût de bière, l'embout dans la bouche de Ben et l'assemblée, médusée, psalmodiant à l'unisson.

– Dix-huit! Dix-neuf! Vingt!

L'espace d'une seconde, j'ai cru qu'il était victime d'une humiliation. Mais non, tandis qu'il tétait l'embout du fût comme s'il se fût agi du lait maternel, des filets de bière s'échappaient de sa bouche, car il souriait.

– Vingt-trois! Vingt-quatre! Vingt-cinq! criaient les autres dont l'enthousiasme était palpable.

Il se passait manifestement quelque chose d'extraordinaire.

Tout cela m'est apparu tellement vulgaire, tellement choquant. Des jeunes de papier se livrant à des plaisirs de papier. Je me suis glissé jusqu'à Ben, surpris de tomber sur Radar et Angela.

– C'est quoi, ce délire? ai-je demandé.

Radar s'est arrêté de compter et s'est tourné vers moi.

– Oui! Le capitaine de soirée est venu! Oui!

– Pourquoi tout le monde dit oui à tout bout de champ ce soir?

– Bonne question, m'a crié Angela, en soupirant ostensiblement.

Elle était aussi agacée que moi.

– Tu parles d'une bonne question! a renchéri Radar, un verre de bière en plastique rouge dans chaque main.

– Les deux sont à lui, m'a calmement expliqué Angela.

– Pourquoi n'es-tu pas capitaine de soirée? ai-je demandé.

– Ils voulaient que ce soit toi, a-t-elle répondu. Ils ont pensé que ça te ferait venir.

J'ai levé les yeux au ciel. Elle a levé les siens en signe de sympathie.

– Il faut vraiment que tu l'aimes, ai-je dit, en indiquant Radar d'un signe de tête, ses deux bières tenues en l'air, comptant en chœur avec les autres.

Tout le monde avait l'air tellement fier de compter.

– Même en ce moment, j'arrive à le trouver adorable, a-t-elle répondu.

– C'est trop.

Radar m'a donné un coup dans les côtes avec une de ses bières.

– Regarde notre Ben! Il frise le savant autiste question divin poirier. Il est à deux doigts de battre un record mondial à ce qu'il paraît.

– C'est quoi un divin poirier? ai-je demandé

– Ça, m'a dit Angela en me montrant Ben.

– Je vois. C'est... dur de rester la tête en bas?

– Il semblerait que le plus long divin poirier de toute l'histoire de Winter Park ait duré soixante-deux secondes, m'a-t-elle expliqué. Il a été remporté par Tony Yorrick, ce type immense qui était en terminale quand on était en troisième et qui joue maintenant dans l'équipe de football américain de l'université de Floride.

J'étais à fond pour que Ben pulvérise des records, mais je ne pouvais me résoudre à crier avec les autres :

– Cinquante-huit! Cinquante-neuf! Soixante! Soixante et un! Soixante-deux! Soixante-trois!

À ce stade, Ben a recraché l'embout du fût et s'est mis à hurler :

– Ouuuuuuuuuuuui! Je suis le meilleur! J'ai fait trembler le monde!

Jase et je ne sais quels autres joueurs de base-ball l'ont remis sur ses pieds avant de le trimbaler à travers la pièce, juché sur leurs épaules. C'est là que Ben s'est aperçu de ma présence et il a poussé le «Ouiiiiiiiiiiiiiiiiiiii!» le plus fort et le plus enthousiaste que j'aie jamais entendu. Même les footballeurs se montrent moins exubérants lors de la Coupe du monde.

Il a sauté par terre, se recevant à moitié accroupi, et s'est relevé en chancelant.

— Oui! a-t-il répété, en me prenant par les épaules. Quentin est là! Quentin le grand! Tout le monde hip hip hip hourra pour Quentin, le meilleur copain du recordman du monde de divin poirier!

Jase m'a frotté la tête.

— Tu es la vedette, Q.! m'a-t-il dit.

Puis j'ai entendu Radar me glisser à l'oreille:

— Au fait, on est quasi des héros pour ces gens. On a quitté la fête où on était avec Angela parce que Ben m'a dit que je serais accueilli ici comme un roi. Ils trouvent tous Ben désopilant, et du coup ils nous ont aussi à la bonne.

— Ouaouh! ai-je dit à Radar ainsi qu'aux autres.

Ben nous a laissés et je l'ai vu agripper Cassie Fesse. Il a posé les mains sur ses épaules et elle l'a imité.

— Ma cavalière a failli être couronnée reine du bal, a-t-il dit.

— Je sais. C'est génial, a-t-elle dit.

— J'ai eu envie de t'embrasser tous les jours depuis trois ans.

— Tu devrais, a dit Cassie.

— Oui! a hurlé Ben. C'est grand!

Mais il n'a pas embrassé Cassie.

— Cassie veut m'embrasser! a-t-il annoncé en se retournant vers moi.

— Oui, ai-je renchéri.

— C'est grand! a-t-il répété.

Puis il nous a pour ainsi dire oubliés, Cassie et moi, comme si l'idée d'embrasser Cassie Fesse était plus jouissive que de l'embrasser vraiment.

— Cette fête est trop géniale, non? m'a dit Cassie.

— Oui.

— Rien à voir avec les soirées groupes, non?

— Oui.

— Ben est givré, mais je l'adore.

— Oui.

— En plus, il a les yeux trop verts.

— Euh... Euh...

— Les autres disent que tu es plus mignon, mais je préfère Ben.

— D'accord.

— Cette fête est trop géniale, non?

— Oui.

Avoir une discussion avec une personne ivre ressemble à avoir une discussion avec un enfant de trois ans hilare au cerveau gravement endommagé.

Chuck Parson s'est approché de moi juste quand Cassie s'éloignait.

— Jacobsen, m'a-t-il dit l'air de rien.

— Parson, ai-je répondu.

— Tu m'as rasé le sourcil ou je me goure?

— En fait, je ne l'ai pas rasé. Je l'ai enlevé à la crème dépilatoire.

Il m'a enfoncé un doigt brutal dans les côtes.

— Tu es un vrai con, a-t-il dit, mais en riant. Tu es culotté, mon pote. Et maintenant tu es comme qui dirait maître des maléfices. C'est peut-être parce que je suis bourré, mais je ressens comme un début de sentiment pour toi, espèce de petit con.
— Merci, ai-je dit.
Je me sentais à mille lieues de toutes ces conneries, genre «le lycée se termine, il faut se dire qu'au fond on s'aime tous». Et je l'ai imaginée à cette fête, ou à des milliers d'autres semblables à celle-ci. Ses yeux sans vie. Je l'ai imaginée écoutant les élucubrations de Chuck Parson en réfléchissant à des portes de sortie, des portes de sortie vivantes ou mortes. J'imaginais les deux options avec la même netteté.
— Ça te dirait une bière, petit pédé? m'a demandé Chuck.
J'aurais presque oublié sa présence s'il n'y avait eu son haleine chargée. J'ai secoué la tête et il est parti.

Je voulais rentrer, mais je ne pouvais décemment pas presser Ben. Il vivait sûrement le plus beau jour de sa vie. Il y avait droit.
Alors à la place, j'ai cherché l'escalier et je suis descendu à l'entresol. J'étais resté si longtemps dans le noir que j'en avais encore besoin. Et puis j'avais envie de m'allonger quelque part dans un endroit ni tout à fait silencieux ni tout à fait sombre pour imaginer encore Margo. Mais en passant devant la chambre de Becca, j'ai entendu des voix étouffées (des gémissements pour être exact) et je me suis arrêté devant la porte, à peine entrouverte.

Je voyais les deux tiers du torse nu de Jase, à califourchon sur Becca, et les jambes de Becca enroulées autour de lui. Aucun des deux n'était entièrement nu, mais ils en prenaient le chemin. Quelqu'un de meilleur que moi se serait sans doute détourné, mais ce n'est pas souvent qu'on a l'occasion de voir des filles telles que Becca Arrington nues. Alors je les ai espionnés par l'entrebâillement de la porte. Puis ils ont roulé sur le côté et Becca s'est retrouvée sur Jason. Elle poussait des soupirs en l'embrassant, une main sur son corsage pour le déboutonner.

– Tu me trouves sexy ? a-t-elle demandé.

– Oh oui, tu es trop sexy, Margo ! a répondu Jase.

– Quoi ! s'est exclamée Becca, furieuse.

Il est rapidement devenu évident que je ne verrais pas Becca nue. Elle s'est mise à hurler. Je me suis éloigné de la porte, me faisant repérer par Jase.

– C'est quoi ton problème ? a-t-il crié.

– On s'en fout de lui. C'est de moi qu'il s'agit ! Pourquoi tu penses à elle au lieu de penser à moi ? a rugi Becca.

C'était un moment aussi propice qu'un autre pour quitter la scène. J'ai fermé la porte et suis allé à la salle de bains. J'avais effectivement envie de faire pipi, mais surtout besoin de m'éloigner de voix humaines.

Il me faut toujours plusieurs secondes avant de commencer à faire pipi, une fois en position. J'étais donc debout, attendant que ça vienne, et c'est venu. Je venais d'aborder la phase torrentielle qui s'accompagne d'un frisson de soulagement quand j'ai entendu une voix de fille en provenance de la baignoire :

— Qui est là ?
— C'est toi, Lacey ? ai-je demandé.
— Quentin ? Qu'est-ce que tu fiches ici ?

J'aurais voulu arrêter mon jet, mais impossible, évidemment. Faire pipi, c'est comme un bon livre en ce sens qu'il est très, très dur, de s'arrêter une fois qu'on a commencé.

— Je fais pipi, ai-je dit.
— Comment ça se passe ? a-t-elle demandé à travers le rideau de douche.
— Bien.

J'ai secoué la dernière goutte, remonté la fermeture Éclair de mon short et tiré la chasse.

— Ça te dirait de me tenir compagnie dans la baignoire ? a-t-elle demandé. Je te préviens, ce ne sont pas des avances.
— D'accord, ai-je répondu au bout de quelques instants.

J'ai ouvert le rideau de douche. Lacey m'a souri et elle a ramené ses genoux contre sa poitrine. Je me suis assis en face d'elle, le dos contre la paroi froide de la baignoire, nos pieds intercalés. Elle portait un short, un T-shirt sans manches et des sandales ravissantes. Son maquillage avait un peu coulé sous les yeux. Elle avait les cheveux à demi relevés, vestiges de sa coiffure du bal, et ses jambes étaient bronzées. Ce n'était pas le genre de fille à vous faire oublier Margo Roth Spiegelman, néanmoins, elle pouvait vous faire oublier pas mal de choses.

— Comment était le bal ? ai-je demandé.
— Ben est vraiment mignon, a-t-elle répondu.

Je me suis bien amusée. Mais après, on s'est horriblement disputées avec Becca. Elle m'a traitée de pute et ensuite elle est montée sur un canapé au salon là-haut, elle a fait taire tous les invités et elle a dit que j'avais une MST.

– C'est pas vrai ! ai-je dit avec une grimace.

– Oui, je suis fichue. C'est… Ça craint, franchement, parce que c'est… tellement humiliant et elle savait que ça le serait, et… ça craint. Alors je me suis réfugiée dans la salle de bains et Ben est descendu me voir, mais je lui ai dit de me laisser seule. Ce n'est pas sa faute, mais il ne sait pas écouter. Il est saoul, en fait. En plus, je n'ai même pas de MST. J'en ai eu une, mais elle est guérie. N'importe quoi. Je ne suis pas une Marie-couche-toi-là. C'était juste un type. Un gros nul. Je n'en reviens pas de lui avoir dit. J'aurais dû en parler à Margo, quand Becca n'était pas là.

– Je suis navré, ai-je dit. Le truc, c'est que Becca est jalouse.

– Pourquoi ? Elle a été sacrée reine du bal. Elle sort avec Jase. Elle est la nouvelle Margo.

Le fond de la baignoire me faisait mal aux fesses, j'ai essayé de trouver une position plus confortable. Nos genoux se sont touchés.

– Personne ne sera jamais la nouvelle Margo, ai-je dit. De toute façon, tu as tout ce qu'elle désire. Les gens t'aiment bien. Tout le monde pense que tu es plus jolie.

Lacey a haussé les épaules d'un air timide.

– Tu me trouves superficielle ? a-t-elle demandé.

– Euh… oui.

Je me suis revu devant la porte de la chambre de Becca, espérant qu'elle retire son corsage.

— Mais je le suis aussi, ai-je ajouté. On l'est tous.

Combien de fois m'étais-je dit : *Si seulement j'avais le corps de Jase Worthington. Si seulement je marchais comme si je savais marcher, que j'embrassais comme si je savais embrasser.*

— Mais pas de la même façon. Ben et moi, on est pareils question superficialité. Toi, tu t'en fiches que les gens t'aiment ou pas.

Ce qui était à la fois vrai et faux.

— Je m'en fiche moins que je ne voudrais, ai-je répondu.

— Sans Margo, tout craint.

Elle était ivre elle aussi, mais chez elle, cela ne me dérangeait pas.

— Oui, ai-je approuvé.

— Je voudrais que tu m'emmènes à cet endroit, à la galerie marchande dont Ben m'a parlé.

— D'accord, on y va quand tu veux.

Je lui ai raconté que j'y avais passé la nuit et que j'avais mis la main sur le vernis et la couverture de Margo.

Lacey est restée silencieuse quelques instants, respirant par la bouche. Quand elle a fini par le dire, ce fut dans un chuchotement, formulé comme une question et énoncé comme une affirmation.

— Elle est morte, n'est-ce pas ?

— Je n'en sais rien, Lacey. Je l'ai cru jusqu'à ce soir, mais à présent, je ne sais plus.

— Elle est morte et nous, on fait la fête...

J'ai repensé à un passage surligné de Whitman. « Que personne ne fasse attention à moi / Ou que l'on y fasse attention de partout cela m'est égal ! »

– C'est peut-être ce qu'elle veut, que la vie continue.

– Ça ne ressemble pas à ma Margo, a-t-elle dit.

J'ai réfléchi à ma Margo, à la Margo de Lacey, à celle de Mme Spiegelman et à nous tous regardant chacun son reflet dans un des miroirs déformants d'une fête foraine. J'allais ajouter quelque chose, mais la bouche de Lacey n'était plus simplement ouverte, sa mâchoire pendait et, la tête appuyée contre le carrelage gris du mur de la salle de bains, elle s'était endormie.

J'ai attendu encore que deux autres personnes viennent faire pipi avant de réveiller Lacey. Il était presque cinq heures et je devais raccompagner Ben chez lui.

– Lace, réveille-toi, ai-je dit en poussant sa sandale du bout de ma chaussure.

Elle a secoué la tête.

– J'adore qu'on m'appelle Lace. Tu sais que tu es quasiment mon meilleur ami en ce moment ?

– Ça me touche, ai-je dit, bien qu'elle ait été saoule et fatiguée, et que ce fût un mensonge. On va remonter ensemble et si quelqu'un s'avise de te dire un truc, je défendrai ton honneur.

– D'accord.

On est remontés. La foule était un peu moins dense, mais les joueurs de base-ball, dont Jase, entouraient toujours le fût de bière. La plupart des gens dormaient, dans des sacs de couchage un peu partout par terre. Certains se serraient sur le canapé-lit déplié. Angela et Radar étaient blottis l'un contre l'autre, dans un fauteuil, les jambes de Radar pendant par-dessus l'accoudoir. Tous les deux endormis.

Je m'apprêtais à demander aux types à côté du fût où était Ben, quand il a déboulé dans la pièce, un bonnet de bébé bleu sur la tête, agitant une épée faite de huit cannettes de bière vides, dont j'ai supposé qu'elles étaient collées les unes aux autres.

– Je te vois ! a hurlé Ben en pointant son épée vers moi. Je reconnais Quentin Jacobsen ! Ouiiiiiiiiiii ! Viens ici ! À genoux !

– Quoi ? Calme-toi, Ben.

– À genoux !

Je me suis exécuté obligeamment, le regard levé vers lui.

Il a abaissé son épée et m'en a frappé chaque épaule.

– Par la force de l'épée de bière collée, je te déclare mon chauffeur !

– Merci, ai-je dit. Ne vomis pas dans le monospace.

– Oui ! a-t-il rugi.

J'ai voulu me relever, mais il m'a repoussé de sa main libre et m'a asséné un nouveau coup d'épée sur chaque épaule.

– Par la force de l'épée de bière, je déclare que tu seras nu sous ta toge le jour de la remise des diplômes !

– Quoi ? ai-je dit, debout cette fois.

– Oui ! Toi, Radar et moi ! Nus sous nos toges ! À la remise des diplômes ! Ce sera grand !

– Ce sera sexy surtout, ai-je dit.

– Oui ! a-t-il crié. Jure que tu le feras ! J'ai déjà fait jurer Radar. Radar, tu as juré ou tu n'as pas juré ?

Radar a imperceptiblement tourné la tête et entrouvert un œil.

– J'ai juré, a-t-il marmonné.
– Dans ce cas, je jure aussi.
– Oui !
Puis se tournant vers Lacey :
– Je t'aime.
– Moi aussi, je t'aime, Ben.
– Non, moi, plus. Et pas comme une sœur aime son frère ni un ami aime un ami. Je t'aime comme un type raide bourré aime la fille la plus formidable du monde.

Elle a souri.

Je me suis avancé pour lui éviter de se ridiculiser davantage et j'ai posé la main sur son épaule.

– S'il faut que tu sois rentré avant six heures, on ferait mieux d'y aller, ai-je dit.

– D'accord. Je veux juste remercier Becca pour sa superfête.

Alors on l'a suivi à l'entresol.

– Ta fête était trop géniale, a-t-il dit en ouvrant la porte de la chambre de Becca. Même si tu crains velu ! À la place du sang, ton cœur pompe de la merde.

Becca était seule, allongée sur sa couette, les yeux fixés au plafond. Elle ne lui a même pas jeté un regard.

– Tire-toi, petite tête ! J'espère que ta copine te refilera ses morpions.

– Ce fut un réel plaisir de te parler ! a-t-il répondu sans la moindre trace d'ironie.

Il ne s'était absolument pas rendu compte qu'il avait été insulté.

On est remontés, prêts à partir.

– Ben, il faut laisser ton épée ici, ai-je dit.

— Tu as raison, a-t-il répondu.

J'ai attrapé l'épée par un bout et tiré dessus, mais Ben ne voulait pas lâcher prise. J'étais à deux doigts de hurler sur ce poivrot quand je me suis rendu compte qu'il ne pouvait pas lâcher prise.

Lacey a ri.

— Dis, Ben, tu t'es collé l'épée à la main ?

— Non, lui a répondu Ben. Je l'ai supergluée. Comme ça, personne ne pourra me la voler.

— Futé, a répondu Lacey, pince-sans-rire.

Aidé de Lacey, j'ai réussi à détacher toutes les cannettes sauf celle qui était collée à la main de Ben. J'avais beau tirer, sa main suivait mollement, comme si la cannette était une ficelle et la main une marionnette.

— Il faut y aller, a fini par dire Lacey.

Ce qu'on a fait.

Ben a été installé à l'arrière, sanglé dans sa ceinture de sécurité et Lacey s'est assise à côté de lui.

— Parce que je veux être sûre qu'il ne vomit pas et qu'il ne se donne pas de coups sur la tête avec sa cannette, a-t-elle expliqué.

Ben était assez comateux pour qu'elle parle librement de lui.

— Il faut défendre ceux qui font de leur mieux. Je sais qu'il fait lui aussi de son mieux, en quoi est-ce mal ? Et puis il est adorable, non ?

— Oui, sans doute, ai-je dit.

La tête de Ben dodelinait dans tous les sens, à croire qu'elle n'était pas reliée à sa colonne vertébrale. Je n'aurais pas dit qu'il était adorable, mais qu'importe.

J'ai déposé Lacey en premier de l'autre côté de

Jefferson Park. Quand elle s'est penchée sur Ben pour lui déposer un baiser sur la bouche, il s'est redressé, juste le temps de dire :
— Oui !
Elle a fait le tour de la voiture avant d'entrer dans son immeuble.
— Merci, a-t-elle dit.
J'ai hoché la tête.
J'ai traversé notre lotissement. Il ne faisait plus nuit mais pas tout à fait jour. Ben ronflait doucement à l'arrière. Je me suis arrêté devant chez lui, je suis descendu de voiture, j'ai fait glisser la portière du monospace et j'ai défait sa ceinture de sécurité.
— Il est l'heure de rentrer, mon Ben.
Il a reniflé, secoué la tête et s'est réveillé. En voulant se frotter les yeux, il a été surpris de découvrir une cannette de bière vide collée à sa main droite. Il a essayé de serrer le poing, écrasant la cannette au passage, mais n'est pas parvenu à s'en débarrasser. Il l'a regardée, puis a hoché la tête.
— Le mal est collé à moi, a-t-il dit.
Il est sorti du monospace et a titubé jusqu'à sa porte, il s'est retourné et m'a souri. J'ai agité la main. La bière m'a répondu.

Chapitre 14

J'ai dormi quelques heures. Puis j'ai passé la matinée à décortiquer les guides de voyage dénichés la veille. J'ai attendu midi pour appeler Ben et Radar, en commençant par Ben.

— Bonjour, mon rayon de soleil!
— Oh, là, là! a répondu Ben d'une voix épouvantablement geignarde. Oh, là, là, là! viens réconforter ton petit pote. Oh, mon Dieu, ayez pitié de moi!
— J'ai fait des avancées considérables concernant Margo, ai-je annoncé avec enthousiasme. Il faut que tu viennes. J'appelle Radar.

Ben ne m'avait manifestement pas entendu.

— Comment se fait-il que ce matin, quand ma mère est entrée dans ma chambre à neuf heures, elle et moi avons découvert une cannette de bière collée à la main que je levais pour étouffer un bâillement?
— Tu en as assemblé plusieurs pour te faire une épée, que tu as ensuite collée à ta main.
— Ah oui, l'épée. Ça me dit quelque chose.
— Ben, rapplique.
— Mon pote. Je me sens minable.
— Dans ce cas, je viens chez toi. Dis-moi quand.
— Impossible, mon pote. Il faut que je dorme

dix mille heures encore, que je boive dix mille litres d'eau et que j'avale dix mille aspirines. On se voit demain au bahut.

J'ai pris une profonde inspiration, dissimulant ma mauvaise humeur.

– J'ai traversé la moitié de la Floride en pleine nuit pour venir te chercher à la fête la plus alcoolisée de la terre et ramener ta carcasse imbibée chez toi, parce que j'étais à jeun et c'est tout ce que…

J'aurais continué à parler si je ne m'étais pas aperçu que Ben avait raccroché. Il m'avait raccroché au nez, ce trou-du-cul.

Plus le temps passait et plus j'étais furax. Je comprenais qu'on n'en ait rien à faire de Margo. Mais en réalité, Ben n'en avait rien à fiche de moi non plus. Possible que notre amitié n'ait reposé que sur des raisons de commodité. Il ne connaissait personne d'aussi sympa que moi pour jouer aux jeux vidéo. Et désormais, il n'avait plus besoin de me ménager ni de s'intéresser aux choses qui m'intéressaient, parce qu'il avait Jase Worthington. Il détenait le record de divin poirier du bahut. Il avait déniché une cavalière sexy pour le bal. Il avait sauté sur la première occasion pour rejoindre la communauté des demeurés.

Cinq minutes après qu'il m'a raccroché au nez, je l'ai appelé sur son portable. Il n'a pas répondu. Je lui ai laissé un message.

« Alors Ben le Saignant, ton nouveau modèle, c'est Chuck ? C'est ce que tu voulais, non ? Félicitations. Tu as réussi. Tu as le copain que tu mérites parce que toi aussi, tu es un trou-du-cul. Inutile de me rappeler. »

Après quoi, j'ai appelé Radar.
— Salut, ai-je dit.
— Salut, a-t-il répondu. Je viens de vomir dans la douche. Je peux te rappeler ?
— Bien sûr, ai-je dit en m'efforçant de masquer ma colère.

J'avais simplement besoin de quelqu'un qui m'aide à y voir clair dans le monde selon Margo. Mais Radar n'était pas Ben, il m'a rappelé quelques minutes après.

— C'était tellement dégoûtant que j'ai à nouveau vomi. Et en nettoyant le nouveau vomi, j'ai vomi encore. Ça ressemblait au mouvement perpétuel. Si on avait continué à me nourrir, j'aurais continué à vomir jusqu'à la fin des temps.
— Tu viens ? Ou je viens chez toi ?
— Oui, bien sûr. Qu'est-ce qui se passe ?
— Margo était vivante et elle est passée par la galerie marchande une nuit au moins après sa disparition.
— J'arrive dans quatre minutes.

Radar s'est pointé à ma fenêtre exactement quatre minutes après.
— Je te préviens qu'on s'est méchamment disputés avec Ben, ai-je dit tandis qu'il passait par la fenêtre.
— J'ai une gueule de bois bien trop sévère pour jouer les médiateurs, a-t-il répondu doucement. (Puis il s'est allongé sur mon lit, les yeux mi-clos, se massant le cuir chevelu.) J'ai l'impression d'avoir été frappé par la foudre. Quelles sont les nouvelles ?

Je me suis assis à mon fauteuil de bureau et

je lui ai raconté ma soirée dans la maison de vacances de Margo, m'efforçant de n'omettre aucun détail possiblement utile. Radar était plus fort que moi en puzzle et j'espérais qu'il parviendrait à réunir toutes les pièces de celui-ci. Il m'a laissé parler.

— Et puis Ben m'a appelé et je suis allé le chercher à la fête, ai-je conclu.

— Tu as le bouquin, celui des pages cornées ? a-t-il demandé.

Je me suis levé pour fouiller sous mon lit et j'ai remis finalement la main dessus. Le livre tenu à bout de bras au-dessus de sa tête, Radar a commencé à le feuilleter, plissant les yeux pour chasser le mal de tête.

— Note, a-t-il dit. Omaha au Nebraska. Sac City dans l'Iowa. Alexandrina dans l'Indiana. Darwin au Minnesota. Hollywood en Californie. Alliance au Nebraska. Ce sont les noms des endroits où se trouvent les curiosités qu'elle, ou celui ou celle qui a lu le livre, a jugées intéressantes.

Il s'est levé, me faisant signe de lui laisser la place, et il a fait pivoter le fauteuil vers l'ordinateur.

Radar avait l'art de poursuivre une conversation tout en pianotant.

— Il existe une application cartographique qui permet d'entrer des destinations multiples et qui te recrache ensuite tout un choix d'itinéraires. Je doute que Margo la connaisse. Mais je veux vérifier.

— Comment se fait-il que tu sois au courant de tous ces trucs ?

— Petit rappel. Je passe ma vie sur Omnictionary.

Dans l'heure qui a suivi mon retour à la maison et précédé le moment où je me suis précipité sous la douche, j'ai entièrement réécrit l'article concernant la lotte. Je sais, j'ai un problème. Regarde plutôt, a-t-il dit.

En me penchant, j'ai vu plusieurs itinéraires en dents de scie traverser la carte des États-Unis. Tous partaient d'Orlando pour arriver à Hollywood.

– Elle est peut-être à Los Angeles? a proposé Radar.

– Peut-être, ai-je dit. Mais on n'a aucun moyen de savoir quel chemin elle a pris.

– Exact. Par ailleurs rien ne désigne Los Angeles. Ce qu'elle a dit à Jase indiquait New York. Son «Tu iras dans les villes de papier et tu n'en reviendras jamais» fait penser à un lotissement des environs. Quant au vernis à ongles, il signifie peut-être qu'elle est toujours dans le coin. Tout ça pour dire qu'on pourrait ajouter la ville de la plus grosse boule de pop-corn d'Amérique à la liste du théâtre des opérations de Margo.

– Le fait de voyager colle avec une des citations de Whitman: «Je suis un routard de l'errance perpétuelle.»

Radar est resté devant l'ordinateur. Je suis allé m'asseoir sur le lit.

– Tu ne veux pas m'imprimer la carte des États-Unis? Histoire d'établir un tracé reliant les différents endroits.

– Je peux le faire en ligne, a répondu Radar.

– Oui, mais je voudrais pouvoir la consulter.

Quelques secondes après, l'imprimante sortait la carte, que j'ai épinglée au mur à côté de celle des pseudotissements. J'ai signalé chaque lieu qu'elle (ou quelqu'un d'autre) avait relevé dans le livre par une punaise. J'ai essayé de les voir comme une constellation, de vérifier s'ils dessinaient une forme particulière ou bien une lettre, mais rien n'est apparu. Leur implantation était aléatoire. À croire qu'elle avait lancé des fléchettes sur une carte, les yeux bandés.

J'ai soupiré.

— Tu sais ce qui serait bien ? a dit Radar. Qu'on ait la preuve qu'elle consulte ses mails ou même qu'elle surfe sur le Net. Je vérifie tous les jours. J'ai installé un robot qui doit m'avertir dès qu'elle se connecte à Omnictionary avec son identifiant. Je remonte les adresses IP des gens qui entrent « villes de papier » dans un moteur de recherche. C'est décevant.

— Je ne savais pas que tu faisais tout ça, ai-je dit.

— Je ne fais que ce que j'aimerais qu'on fasse pour moi. Je n'étais pas copain avec elle, mais elle mérite d'être retrouvée.

— À moins qu'elle ne le souhaite pas.

— C'est une possibilité, a renchéri Radar. Tout est possible.

J'ai acquiescé.

— Dans ce cas, si on réfléchissait à tout ça en jouant à un jeu vidéo ? a-t-il proposé.

— Je ne suis pas franchement d'humeur.

— On appelle Ben alors ?

— Non, Ben est un trou-du-cul.

Radar m'a décoché un regard en biais.

— Évidemment qu'il l'est. Tu sais quel est ton problème, Quentin ? Tu attends toujours des autres qu'ils ne soient pas eux-mêmes. Franchement, je pourrais t'en vouloir à mort d'être sans arrêt en retard et de ne t'intéresser qu'à Margo Roth Spiegelman. Et de ne jamais me demander comment ça se passe avec ma copine. Mais je m'en contrefiche, parce que toi, c'est toi. Mes parents croulent sous les Pères Noël noirs ? Et alors ? Eux, c'est eux. Je suis parfois trop absorbé à référencer un site Internet pour répondre au téléphone à mes amis ou à ma copine ? Et alors ? Moi, c'est moi. Tu m'apprécies quand même. Et c'est réciproque. Tu es drôle, intelligent, et c'est vrai que tu es souvent en retard, mais tu finis toujours par te pointer.

– Merci.

– Ce n'était pas un compliment. C'était pour te démontrer qu'il faut cesser de vouloir que Ben soit comme toi, et pareil pour Ben : il doit te prendre comme tu es. Et là, ce serait le pied.

– D'accord, ai-je dit.

Et j'ai appelé Ben.

La nouvelle de la présence de Radar chez moi voulant jouer à un jeu vidéo l'a miraculeusement guéri de sa gueule de bois.

– Alors, ai-je dit après avoir raccroché, comment va Angela ?

Radar a éclaté de rire.

– Elle va bien, vieux. Très bien. Merci de demander.

– Tu es toujours vierge ?

– Je ne suis pas du genre à raconter mes exploits. Mais oui. Et ce matin, on s'est disputés pour la première fois. On prenait un petit déj' dans une cafétéria et elle n'arrêtait pas de me rabâcher que les Pères Noël noirs étaient formidables et que mes parents étaient des gens fantastiques d'en faire collection, parce qu'il était important pour nous de ne pas croire que, dans notre culture, toutes les représentations étaient correctes, la preuve Dieu et le Père Noël étaient blancs, et donc les Pères Noël noirs confortaient la communauté afro-américaine tout entière.

– Je suis assez d'accord avec elle, ai-je dit.

– C'est une bonne idée, mais il se trouve que ça ne tient pas debout. Mes parents n'essaient pas de répandre l'évangile selon les Pères Noël noirs. Si c'était le cas, ils en fabriqueraient. À la place, ils font tout leur possible pour rafler l'intégralité de la production mondiale. La deuxième plus grosse collection appartient à un vieux bonhomme de Pittsburgh et ils n'arrêtent pas de le tanner pour la lui racheter.

– Radar, a dit Ben depuis le pas de la porte, que tu sois incapable de te faire ce joli p'tit lot constitue la plus grande tragédie humanitaire de notre époque.

Il était manifestement là depuis un moment.

– Quoi de neuf, Ben ? ai-je demandé.

– Merci de m'avoir raccompagné hier soir, mon pote.

Chapitre 15

Bien qu'il ne soit resté qu'une semaine avant les examens de fin d'année, j'ai passé mon lundi matin à relire «Chanson de moi-même». J'aurais bien visité les deux derniers pseudotissements, mais Ben avait besoin de sa voiture. Dans le poème, je ne cherchais plus vraiment d'indices, mais Margo elle-même. Cette fois, j'en avais pratiquement compris la moitié quand j'ai buté sur un autre vers, me surprenant à le lire et le relire.

«Je ne fais plus rien désormais qu'écouter», écrit Whitman. Et pendant deux pages entières, il ne fait plus qu'entendre: les gazouillis d'un ruisseau, des voix, un opéra. Assis dans l'herbe, il laisse les sons se déverser en lui. Ce que je m'efforçais de faire aussi, il me semble. Écouter tous les petits sons qui s'échappaient d'elle car, avant qu'ils ne révèlent leur sens, il fallait les entendre. J'avais si peu entendu Margo (je l'avais vue crier, pensant qu'elle riait) pendant si longtemps que j'étais persuadé, maintenant, que c'était mon boulot.

Privé d'entendre Margo, je pouvais du moins écouter ce qu'elle avait entendu. J'ai cherché l'album de Woody Guthrie sur Internet et, les yeux clos, les coudes posés sur mon bureau, devant mon ordinateur, j'ai écouté une voix qui chantait en clef mineure. Dans une chanson qui m'était totalement inconnue, j'ai essayé d'entendre la voix que j'avais du mal à me rappeler douze jours après.

J'écoutais toujours, mais cette fois un autre de ses musiciens préférés, Bob Dylan, quand ma mère est rentrée du travail.

— Ton père sera en retard, a-t-elle dit à travers la porte. Je pourrais peut-être faire des burgers à la dinde ?

— Génial, ai-je répondu.

J'ai refermé les yeux et écouté la musique, ne relevant plus la tête jusqu'à ce que mon père m'appelle pour dîner, un album et demi plus tard.

À table, mes parents ont discuté de la politique au Moyen-Orient. Bien qu'ils aient été du même avis, ils se sont débrouillés pour hurler, arguant qu'un tel était un menteur et que tel autre était un menteur doublé d'un voleur et que tous feraient mieux de démissionner. Je me suis concentré sur mon burger à la dinde, qui était délicieux, dégoulinant de ketchup et abondamment garni d'oignons grillés.

— Bon, ça suffit, a dit ma mère au bout d'un moment. Comment s'est passée ta journée, Quentin ?

— Bien. Je me prépare aux exams.

— Je n'arrive pas à croire que ce soit ta dernière semaine de lycée, a dit papa. On croirait que c'était hier...

— N'est-ce pas, a renchéri maman.

J'ai entendu une voix dans ma tête hurler un avertissement : « Attention ! Alerte nostalgie !

Attention! Attention! Attention! » Mes parents sont formidables, mais enclins à des accès de sentimentalité paralysante.

— On est très fiers de toi, a-t-elle ajouté. Mais qu'est-ce que tu vas nous manquer à la rentrée!

— Ne t'avance pas trop. Je peux encore rater mon exam d'anglais, ai-je dit.

Maman a ri.

— Devine sur qui je suis tombée hier? Betty Parson. Elle m'a dit que Chuck entrait à l'université de Géorgie. Ça m'a fait plaisir pour lui. Il s'est toujours battu comme un beau diable.

— C'est un trou-du-cul, ai-je dit.

— C'était une brute. Et il a eu une conduite lamentable, a rectifié papa.

Ça, c'étaient mes parents tout crachés. Pour eux, personne ne pouvait se résumer à n'être qu'un trou-du-cul. Les gens les plus craignos avaient forcément des problèmes: trouble de la socialisation, trouble de la personnalité, ou est-ce que je sais.

Maman a saisi la balle au bond.

— Chuck a des difficultés d'apprentissage. Il a toutes sortes de problèmes... comme tout le monde. Je sais qu'il t'est impossible de considérer tes semblables sous cet angle, mais quand tu seras plus vieux, tu les tiendras, mauvais ou bons, pour des personnes. Ce sont tous des individus qui méritent d'être pris en compte. Avec divers degrés de pathologie, de névrose, d'accomplissement personnel. Mais j'ai toujours apprécié Betty et nourri des espoirs pour Chuck. Alors je trouve formidable qu'il aille en fac, pas toi?

— Franchement, maman, quelle que soit la

façon dont je le considère, je me contrefiche de ce qui lui arrive.

Par ailleurs je me disais que si chaque individu était tel qu'ils le disaient, alors comment se faisait-il qu'ils détestaient autant les hommes politiques israéliens et palestiniens ? Rien dans leurs propos ne les désignait comme des personnes dignes de considération.

Mon père a terminé sa bouchée, reposé sa fourchette et m'a regardé.

– Plus j'avance dans mon travail, a-t-il dit, et plus je me rends compte que l'homme manque de bons miroirs. Il est difficile pour quiconque de nous montrer ce à quoi nous ressemblons et difficile pour nous d'exprimer nos sentiments devant autrui.

– J'adore ce que tu viens de dire, a dit maman. J'aimais qu'ils s'apprécient mutuellement.

– Mais, a-t-elle ajouté, ne nous est-il pas fondamentalement difficile de comprendre que les autres sont des humains au même titre que nous ? On a tendance à les idéaliser comme des dieux ou à les rejeter comme des bêtes.

– Tu as raison. La conscience tend à créer des fenêtres limitées. Il me semble que je n'avais jamais envisagé le problème sous cet angle.

J'écoutais, appuyé contre le dossier de ma chaise. Et j'entendais des choses à propos de Margo, à propos de fenêtres et de miroirs. Chuck Parson était une personne. Au même titre que moi. Margo Roth Spiegelman était une personne, aussi. Je n'avais jamais pensé à elle de cette façon, jamais véritablement. C'était une lacune dans ce que j'avais imaginé d'elle jusqu'ici. De tout temps, pas seulement depuis son départ, mais au cours des dix années précédentes. Je l'avais imaginée sans écouter, sans savoir que les fenêtres qu'elle offrait étaient aussi limitées que les miennes. Par conséquent je ne pouvais l'imaginer comme une personne susceptible de ressentir de la peur, un sentiment de solitude dans une pièce remplie de monde, de la timidité à propos de sa collection de disques, trop personnelle pour être partagée. Quelqu'un susceptible de lire des guides de voyage pour échapper à l'obligation de vivre dans la ville où tant de gens venaient d'ailleurs s'installer. Quelqu'un qui, sachant que personne ne la considérait comme une personne, n'avait pas grand monde à qui parler.

Et tout à coup, j'ai su ce que Margo Roth Spiegelman ressentait quand elle ne faisait pas sa Margo Roth Spiegelman : elle se sentait vide. Elle sentait le mur immuable qui l'entourait. J'ai pensé à elle dormant sur le bout de moquette avec pour seule compagnie la petite bande de ciel déchiquetée au-dessus de sa tête. Peut-être s'y sentait-elle bien parce que Margo, la personne, vivait tout le temps ainsi : dans une pièce abandonnée dont les fenêtres étaient condamnées, avec pour seule lumière celle qui lui parvenait des trous dans le toit. Oui. L'erreur capitale que j'avais toujours faite, et, il faut être juste, dans laquelle elle m'avait toujours entretenu, était celle-ci : Margo n'était pas un miracle. Pas une aventure. Pas un trésor. Elle était une fille.

Chapitre 16

La pendule était toujours une punition, mais mardi, me croyant à deux doigts de dénouer une énigme, j'ai eu l'impression que le temps s'était tout bonnement arrêté. On avait décidé d'aller tous ensemble à la galerie marchande à la fin de la journée, ce qui rendait l'attente encore plus intolérable. Quand la sonnerie a fini par retentir à la fin de mon cours d'anglais, je me suis précipité dans l'escalier et j'étais quasiment à la porte quand j'ai réalisé que je ne pouvais pas partir avant que Ben et Radar aient fini leur répète. Je me suis assis devant la salle de musique et j'ai pris dans mon sac à dos une pizza enveloppée dans des serviettes en papier, que j'avais gardée du déjeuner. J'en avais englouti le premier quart quand Lacey Pemberton est venue s'asseoir à côté de moi. Je lui en ai proposé un morceau, qu'elle a refusé.

On a évidemment parlé de Margo, du trou dans le cœur que nous avions en commun.

– Il faut que je trouve le nom d'un endroit, ai-je dit en frottant mes mains grasses de pizza sur mon jean. Mais avec les pseudotissements, je ne sais même pas si je m'en rapproche. J'ai parfois l'impression de faire fausse route.

— Oui, je vois ce que tu veux dire. Franchement, le reste mis à part, j'adore découvrir des choses à son sujet. Des choses que j'ignorais jusque-là. Je ne savais pas qui elle était vraiment. Elle n'avait jamais été pour moi que ma sublime copine azimutée, l'auteur de tous ces coups sublimes et azimutés.
— Oui. Mais elle ne les montait pas sur un coup de tête. Toutes ses aventures avaient une certaine… comment dire…
— Élégance, a proposé Lacey. À ma connaissance, c'est la seule personne qui ne soit pas une adulte à avoir cette élégance.
— Oui.
— Par conséquent, il est difficile de l'imaginer dans une pièce dégoûtante et poussiéreuse, sans lumière.
— Oui. Avec des rats.
Lacey a remonté ses genoux contre sa poitrine en position fœtale.
— Beurk, a-t-elle dit. Ça ressemble si peu à Margo.

J'ignore pourquoi, mais Lacey a hérité de la place du mort, bien qu'elle ait été la plus petite d'entre nous. Ben conduisait. Je soupirais bruyamment parce que Radar, à côté de moi, sortait son ordinateur de poche et commençait à travailler sur Omnictionary.
— J'efface juste la partie piratée de la page consacrée à Chuck Norris, a-t-il dit. Par exemple, je ne conteste pas qu'il ait été le spécialiste du coup de pied circulaire. En revanche, il est inexact d'affirmer que « les larmes de Chuck

Norris guérissent le cancer, bien que malheureusement il n'ait jamais pleuré ». Bref, effacer du piratage occupe à peine quatre pour cent de mon activité cérébrale.

J'ai compris que Radar essayait de me faire rire, mais je n'avais qu'un seul sujet de conversation en tête.

— Je ne suis pas totalement convaincu qu'elle soit dans un pseudotissement. Il se peut que ce ne soit même pas ce qu'elle désigne par « villes de papier ». Les allusions à certains endroits sont nombreuses, mais rien de précis.

Radar a levé les yeux de son écran une seconde, puis les a rebaissés.

— À mon avis, elle est au diable, en train de faire la tournée des attractions d'Amérique qu'elle pense à tort avoir suffisamment balisée pour être explicite. Par conséquent, il y a des chances qu'elle soit à Omaha dans le Nebraska pour voir la plus grosse boule de timbres, à moins que ce soit la plus grosse boule de ficelle dans le Minnesota.

— D'après toi, a dit Ben en jetant un coup d'œil à Radar dans le rétroviseur, Margo fait la tournée du pays à la recherche des plus grandes boules du monde ?

Radar a acquiescé.

— Quelqu'un devrait lui conseiller de rentrer, parce que les plus grosses boules d'Amérique, elle les trouvera ici, à Orlando en Floride. Elles sont exposées dans une vitrine spéciale appelée « mon scrotum ».

Radar a éclaté de rire.

— Je ne plaisante pas, a continué Ben. Mes boules sont tellement énormes que, chez les marchands de hamburgers, on peut commander les frites en quatre tailles : petite, moyenne, grande, mes boules.

— Déplacé ! a dit Lacey avec un regard de côté.
— Pardon, a-t-il marmonné. À mon avis, elle est à Orlando en train de nous regarder la chercher pendant que ses parents s'en lavent les mains.
— Je penche toujours pour New York, a dit Lacey.
— Tout est possible, ai-je dit.
Une Margo pour chacun d'entre nous et chacun d'entre nous plus miroir que fenêtre.

La galerie marchande avait le même aspect que la dernière fois. Ben s'est garé et j'ai fait entrer tout le monde dans le bureau par la porte qui se poussait.
— N'allumez pas votre lampe tout de suite, ai-je dit doucement, une fois tous à l'intérieur. Laissez à vos yeux le temps de s'acclimater.
J'ai senti des ongles s'enfoncer dans mon bras.
— Tout va bien, Lace, ai-je dit.
— Oups ! Je me suis trompée de bras.
J'ai compris qu'elle cherchait celui de Ben.
La pièce nous est lentement apparue dans une sorte de brouillard gris. J'ai distingué les bureaux alignés, toujours dans l'attente des employés. J'ai allumé ma lampe et tout le monde en a fait autant. Ben et Lacey se sont avancés vers les trous de troll pour visiter les autres pièces. Radar m'a accompagné au bureau de Margo devant lequel il s'est agenouillé pour examiner le calendrier arrêté à juin.
Je me penchais à mon tour quand j'ai entendu des pas précipités venir vers nous.

– Des gens, a chuchoté Ben.

Il s'est baissé derrière le bureau de Margo, entraînant Lacey avec lui.

– Quoi ? Où ?

– Dans la pièce d'à côté ! a-t-il répondu. Ils portent des masques. On dirait des flics. Il faut se tirer.

Radar a braqué sa lampe sur le trou de troll, mais Ben la lui a fait baisser énergiquement.

– Il faut se tirer d'ici ! a-t-il dit lui aussi.

Lacey m'a regardé avec de grands yeux écarquillés, sans doute furax contre moi de lui avoir promis qu'elle ne risquait rien.

– D'accord, ai-je chuchoté. Tout le monde dehors, par la porte. Vite et en silence.

Je venais de faire un pas quand j'ai entendu un hurlement poussé d'une voix de stentor.

– Qui va là ?

Merde.

– Euh... on ne fait que visiter, ai-je dit.

Quelle réponse nullissime. Une lumière blanche a jailli du trou de troll et m'a aveuglé. Ça aurait pu être Dieu en personne.

– Quelles sont vos intentions ? a dit la voix aux prétendues intonations britanniques.

À côté de moi, Ben s'est relevé. Je me suis senti moins seul.

– On enquête sur une disparition, a-t-il dit, très sûr de lui. On n'a pas l'intention de casser quoi que ce soit.

La lumière s'est éteinte et j'ai cligné des yeux pour chasser l'éblouissement, distinguant trois silhouettes en jean, T-shirt et masque à double filtre circulaire. Un des trois individus a remonté le sien sur son front et nous a dévisagés. J'ai reconnu le bouc et la grande bouche plate.

– Gus ? a demandé Lacey en se levant.

Le vigile du SunTrust.

– Lacey Pemberton ! Ça alors. Qu'est-ce que tu fais ici ? Sans masque ? L'endroit est truffé d'amiante.

– Et toi, qu'est-ce que tu fais ici ?

– De l'exploration, a-t-il répondu.

Ben a réussi tant bien que mal à réunir assez de courage pour aller leur serrer la main. Les deux autres se sont présentés comme étant As et le Charpentier. Inutile de dire qu'il s'agissait de pseudos.

On a tiré plusieurs fauteuils de bureau qu'on a disposés en cercle plus ou moins parfait et on s'est assis.

– C'est vous qui avez cassé le panneau d'agglo ? a demandé Gus.

– Oui, c'est moi, a dit Ben.

– On l'a colmaté avec de l'adhésif parce qu'on ne veut pas d'autres intrus. Si quelqu'un s'aperçoit de la route qu'on peut entrer dans le bâtiment, on va être envahis de gens qui ne connaissent que couic à l'exploration. Clodos et accros au crack.

Je me suis avancé vers eux.

– Alors vous étiez au courant que Margo venait ici ?

As a coupé l'herbe sous le pied de Gus, la voix légèrement déformée par le masque, mais parfaitement intelligible.

– Margo passait son temps ici. Nous, on ne vient pas souvent. L'endroit est bourré d'amiante et de toute façon, il n'est pas si terrible que ça.

Mais on l'a vue, disons, plus de la moitié des fois où on est venus ces dernières années. Elle était sexy, non ?

— Était ? a répété Lacey d'un ton insistant.

— Elle s'est enfuie, pas vrai ?

— Qu'est-ce que vous savez à propos de sa disparition ? a demandé Lacey.

— Rien. Je le jure. J'ai vu Margo avec lui, a dit Gus en m'indiquant d'un signe de tête, il y a deux semaines. Et ensuite, j'ai appris qu'elle avait mis les voiles. Quelques jours après, je me suis dit qu'elle était peut-être ici, alors on est venus.

— Je n'ai jamais compris pourquoi elle aimait tant cet endroit. Il n'y a pas grand-chose, a dit le Charpentier. Du point de vue exploration, ce n'est vraiment pas génial.

— C'est quoi cette histoire d'exploration ? a demandé Lacey.

— De l'exploration urbaine, a répondu Gus. On pénètre dans des bâtiments abandonnés, on les explore, on les photographie. On ne prend rien. On ne laisse rien. On est de simples observateurs.

— C'est un hobby, a renchéri As. Gus a laissé Margo nous accompagner dans nos expéditions à l'époque où on était encore au collège.

— Elle avait l'œil, bien qu'elle n'ait eu que treize ans, a dit Gus. Elle trouvait toujours le moyen d'entrer n'importe où. En ce temps-là, on n'explorait que de temps à autre, mais maintenant on sort trois fois par semaine. Les endroits ne manquent pas. L'hôpital psychiatrique désaffecté de Clearwater. Fascinant. On peut voir où les dingues étaient attachés pour subir des électrochocs. Et plus loin vers l'ouest, vous avez une ancienne prison. Mais Margo n'était pas franchement mordue. Elle aimait entrer par effraction dans des bâtiments, mais ensuite elle voulait juste y rester.

— Qu'est-ce que c'était horripilant! a dit As.

— Elle ne prenait même pas de photos, a confirmé le Charpentier. Ne furetait pas pour dénicher des trucs. Tout ce qui l'intéressait, c'était pénétrer à l'intérieur et s'installer. Tu te rappelles son calepin noir? Elle s'asseyait dans un coin et écrivait, comme si elle était à la maison en train de faire ses devoirs.

— Honnêtement, a dit Gus, elle n'a jamais vraiment pigé de quoi il s'agissait. L'aventure. Elle était passablement déprimée, en fait.

J'aurais voulu les laisser parler car tout ce qu'ils disaient m'aidait à imaginer Margo. Mais soudain, Lacey s'est levée en repoussant son siège d'un coup de pied.

— Et vous n'avez jamais pensé à lui demander pourquoi elle était passablement déprimée? a-t-elle hurlé. Ou pourquoi elle traînait dans des endroits glauques? Ça ne vous a jamais inquiétés?

Elle était debout devant Gus. Il s'est levé à son tour, la dominant de quinze centimètres.

— Faites taire cette garce! a dit le Charpentier.
— Je t'interdis! a rugi Ben.

Et avant que je comprenne ce qui se passait, Ben a empoigné le Charpentier, qui est bizarrement tombé de sa chaise sur l'épaule. À cheval sur lui, Ben l'a frappé rageusement, alternant gifles maladroites et coups sur son masque.

— Ce n'est pas elle, la garce, c'est toi! hurlait-il.

Je me suis précipité pour l'attraper par le bras, tandis que Radar lui saisissait l'autre. On l'a tiré en arrière, mais ses cris ont redoublé.

— Je suis furax ! J'ai adoré dérouiller ce type ! Je veux y retourner !

— Ben, ai-je dit, d'un ton que je voulais calme, semblable à celui de ma mère, c'est bon. Il a compris.

Gus et As ont relevé le Charpentier.

— Ça va, on se tire d'ici, d'accord ? On vous laisse la place, a dit Gus.

As a ramassé leur matériel photo et ils se sont hâtés vers la sortie. Lacey a commencé à m'expliquer comment elle avait connu Gus.

— Il était en terminale quand on était en...

Mais je l'ai coupée d'un signe de la main. Rien de tout cela n'avait d'importance, de toute façon.

Radar savait ce qui s'était passé. Il est aussitôt retourné au calendrier, les yeux à un centimètre de la feuille.

— Je ne pense pas qu'on ait écrit sur la page de mai, a-t-il annoncé. Le papier est très fin et je n'y vois pas de marque. Mais impossible d'être catégorique.

Il est parti en quête de nouveaux indices et j'ai vu le faisceau de la lampe de Ben et Lacey plonger quand ils sont passés par le trou de troll. Quant à moi, je suis resté dans le bureau, à l'imaginer. J'ai pensé à elle suivant ces types, de quatre ans ses aînés, dans des bâtiments abandonnés. C'était Margo telle que je l'avais vue. Mais, une fois à l'intérieur, elle n'était plus la Margo que j'avais toujours imaginée. Pendant que les autres partaient en exploration, prenaient des photos, rebondissaient d'un mur à l'autre, Margo s'asseyait par terre pour écrire.

– Q., on a quelque chose ! a crié Ben depuis la pièce d'à côté.

J'ai épongé la sueur qui inondait mon visage sur les manches de ma chemise et me suis relevé en m'appuyant sur le bureau de Margo. J'ai traversé la pièce, suis passé par le trou de troll et j'ai rejoint les trois lampes qui balayaient le mur au-dessus du bout de moquette roulé.

– Regarde ! a dit Ben en dessinant un carré sur le mur avec le faisceau de sa lampe. Tu sais, les petits trous dont tu avais parlé ?

– Oui ?

– Ils correspondent forcément à des punaises avec lesquelles elle a fixé des souvenirs au mur. Des cartes postales ou des photos d'après l'écartement des trous. Elle les a sans doute emportées, a expliqué Ben.

– Sans doute. Si seulement on pouvait mettre la main sur le calepin dont parlait Gus.

– Oui, a renchéri Lacey, dont ma lampe n'éclairait que les jambes. En entendant Gus, je me suis rappelé ce carnet. Elle l'avait tout le temps sur elle. Je ne l'ai jamais vue écrire dedans, je pensais qu'il s'agissait d'un agenda. Quand je pense que je ne lui ai jamais demandé ce que c'était. J'étais en colère contre Gus, alors qu'il n'était même pas son ami. Mais moi, que lui ai-je posé comme questions ?

– Elle n'y aurait pas répondu, ai-je dit.

Il aurait été malhonnête de se comporter comme si Margo n'avait pas participé au brouillage qui l'entourait.

On est restés encore une heure, et juste au moment où j'étais convaincu de l'inutilité de ce déplacement, ma lampe est passée sur les brochures des lotissements qu'on avait trouvées montées en château de cartes à notre première visite. Une des brochures concernait Grovepoint Acres! J'ai étalé les autres en retenant ma respiration. Puis je me suis rué sur mon sac à dos que j'avais laissé près de la porte, et y ai pris un stylo et un carnet dans lequel j'ai noté les noms des lotissements. J'en ai tout de suite reconnu un : Collier Farms. Il faisait partie des pseudotissements dont j'avais établi la liste et que je n'avais pas encore visités. J'ai fini de recopier les noms et remis mon carnet dans mon sac. Traitez-moi d'égoïste, mais si je trouvais Margo, je voulais que ce soit seul.

Chapitre 17

Le vendredi, maman n'était pas plus tôt rentrée que je lui ai annoncé que j'allais au concert avec Radar et me mettais en route vers le comté rural de Seminole pour visiter Collier Farms. Il se trouve que tous les autres lotissements des brochures existaient vraiment. La plupart se trouvaient au nord de la ville, une zone urbanisée depuis longtemps.

J'ai reconnu le croisement pour Collier Farms uniquement parce que j'étais devenu une sorte d'expert en routes d'accès introuvables. Cependant Collier Farms ne ressemblait à aucun des pseudotissements dont j'avais fait le tour, pour la bonne raison qu'il était entièrement envahi par la végétation, comme s'il avait été abandonné depuis cinquante ans. J'ignorais s'il était antérieur aux autres, ou si le terrain marécageux situé sous le niveau de la mer avait ou non une incidence sur la croissance des plantes, toujours est-il que la route d'accès est devenue impraticable juste après que j'ai tourné pour la prendre, en raison des épais massifs de ronces qui poussaient en travers.

Je suis descendu de voiture et j'ai marché. L'herbe haute m'écorchait les mollets et à chaque pas mes baskets s'enfonçaient dans la boue. Je ne pouvais m'empêcher d'espérer qu'elle ait planté sa tente quelque part sur un bout de terrain surplombant d'un mètre tout le reste, pour se protéger de la pluie. J'ai marché lentement parce qu'il m'était donné à voir bien plus que dans les autres pseudotissements, plus d'endroits où se cacher et aussi parce que celui-ci en particulier avait un lien direct avec la galerie marchande. Le terrain était tellement obstrué que j'ai été obligé de ralentir à mesure que j'examinais toute nouvelle étendue de paysage, vérifiant chaque emplacement assez grand pour dissimuler une personne. Au bout de la rue, j'ai aperçu dans la boue un emballage en carton bleu et blanc que j'ai pris pour celui des barres énergétiques trouvé à la galerie marchande. Mais non. Rien qu'un pack de bières en décomposition. Je suis retourné péniblement au monospace et suis parti pour Logan Pines, plus au nord.

Le trajet m'a pris une heure et j'approchais de la forêt domaniale d'Ocala, qui n'était plus à proprement parler dans la zone métropolitaine d'Orlando, à quelques kilomètres à peine, quand Ben m'a appelé.

– Quoi de neuf ?
– Tu visites tes villes de papier ? m'a-t-il demandé.
– Oui. J'arrive à la dernière dont j'ai entendu parler. Pour le moment, rien.
– Alors, écoute, mon pote, les parents de Radar ont dû partir précipitamment.
– Tout va bien ? ai-je demandé.

Je savais que les grands-parents de Radar étaient très âgés et vivaient en maison de retraite à Miami.

– Oui. Écoute ça. Tu te rappelles le type de Pittsburgh, le deuxième plus gros collectionneur de Pères Noël noirs ?
– Oui.
– Il a cassé sa pipe.
– Tu plaisantes.
– Mon pote, je ne plaisante pas avec le décès des collectionneurs de Pères Noël noirs. Il a eu une attaque. Alors les vieux de Radar prennent l'avion pour la Pennsylvanie afin d'essayer d'acheter sa collection. Par conséquent, on reçoit des amis.
– Qui est ce « on » ?
– Toi, Radar et moi. On est les hôtes.
– Je me tâte.
Il y a eu un petit silence.
– Quentin, a dit Ben, m'appelant par mon nom entier, je sais que tu veux la retrouver. Qu'elle est ce qui compte le plus au monde pour toi. Et c'est très bien comme ça. Mais on passe notre diplôme dans une semaine. Je ne te demande pas d'abandonner tes recherches, mais de participer à une fête avec les deux mecs qui sont tes deux meilleurs copains depuis la moitié de ta vie. De passer deux ou trois heures à boire de la sangria sucrée comme la jolie petite gonzesse que tu es et d'en passer ensuite deux ou trois autres à vomir par le nez le breuvage susmentionné. Après quoi, tu pourras retourner farfouiller dans des lotissements abandonnés.

Ça m'énervait que Ben n'ait envie de parler de Margo que lorsqu'il y avait une aventure qu'il jugeait plaisante à la clef et qu'il pense que j'avais un grain parce que je me focalisais sur elle au

détriment de mes copains, même si elle avait disparu et pas eux. Mais Ben était Ben, comme avait dit Radar. Et après Logan Pines, je n'avais de toute façon plus d'endroit à visiter.
– Je vais voir un dernier coin et j'arrive.

Parce que Logan Pines était le dernier pseudotissement de Floride centrale, du moins le dernier dont j'avais entendu parler, j'y avais placé beaucoup d'espoirs. Mais en circulant dans sa seule rue en impasse à la lumière de ma lampe torche, je n'ai pas vu de tente. Ni de feu de camp. Ni d'emballage de nourriture. Ni aucune trace humaine. Pas de Margo. Au bout de la rue, je suis tombé sur les uniques fondations en béton à avoir été creusées. Mais pas la moindre construction au-dessus, juste un trou découpé dans la terre, semblable à la bouche grande ouverte d'un mort, des ronces emmêlées et de l'herbe à hauteur de taille poussant tout autour. Si tant est qu'elle ait voulu que je voie ces endroits, je n'en comprenais pas la raison. Et à supposer qu'elle se soit rendue dans les pseudotissements pour ne jamais en revenir, elle devait en connaître un qui avait échappé à mes recherches.

J'ai mis une heure et demie pour rentrer. J'ai garé le monospace devant la maison, changé de tenue pour un polo et le seul jean potable que j'avais et j'ai pris Jefferson Way à pied jusqu'à Jefferson Court, puis j'ai tourné à droite dans Jefferson Road. Plusieurs voitures étaient déjà garées des deux côtés de Jefferson Place, la rue de Radar. Il n'était que neuf heures moins le quart.

J'ai ouvert la porte et été accueilli par Radar, les bras chargés de Pères Noël noirs en plâtre.

— Faut que je planque les plus jolis. Pourvu que personne n'en casse.

— Tu veux de l'aide ? ai-je demandé.

Radar a hoché la tête en direction du salon où s'alignaient trois rangées de Pères Noël noirs en poupées russes sur les accoudoirs du canapé. En les ré-emboîtant, je n'ai pu m'empêcher de remarquer à quel point ils étaient magnifiques, peints à la main dans les moindres détails. Cependant, je n'en ai rien dit à Radar de peur qu'il ne me mette une raclée à l'aide de la lampe Père Noël noir du salon.

J'ai emporté mes poupées russes dans la chambre d'amis où Radar entassait soigneusement des Pères Noël dans un placard.

— Quand on les voit tous rassemblés, on est obligé de se questionner sur la façon dont on construit nos mythes.

Radar a levé les yeux au ciel.

— Tu as raison. Tous les matins, je me surprends à me questionner sur la façon dont je construis mes mythes en mangeant mes céréales avec une cuillère Père Noël noir !

Une main m'a fait pivoter en me prenant par l'épaule. C'était Ben, agitant frénétiquement les pieds comme s'il avait envie de faire pipi.

— On s'est embrassés. Enfin, elle m'a embrassé. Il y a dix minutes. Sur le lit des parents de Radar.

— C'est dégoûtant, a dit Radar. Ne faites pas l'amour sur le lit de mes parents.

— J'ai cru que vous aviez déjà passé ce stade, ai-je dit. Tu m'expliques pourquoi tu fais ton maquereau ?

— Tais-toi, mon pote. J'ai la trouille, a-t-il répondu, les yeux plantés dans les miens, louchant presque. Je crois que je ne suis pas très bon.

— À quoi ?

— Pour embrasser. Elle a beaucoup plus d'expérience que moi. Je n'ai pas envie d'être nul au point qu'elle me largue. Les filles vous percent à jour. Mon pote, j'ai besoin de conseils, a-t-il conclu.

J'ai été tenté de lui rappeler ses délires sans fin sur les différentes manières dont il était censé faire vibrer je ne sais combien de corps.

— Pour autant que je sache, ai-je dit, il y a deux règles de base à respecter : 1) ne rien mordre sans qu'on t'y autorise et 2) la langue est comme le wasabi, c'est fort et à utiliser avec parcimonie.

La panique a soudain fait briller ses yeux.

— Elle est juste derrière moi, c'est ça ? ai-je demandé avec une grimace.

— La langue, c'est comme le wasabi, s'est moquée Lacey d'une grosse voix niaise dont j'espérais qu'elle ne ressemblait pas à la mienne.

Je me suis retourné.

— En fait, je trouve que la langue de Ben est comme la crème solaire, a-t-elle dit. C'est bon pour la santé et il ne faut pas lésiner sur les quantités.

— Je viens de dégobiller dans ma bouche, a dit Radar.

— Lacey, tu m'as en quelque sorte dégoûté de remettre ça, ai-je ajouté.

— Si seulement je pouvais me retirer cette image de la tête, a renchéri Radar.

— L'idée même est tellement choquante qu'il est interdit de prononcer les mots « langue de Ben Starling » à la télévision.

— La peine encourue pour tout contrevenant est de dix ans de prison ou un séjour prolongé en contact avec la langue de Ben Starling, a dit Radar.

— Tout le monde..., ai-je dit à mon tour.

— ... choisit..., a poursuivi Radar en souriant.

— ... la prison, avons-nous fini en chœur.

Sur ce, Lacey a embrassé Ben devant nous.

— La vache! s'est exclamé Radar en agitant les bras devant sa figure. La vache! Je suis aveugle. Je suis aveugle.

— Arrête, Lacey, ai-je renchéri. Tu traumatises les Pères Noël noirs.

Finalement, on s'est réunis au deuxième étage de chez Radar, tous les vingt, dans le salon réservé aux grandes occasions. Je me suis adossé au mur, la tête à quelques centimètres d'un portrait de Père Noël noir peint sur velours. Tout le monde était entassé sur les canapés. Il y avait de la bière dans une glacière au pied de la télé, mais personne n'a bu. À la place, on s'est raconté des histoires. J'en connaissais la plupart, des histoires de scout, d'orchestre, les histoires de Ben Starling et des histoires de premiers baisers, mais pour Lacey, c'était une première, et de toute façon, elles m'amusaient toujours autant. Je me suis tenu en dehors jusqu'à ce que Ben m'apostrophe.

— Q., on y va comment à la remise des diplômes?

— Nus sous nos toges, ai-je répondu avec un petit sourire.

— Oui ! a hurlé Ben en sirotant son soda.

— Je ne prends même pas de fringues, au cas où je me dégonflerais, a dit Radar.

— Moi non plus ! Q., jure que tu ne prendras pas de fringues.

— Croix de bois, croix de fer, ai-je répondu en souriant.

— J'en suis ! a dit notre copain Frank.

Et la plupart des garçons se sont ralliés à cette idée. Les filles étaient, curieusement, beaucoup plus réticentes.

— Ton refus m'interroge sur la solidité de notre amour, a dit Radar à Angela.

— Tu n'y es pas, est intervenue Lacey. Ce n'est pas qu'on a peur. Mais on a déjà choisi nos toges.

— Exact, a renchéri Angela. Vous avez intérêt à ce qu'il n'y ait pas de vent.

— J'espère au contraire qu'il y en aura, a dit Ben. Les plus grosses boules du monde s'épanouissent à l'air frais.

De honte, Lacey a porté la main à son visage.

— Tu représentes un réel défi comme copain, a-t-elle dit. Mais ça vaut le coup.

Tout le monde a ri.

C'était ce que je préférais dans le fait d'avoir des amis, se réunir pour se raconter des histoires. Des histoires de fenêtres et de miroirs. Je ne faisais qu'écouter, celles qui me passaient par la tête n'étant pas drôles.

Je ne pouvais m'empêcher de penser qu'avec la fin du lycée venait la fin d'une époque. J'aimais bien les regarder de mon poste d'observation, debout juste à côté du canapé. C'était nul, mais je m'en fichais. Et donc j'écoutais, laissant la joie et la tristesse de la fin de cette ère s'enrouler autour de moi, chacune aiguisant l'autre. Durant un moment infini, j'ai eu l'impression qu'une brèche s'ouvrait dans ma poitrine, mais pas forcément de façon déplaisante.

Je les ai quittés juste avant minuit. Certains avaient décidé de s'attarder, mais c'était l'heure de mon couvre-feu et je n'avais pas envie de rester, de toute façon. J'ai trouvé maman à moitié endormie sur le canapé, mais en me voyant entrer, elle s'est redressée.
— Tu t'es bien amusé ?
— Oui, c'était plutôt cool.
— Comme toi, a dit maman en me souriant.
J'ai trouvé ça assez désopilant de dire ça de moi, mais je n'ai pas fait de commentaire. Maman s'est levée et m'a attiré contre elle pour m'embrasser.
— J'adore être ta mère, a-t-elle dit.
— Merci.

Je me suis couché avec le bouquin de Whitman, retournant au passage qui m'avait plu, quand il passe son temps à écouter de l'opéra ou des gens.
Après avoir écouté, il écrit : « Je suis exposé… m'agresse le courroux d'une grêle aigre. » La définition était parfaite, me suis-je dit. On écoute les gens de façon à pouvoir les imaginer et on entend toutes les choses effroyables et magnifiques qu'ils se font subir et font subir aux autres, mais au

bout du compte, écouter vous expose davantage que ceux que vous vous efforcez d'écouter.

Me balader dans les pseudotissements en essayant de l'écouter ne résolvait pas tant le cas de Margo Roth Spiegelman que le mien. Des pages plus loin, «écoutant et exposé», Whitman écrit sur les voyages qu'il fait en imagination et dresse la liste des endroits qu'il visite tout en flânant dans l'herbe. «Je couvre des continents de mes paumes.»

Je n'arrêtais pas de penser aux cartes, comme je le faisais parfois étant petit, m'imaginant déjà ailleurs ne serait-ce qu'en consultant un atlas. Voilà ce que je devais faire. L'entendre et imaginer comment pénétrer sa carte.

Mais n'était-ce pas ce que j'avais déjà tenté ? J'ai regardé les cartes au-dessus de mon ordinateur. J'avais essayé de reconstituer le tracé de ses possibles voyages, mais à l'instar de l'herbe qui était tant de choses à la fois, les représentations de Margo étaient multiples. Impossible de la coincer avec des cartes. Elle était trop petite et l'espace couvert par les cartes, trop grand. Les cartes étaient bien plus qu'une perte de temps, elles étaient la représentation matérielle du caractère effroyablement vain de toute ma démarche, de mon incapacité absolue à déployer des paumes susceptibles de couvrir des continents, à développer une forme d'esprit qui sache imaginer comme il faut.

Je me suis levé et j'ai arraché les cartes du mur, faisant voler les punaises qui sont tombées par terre. J'ai réduit les cartes en une boule que j'ai jetée à la corbeille. En retournant à mon lit, j'ai marché comme un imbécile sur une punaise et bien que j'aie été agacé, fatigué et à court d'idées et de pseudotissements, j'ai dû ramasser toutes les punaises éparpillées sur la moquette afin de ne pas m'en planter une autre plus tard dans le pied. Je rêvais de taper dans le mur, mais il me fallait ramasser ces punaises à la noix. Quand ce fut terminé, je suis retourné me coucher, bourrant mon oreiller de coups de poing, les dents serrées.

Je me suis replongé dans Whitman, mais entre le bouquin et mes cogitations sur Margo, je me suis senti assez « exposé » pour la soirée. J'ai finalement reposé le livre. Je n'ai même pas pris la peine de me lever pour éteindre la lumière. J'ai fixé le mur, fermant les yeux de plus en plus longtemps. Et chaque fois que je les ouvrais, je voyais l'emplacement des cartes sur le mur, les quatre trous formant un rectangle et, à l'intérieur du rectangle, les autres trous disséminés apparemment au hasard. J'avais déjà vu cette disposition. Dans la pièce vide au-dessus du rouleau de moquette.

Une carte. Avec des repères.

Chapitre 18

Je me suis réveillé avec le soleil, juste avant sept heures, un samedi matin. Curieusement, Radar était connecté.

QCARRESURRECTION : J'étais persuadé que tu dormais.
OMNICTIONARIEN96 : Tu plaisantes. Je suis debout depuis six heures à étoffer un article sur un chanteur malaisien. Angela est toujours au lit.
QCARRESURRECTION : Elle a passé la nuit chez toi ?
OMNICTIONARIEN96 : Oui, mais ma virginité est intacte. La nuit de la remise des diplômes, je ne dis pas… peut-être.
QCARRESURRECTION : J'ai pensé à un truc hier soir. Les petits trous dans le mur à la galerie marchande, c'était peut-être une carte sur laquelle elle a matérialisé des endroits par des punaises.
OMNICTIONARIEN96 : Comme un itinéraire ?
QCARRESURRECTION : Exact.
OMNICTIONARIEN96 : Tu veux qu'on y aille ? J'attends d'abord qu'Angela se réveille.
QCARRESURRECTION : Super.

Radar m'a appelé à dix heures. Je suis allé le chercher en monospace et on est passés chez Ben, pensant qu'une attaque surprise était le seul moyen de le réveiller. Mais même chanter «You Are My Sunshine» sous sa fenêtre n'a eu pour seul résultat qu'il nous crache dessus.

– Je ne fais rien avant midi! a-t-il asséné d'un ton sans appel.

On est donc partis tous les deux, Radar et moi. Il m'a un peu parlé d'Angela, du fait qu'elle lui plaisait beaucoup et de la bêtise de tomber amoureux quelques mois à peine avant de partir chacun dans une fac différente, mais j'avais du mal à l'écouter. Je voulais cette carte. Je voulais voir les endroits qu'elle avait repérés. Je voulais enfoncer à nouveau ces punaises dans le mur.

On est entrés par le bureau, on est passés dans la bibliothèque, on s'est arrêtés brièvement pour examiner les trous dans le mur de la chambre et on est allés au magasin de souvenirs. L'endroit ne m'inspirait plus aucune frayeur. Une fois sûr que personne ne rôdait dans aucune des pièces, je me suis senti aussi en sécurité qu'à la maison. Sous une vitrine, j'ai retrouvé la boîte renfermant les cartes et les brochures que j'avais fouillée la nuit du bal de fin d'année. Je l'ai sortie et posée en équilibre sur les bords d'une vitrine cassée. Radar les a triées en se concentrant sur les documents avec carte, qu'il dépliait à la recherche de petits trous.

On avait presque atteint le fond de la boîte quand Radar a sorti une brochure en noir et blanc intitulée *Cinq mille villes américaines*, dont la date de publication remontait à 1972. En dépliant soigneusement la carte, que je me suis efforcé d'aplatir, j'ai aperçu un trou dans un des coins.

– La voilà, ai-je dit, haussant la voix.

Il y avait une petite déchirure sur le pourtour du trou, comme si la carte avait été arrachée du mur. C'était une carte des États-Unis, format scolaire, au papier jauni et cassant, truffée de destinations potentielles. Les déchirures indiquaient que Margo n'avait pas eu l'intention de la mettre au nombre de ses indices. Elle était bien trop précise, trop sûre d'elle concernant ses indices pour semer la confusion. On était tombés en quelque sorte sur quelque chose qu'elle n'avait pas planifié, et en découvrant ce qu'elle n'avait pas planifié, m'est revenu à l'esprit tout ce qu'elle avait planifié. Et peut-être était-ce ce à quoi elle se consacrait dans l'obscurité tranquille du lieu. À voyager tout en flânant, comme Whitman en son temps, se préparant pour le jour J.

Je suis retourné en quatrième vitesse dans l'autre pièce et j'ai trouvé une poignée de punaises dans le bureau jouxtant celui de Margo. Puis Radar et moi avons rapporté précautionneusement la carte dépliée dans la chambre. Je l'ai tenue contre le mur pendant que Radar s'efforçait de remettre les punaises dans les trous, mais trois coins sur les quatre étaient déchirés, ainsi que trois sur les cinq matérialisant certains endroits, sans doute au moment où la carte avait été arrachée du mur.

– Plus haut et sur la gauche, ai-je dit. Non, plus bas. Oui. Ne bouge plus.

On a fini par y arriver. Une fois la carte au mur, on a essayé de faire coïncider les trous qu'il y avait dessus avec ceux du mur. On a retrouvé les cinq facilement. Mais certains étaient également déchiquetés, par conséquent, il était impossible de déterminer un lieu avec exactitude. Or il était impératif de trouver des lieux exacts sur une carte noircie par cinq mille noms de localités. Les lettres étaient tellement petites que j'ai dû monter sur le rouleau de moquette et coller l'œil à la carte pour deviner les noms. J'en ai soumis deux à Radar qui les a consultés dans Omnictionary sur son ordinateur de poche.

Néanmoins deux des trous à l'intérieur de la carte étaient intacts. Le premier semblait indiquer Los Angeles, bien qu'une grappe de localités ait été tellement serrée dans cette partie de la Californie du Sud que les lettres se chevauchaient. Le deuxième était du côté de Chicago. Un de ceux qui étaient déchirés se situait à New York et, d'après l'emplacement du trou dans le mur, dans un des cinq districts de la ville.

– Ça concorde avec ce qu'on sait.

– Oui, ai-je dit. Mais où à New York ? Telle est la question.

– On rate quelque chose, a dit Radar. Un tuyau concernant un endroit. Où sont les autres repères ?

– Il y en a un dans l'État de New York, mais pas très loin de la ville. Regarde comme les localités sont minuscules ! Ça peut aussi bien être Poughkeepsie que Woodstock ou le parc de Catskill.

– Woodstock, a noté Radar. Voilà peut-être une piste ! Elle n'est pas vraiment hippie, mais elle est du genre esprit libre.

– Va savoir. Le dernier indique Washington D.C., à moins que ce ne soit Annapolis ou Chesapeake Bay. Celui-ci pourrait désigner une tripotée de noms.

– Ce qui nous aurait aidés, c'est que la carte n'ait qu'un trou, a dit Radar d'un ton maussade.

– Mais elle doit sans doute bouger d'un endroit à un autre, ai-je répondu.

Routard de l'errance perpétuelle.

Je me suis assis sur le rouleau de moquette pendant que Radar me lisait d'autres informations concernant New York, les montagnes de Catskill, la capitale fédérale des États-Unis, le concert de Woodstock en 1969. Aucune aide de ce côté-là. C'était comme si on avait déroulé une ligne et rien remonté.

L'après-midi, après avoir déposé Radar chez lui, j'ai relu «Chanson de moi-même» et révisé sans conviction mes examens. Lundi, j'avais maths et latin, sans doute les matières les plus difficiles pour moi, sur lesquelles je ne pouvais me permettre de faire l'impasse. J'ai travaillé pratiquement tout samedi soir et la journée du dimanche, mais après dîner, une idée a germé dans mon esprit, j'ai interrompu mes exercices de traduction d'Ovide et me suis connecté à la messagerie instantanée. J'ai vu que Lacey l'était aussi. Ben venait à peine de me donner son pseudo, mais j'ai jugé que je la connaissais assez pour chatter avec elle.

QCARRESURRECTION : Salut, c'est Q.
PRENDSLESFRINGUESETTIRETOI : Salut !

QCARRESURRECTION : Il t'est déjà arrivé de penser au temps que Margo avait dû consacrer à préparer tous ses coups ?

PRENDSLESFRINGUESETTIRETOI : Oui. Comme laisser les lettres dans sa soupe avant de s'enfuir au Mississippi ou te mener à la galerie marchande. C'est ça ?

QCARRESURRECTION : Oui. Ça ne s'invente pas en dix minutes.

PRENDSLESFRINGUESETTIRETOI : Peut-être son calepin.

QCARRESURRECTION : Bien vu.

PRENDSLESFRINGUESETTIRETOI : J'y repensais aujourd'hui, je me suis rappelé la fois où on avait fait les magasins et où elle n'arrêtait pas de sortir son carnet pour vérifier s'il rentrait dans les sacs qui lui plaisaient.

QCARRESURRECTION : Si seulement je l'avais.

PRENDSLESFRINGUESETTIRETOI : Elle l'a sûrement sur elle.

QCARRESURRECTION : Il n'était pas dans son casier ?

PRENDSLESFRINGUESETTIRETOI : Non. Uniquement ses livres de classe, bien rangés comme d'habitude.

J'ai continué à travailler à mon bureau en attendant que d'autres se connectent. Ce que Ben a fait peu de temps après. Je l'ai invité à se joindre à la conversation virtuelle que j'avais avec Lacey, et ils se sont empressés de la monopoliser. J'ai continué plus ou moins à traduire jusqu'à ce que Radar se mette de la partie et j'ai reposé mon stylo pour la soirée.

OMNICTIONARIEN96 : Aujourd'hui, un New-Yorkais a cherché Margo Roth Spiegelman sur Omnictionary.

CT1INFECTIONRENALE : Tu peux trouver où à New York ?

OMNICTIONARIEN96 : Malheureusement pas.

PRENDSLESFRINGUESETTIRETOI : Il y a toujours des prospectus dans les magasins de disques. Ça devait être quelqu'un qui essayait de se renseigner sur elle.

OMNICTIONARIEN96 : Bien vu. J'avais oublié les prospectus. Merde !

QCARRESURRECTION : Je ne suis pas tout le temps avec vous parce que je consulte le site dont Radar m'a parlé pour définir des itinéraires entre les endroits qu'elle a repérés.

CT1INFECTIONRENALE : Tu me files le lien ?

QCARRESURRECTION : legrandtour.com

OMNICTIONARIEN96 : J'ai une nouvelle théorie. Elle va surgir le jour de la remise des diplômes, parmi l'assistance.

CT1INFECTIONRENALE : J'ai une vieille théorie. Elle est quelque part à Orlando en train de se fiche de nous et de vérifier si elle est bien le centre de l'univers.

PRENDSLESFRINGUESETTIRETOI : Ben !

CT1INFECTIONRENALE : Excuse-moi, mais j'ai totalement raison.

Ils ont poursuivi leur conversation, évoquant chacun leur Margo, pendant que j'essayais de reconstituer son itinéraire. Si elle n'avait pas eu l'intention de faire de la carte un indice – et d'après les trous déchirés j'en avais maintenant la certitude –, j'étais persuadé qu'on avait retrouvé tous ceux qu'elle avait bien voulu nous laisser et plus encore. Il ne faisait aucun doute que j'avais là les éléments dont j'avais besoin. Néanmoins, je continuais de me sentir terriblement loin d'elle.

Chapitre 19

Lundi matin, après trois longues heures en la seule compagnie de huit cents mots d'Ovide, j'ai traversé les halls avec l'impression que mon cerveau me dégoulinait par les oreilles. Mais je m'en étais bien tiré. On avait droit à une heure et demie pour déjeuner et se revigorer l'esprit en vue de la deuxième session d'examen du jour. Radar m'attendait à mon casier.

– Je viens de me payer un flop en espagnol, m'a-t-il dit.

– Je suis sûr que tu as réussi.

Radar entrait à Dartmouth grâce à une énorme bourse d'études. Il était brillant.

– Mon pote, je n'en sais rien. Je n'ai pas arrêté de m'endormir à l'oral. Mais écoute, j'ai passé la moitié de la nuit à mettre sur pied un programme fabuleux grâce auquel on peut entrer une catégorie, géographique ou animale, par exemple, et obtenir la première phrase de cent articles d'Omnictionary sur le sujet en une seule page. Disons que tu cherches une espèce de lapin en particulier dont tu ne te rappelles pas le nom. Tu vas pouvoir lire l'introduction des articles concernant les vingt et une espèces de lapin sur la même page en moins de trois minutes.

– Tu as inventé ce truc la veille des exams ? ai-je demandé.

– Oui, je sais. Bref, je te l'envoie par mail. C'est révolutionnaire.

Sur ces entrefaites, Ben est arrivé.

– Je te jure, Q., que Lacey et moi avons continué de chatter jusqu'à deux heures du matin en surfant sur ton site, legrandtour.com. Maintenant que j'ai défini tous les trajets que Margo a pu effectuer entre Orlando et les cinq repères punaisés sur la carte, je réalise que je me suis trompé depuis le début. Elle n'est pas à Orlando. Radar a raison. Elle va revenir pour la remise des diplômes.

– Pourquoi ?

– Le timing est parfait. Pour aller d'Orlando à New York puis aux montagnes de Chicago puis à Los Angeles et retour, on met exactement vingt-trois jours en voiture. Qui plus est, c'est une blague totalement débile, mais c'est une blague de Margo. Faire croire à tout le monde que tu t'es tiré quelque part, s'entourer de mystère histoire de faire porter l'attention sur soi et ensuite, juste au moment où l'attention commence à retomber, se pointer à la remise des diplômes.

– Non, ai-je dit. Impossible.

Je connaissais mieux Margo que ça maintenant. Je ne niais pas qu'elle ait voulu attirer l'attention. C'était vrai. Mais elle ne jouait pas sa vie pour rire. Elle ne s'en tirerait pas d'une pirouette.

– Mon pote, je te le répète. Cherche-la le jour de la remise des diplômes. Elle y sera.

J'ai secoué la tête.

Comme tout le monde déjeunait à la même

heure, la cafét' était archi-bondée, et on a profité de nos prérogatives de terminales pour aller manger un hamburger. Je me suis efforcé de rester concentré sur mon exam de maths de l'après-midi, mais j'avais de plus en plus l'impression qu'il fallait dérouler davantage de ligne encore pour obtenir le fin mot de cette histoire. Si Ben avait vu juste avec le voyage de vingt-trois jours, on tenait une hypothèse vraiment intéressante. Peut-être avait-elle planifié ce long voyage solitaire en voiture dans son carnet noir. Cela n'expliquait pas tout, mais ça collait avec la Margo planificatrice. Non que l'hypothèse me rapprochât d'elle. Il n'était déjà pas simple de repérer un point sur un bout de carte déchirée, alors si le point bougeait, l'affaire se corsait.

Après une longue journée d'examens, retrouver l'hermétisme rassurant de «Chanson de moi-même» a presque été un soulagement. J'avais atteint un passage étrange. Après toute une période consacrée à écouter et entendre les gens, à voyager à côté d'eux, Whitman cesse d'entendre, cesse de visiter et devient les autres. Comme s'il les habitait. Il raconte l'histoire d'un capitaine de navire qui sauve tous les occupants d'un bateau sauf lui. Le poète raconte l'histoire, glose dessus, parce qu'il est devenu le capitaine. «Je suis cet homme-là, j'ai souffert, j'y étais», écrit-il. Quelques vers plus loin, il est encore plus clair que Whitman n'a plus besoin d'écouter personne pour devenir un autre. «Et donc pas besoin de demander au blessé ce qu'il ressent, puisque je deviens moi-même le blessé.»

J'ai reposé le livre et me suis tourné de côté, laissant mon regard errer par la fenêtre qui nous avait toujours séparés. Il ne suffit pas de la voir ou de l'entendre. Pour retrouver Margo Roth Spiegelman, il faut devenir Margo Roth Spiegelman.

Et j'en avais fait des choses qu'elle aurait pu faire. J'avais réuni le couple le plus improbable du bal de fin d'année. J'avais calmé les meutes de la guerre des castes. J'avais fini par me sentir bien dans la maison hantée infestée de rats où mûrissaient ses plus belles réflexions. J'avais vu. J'avais écouté. Mais je ne parvenais pas encore à devenir la personne blessée.

Le lendemain, j'ai passé péniblement mes exams de physique et d'instruction civique et je suis resté debout jusqu'à deux heures du matin pour finir ma disserte sur *Moby Dick*. Achab était un héros, ainsi en avais-je décidé. Aucune raison particulière à cette décision, d'autant que je n'avais pas lu le livre, mais toujours est-il que j'avais orienté ma disserte dans ce sens.

La semaine écourtée des examens impliquait que le mercredi était notre dernier jour de lycée. Durant toute la journée, il a été difficile d'échapper aux dernières fois : la dernière fois qu'on discute en cercle devant la salle de répète à l'ombre du chêne qui avait abrité tant de générations de dingues de musique. La dernière fois que je mange une pizza à la cafét' avec Ben. La dernière fois que je me trouve dans cette école à me ruiner la main pour terminer à temps ma dissertation. La dernière fois que je regarde la pendule. La dernière fois que je vois Chuck Parson rouler des mécaniques dans les halls avec un sourire proche du rictus. Zut. J'étais en train de céder à la nostalgie pour Chuck Parson. Je devais être dérangé.

Margo avait dû ressentir la même chose. Compte tenu de tous les plans qu'elle avait échafaudés, elle savait forcément qu'elle partait, mais n'avait pas pu être totalement imperméable à ce sentiment. Elle avait passé de bons moments au lycée. Or le dernier jour, les mauvais souvenirs s'estompent, car bon an mal an, elle s'était fait une vie ici, comme moi. La ville était de papier, mais pas les souvenirs. Tout ce que j'avais accompli ici, l'amour, la pitié, la compassion, la violence, la méchanceté, tout continuait de couler en moi. Les murs de parpaings blanchis à la chaux. Mes murs blancs. Ses murs blancs. Dont on avait été prisonniers si longtemps, coincés dans leur ventre, comme Jonas.

Au cours de la journée, je me suis surpris à penser que ce sentiment était sans doute la raison pour laquelle elle avait tout planifié de façon si complexe et précise. Même motivée, partir reste dur. Partir requiert de nombreux préparatifs et peut-être que concevoir ses plans à la galerie marchande avait été un exercice à la fois intellectuel et émotionnel, le moyen d'imaginer son destin.

Ben et Radar avaient répète sur répète pour être en mesure de jouer « Pompe et circonstance » à la remise des diplômes. Lacey m'a proposé de me raccompagner, mais j'ai préféré ranger mon casier car je n'avais pas l'intention de revenir au lycée et d'avoir à nouveau l'impression d'être submergé par une vague de nostalgie.

Mon casier était une vraie poubelle, moitié

cannettes vides, moitié livres. Le sien était rempli de livres correctement empilés quand Lacey l'avait ouvert, me suis-je rappelé, comme si elle avait eu l'intention de revenir en classe le lendemain. J'ai traîné une poubelle jusqu'à mon casier, que j'ai ouvert. J'ai commencé par retirer une photo de Radar, Ben et moi arborant un sourire niais, que j'ai glissée dans mon sac à dos. Après quoi, je me suis attelé à la tâche ingrate qui consistait à trier une année de cochonneries accumulées, vieux chewing-gums enveloppés dans des bouts de papier, stylos vides, serviettes en papier graisseuses, et à balancer le tout dans la poubelle. Tout le temps que l'opération a duré, je n'ai cessé de me répéter : *Je ne ferai plus jamais ce ménage, je ne viendrai plus jamais au lycée, ce ne sera plus jamais mon casier, Radar et moi ne nous écrirons plus de mots en maths, je ne reverrai jamais Margo à l'autre bout du hall*. C'était la première fois de ma vie que tant de choses ne se reproduiraient plus.

Et finalement, j'ai été submergé. Je ne pouvais faire taire le sentiment de nostalgie et ce sentiment est devenu insupportable. J'ai plongé dans les recoins de mon casier, j'ai tout pris : photos, mots, livres, et tout mis à la poubelle. J'ai laissé le casier ouvert et suis parti. Je suis passé devant la salle de répète d'où s'échappaient les notes assourdies de «Pompe et circonstance». Je ne me suis pas arrêté. Dehors, il faisait chaud, mais moins que d'habitude. C'était tolérable. Les rues étaient bordées de trottoirs pratiquement jusqu'à la maison, me suis-je dit. Alors j'ai continué à marcher.

Comparé aux « plus jamais » si paralysants, si bouleversants, j'ai trouvé le dernier départ parfait. Pur. Une forme de libération ultra-raffinée. Hormis une photo nulle, tout ce qui m'importait gisait au fond d'une poubelle, mais c'était génial. J'ai commencé à courir pour mettre plus de distance encore entre le lycée et moi.

Il est si difficile de partir, jusqu'à ce qu'on parte. Ensuite, c'est le truc le plus fastoche du monde.

En courant, je me suis senti devenir Margo pour la première fois. Je le savais, elle n'était pas à Orlando ni en Floride. Partir est trop bon, une fois qu'on est parti. Si j'avais été en voiture et non à pied, j'aurais peut-être continué. Elle était partie et elle ne reviendrait pas pour la remise des diplômes ni pour autre chose. J'en étais certain maintenant.

Je pars et partir est tellement jubilatoire que je ne pourrai jamais revenir. Mais ensuite quoi ? Je continue de quitter des endroits, encore et toujours, routard de l'errance perpétuelle ?

Ben et Radar m'ont dépassé en voiture à cinq cents mètres de Jefferson Park. Ben a arrêté MALDERALEH dans un hurlement de pneus en plein Lakemont Boulevard malgré la circulation, j'ai couru jusqu'à la voiture et suis monté. Ils voulaient venir jouer à Résurrection chez moi, mais j'ai dû refuser, car j'étais plus près du but que jamais.

Chapitre 20

Toute la soirée de mercredi et la journée de jeudi, je me suis efforcé de mettre à profit ma nouvelle grille de lecture pour trouver un sens aux indices en ma possession, un lien entre la carte et les guides de voyage ou entre Whitman et la carte, qui me permettrait de comprendre son carnet de route. Mais j'avais l'impression croissante que le plaisir de partir avait été tellement grand qu'elle en avait négligé de tisser un fil d'Ariane digne de ce nom. Si c'était le cas, la carte qu'elle n'avait jamais voulu voir tomber entre nos mains représentait notre meilleure chance de la retrouver. Seulement aucun des endroits signalés n'était assez explicite. Même le parc de Catskill, que je trouvais intéressant pour être le seul lieu éloigné d'une grande ville, était trop vaste et trop fréquenté pour y retrouver un individu. «Chanson de moi-même» accumulait les références à des lieux dans New York, mais en trop grand nombre pour en remonter la piste. Comment repérer un point sur une carte quand le point se déplace d'une métropole à l'autre?

Vendredi matin, j'étais debout, le nez plongé dans les guides de voyage, quand mes parents sont entrés dans ma chambre. Ils y venaient rarement ensemble. J'ai senti un début de nausée, peut-être avaient-ils de mauvaises nouvelles concernant Margo, avant de me rappeler que c'était le jour de la remise des diplômes.

– Prêt, mon gars ?
– Ouais. Ce n'est pas l'affaire du siècle, mais on va s'amuser.
– Recevoir son diplôme du lycée n'arrive qu'une fois, a dit maman.
– C'est vrai, ai-je dit.

Ils se sont assis sur mon lit, face à moi, et j'ai remarqué qu'ils échangeaient un regard rieur.

– Quoi ? ai-je demandé.
– On voudrait te remettre ton cadeau de diplôme, a dit maman. On est très fiers de toi, Quentin. Tu es la plus grande réussite de notre vie. Et c'est un grand jour pour toi. Tu es un jeune homme formidable.

J'ai souri et baissé les yeux. Mon père a sorti un tout petit paquet enveloppé de papier bleu.

– Non ! me suis-je écrié en le lui arrachant des mains.
– Vas-y, ouvre-le.
– Impossible ! ai-je dit, les yeux rivés dessus.

Le paquet était de la taille d'une clef. Il avait le poids d'une clef. Et quand on le secouait, il faisait un bruit de clef.

– Ouvre-le, mon cœur, m'a pressé maman.

J'ai arraché le papier d'emballage. Une clef ! Je l'ai examinée sous toutes les coutures. Une clef de Ford ! Aucune des voitures de la famille n'était une Ford !

– Vous m'avez acheté une voiture ?

— Effectivement, a répondu mon père. Elle n'est pas flambant neuve, mais elle n'a que deux ans et trente-cinq mille kilomètres au compteur.

J'ai bondi sur mes pieds et les ai serrés dans mes bras.

— Elle est à moi ?
— Oui ! a presque crié maman.

J'avais une voiture ! Une voiture ! À moi !

— Merci, merci, merci, merci ! ai-je crié en me libérant de leur étreinte.

J'ai traversé le salon en courant et ouvert la porte d'entrée à la volée, en vieux T-shirt et caleçon.

Garé dans l'allée du garage, décoré d'un gros nœud, trônait un monospace Ford.

Ils m'avaient offert un monospace ! Ils auraient pu choisir n'importe quelle voiture, ils avaient opté pour un monospace. Un monospace. Ô toi, Dieu de la justice automobile, pourquoi te ris-tu de moi ? Monospace, toi ma punition ! Toi ma marque de Caïn ! Toi misérable bête au plafond haut et aux minables performances !

J'ai tâché de me recomposer une figure et me suis retourné.

— Merci, merci, merci ! ai-je dit, avec un peu moins d'exubérance maintenant que je simulais.

— On sait que tu adores conduire, a dit maman.

Ils étaient radieux, visiblement convaincus de m'avoir offert le moyen de transport de mes rêves.

— Il sera parfait pour les balades avec les copains ! a ajouté papa.

Quand on pense que ces gens étaient les spécialistes de l'analyse et de la compréhension du psychisme humain.

— On ferait bien d'y aller, a-t-il ajouté. Si on veut avoir de bonnes places.

Je ne m'étais pas encore douché ni habillé. Cela dit, je n'allais pas m'habiller vraiment, mais quand même.

— Je n'ai pas besoin d'y être avant midi trente, ai-je dit. Je dois me préparer.

Papa s'est rembruni.

— J'aimerais être bien placé pour prendre des phot…

— Je conduirai ma voiture ! l'ai-je coupé. J'irai dans ma propre voiture, ai-je dit avec un immense sourire.

— Bien sûr ! a renchéri maman, enthousiaste.

Après tout, on s'en fichait, une voiture était une voiture. Conduire mon monospace personnel me faisait gravir un échelon, comparé à conduire le monospace de quelqu'un d'autre.

Je suis retourné à l'ordinateur raconter à Radar et Lacey (Ben n'était pas connecté) l'arrivée du monospace.

OMNICTIONARIEN96 : C'est une super bonne nouvelle. Je peux passer déposer une glacière dans le coffre ? Il faut que j'accompagne mes parents à la cérémonie et je ne veux pas qu'ils la voient.

QCARRESURRECTION : Pas de problème. Il est ouvert. Une glacière pour quoi faire ?

OMNICTIONARIEN96 : Comme personne n'a bu à ma fête, il me reste 212 bières. On va les apporter chez Lacey pour sa soirée.

QCARRESURRECTION : 212 bières ?

OMNICTIONARIEN96 : C'est une grande glacière !

Ben s'est connecté à son tour, hurlant qu'il était déjà douché et nu. Il ne lui restait plus qu'à enfiler sa toge et mettre son couvre-chef. On n'a pas arrêté de parler de notre remise de diplômes dénudée. Après que tout le monde s'est déconnecté pour se préparer, j'ai pris ma douche, la tête renversée en arrière pour que l'eau me coule directement sur le visage, et pendant que je me faisais asperger, je me suis mis à réfléchir. New York ou la Californie ? Chicago ou Washington D.C. ? Je pouvais y aller maintenant, me suis-je dit. Moi aussi, j'avais une voiture, comme elle. Je pouvais me rendre dans les cinq endroits marqués sur la carte et, même si je ne la retrouvais pas, ce serait plus amusant que de passer un énième été à Orlando sous une chaleur écrasante. Mais non. C'était comme pour l'expédition à SeaWorld, il fallait un plan infaillible, suivi d'une brillante exécution et ensuite... rien. C'était SeaWorld, mais plongé dans le noir. Elle me l'avait dit : le plaisir n'est pas dans l'exécution, mais dans les préparatifs.

C'est donc ce à quoi j'étais en train de réfléchir sous ma douche : aux préparatifs. Elle est installée dans la galerie marchande, son carnet sur les genoux, en train de préparer... Peut-être un voyage en voiture, en consultant la carte pour imaginer des itinéraires ? Elle lit Whitman et surligne des passages : «Je suis un routard de l'errance perpétuelle», car c'est le genre de situations dans lesquelles elle se voit bien, le genre de choses qu'elle aime imaginer.

Mais est-ce pour autant le genre de choses qu'elle aime mettre à exécution ? Non. Parce que

Margo connaît le secret du départ, le secret que je viens de découvrir : il ne vaut de partir, le départ n'a vraiment de valeur, que si l'on quitte quelque chose d'important, quelque chose qui vous est cher. Arracher la vie par les racines. Mais on n'y parvient qu'une fois poussées les racines de sa vie.

Donc, quand elle est partie, c'était pour de bon. En revanche, je ne parvenais pas à croire que ce fût pour une errance perpétuelle. Elle était partie, c'était certain, dans un endroit où elle resterait assez longtemps pour que celui-ci lui tienne à cœur, assez longtemps pour que le départ suivant soit aussi jubilatoire que le précédent. *Il existe quelque part dans le monde, très loin d'ici, un coin où personne ne sait ce que « Margo Roth Spiegelman » signifie. Margo est dans ce coin reculé, gribouillant dans son carnet noir.*

L'eau a commencé à refroidir. Je n'avais pas touché le savon mais je suis sorti de la douche. J'ai enroulé une serviette autour de ma taille et je me suis assis devant l'ordinateur.

J'ai retrouvé le mail de Radar concernant le programme qu'il avait développé pour Omnictionary et je l'ai téléchargé. Fantastique ! J'ai commencé par entrer le code postal correspondant au centre-ville de Chicago et j'ai cliqué sur « lieux » en élargissant ma recherche à un rayon de vingt kilomètres. J'ai obtenu cent réponses qui allaient de Navy Pier à Deerfield. La première phrase de chaque article est apparue sur l'écran et j'ai pu les lire en cinq minutes. Rien de marquant. Puis j'ai entré un code postal voisin du parc de Catskill dans l'État de New York. Cette fois, les réponses ont été moins nombreuses, quatre-vingt-douze, classées par date de création de la page dans Omnictionary. J'ai commencé à lire.

Woodstock, État de New York, est une ville du comté d'Ulster, plus connue pour le concert éponyme de Woodstock (se reporter à *Concert de Woodstock*) en 1969, un festival qui accueillit pendant trois jours des artistes tels que Jimi Hendrix et Janis Joplin, et se déroula en fait dans une ville voisine.

Lac Katrine (Le) est un lac modeste du comté d'Ulster, auquel s'est souvent rendu l'écrivain Henry David Thoreau.

Parc de Catskill (Le) s'étend sur 280 000 hectares à l'intérieur des monts Catskill, propriété conjointe de l'État fédéral et des gouvernements locaux, dont cinq pour cent sont détenus par la ville de New York qui y puise en partie ses réserves en eau.

Roscoe est un village de l'État de New York qui, selon un recensement récent, comptabilise 261 ménages.

Agloe, État de New York, est un village inventé par la compagnie Esso au début des années 1930 et inséré dans ses cartes touristiques en tant que piège au copyright, appelé également ville de papier.

J'ai cliqué sur le lien et l'article est apparu en entier. Il se poursuivait ainsi :

Situé au croisement de deux chemins de terre au nord de Roscoe, État de New York, Agloe est l'invention de deux cartographes, Otto G. Lindberg et Ernest Alpers, dont l'anagramme des initiales forme le nom. Les pièges au copyright ont existé de tout temps chez les cartographes. Les cartographes créent des monuments fictifs, des rues et municipalités fictives qu'ils placent ensuite de manière obscure sur leurs cartes. Si leurs inventions se retrouvent sur la carte d'un cartographe concurrent, il est alors certain que la carte a été plagiée. Le piège au copyright peut se dire aussi piège à clefs, rue de papier ou ville de papier (voir aussi *rubrique fictive*). Bien que peu de sociétés de cartographie reconnaissent leur existence, les pièges au copyright demeurent fréquemment utilisés même sur les cartes modernes.

Agloe a commencé à apparaître sur les cartes des concurrents de la compagnie pétrolière dans les années 1940. Soupçonnant une violation du copyright, Esso s'est alors préparé à plusieurs poursuites judiciaires, mais il se trouve qu'un inconnu avait construit « le Bazar d'Agloe » au croisement signalé sur la carte.

Le bâtiment, qui existe toujours (*article à rédiger*), est le seul d'Agloe à continuer d'apparaître sur nombre de cartes. Agloe affiche traditionnellement une population de zéro habitant.

Chaque article d'Omnictionary contient des sous-pages sur lesquelles on a la possibilité de visualiser les modifications apportées à l'article ainsi que les discussions que le sujet a entraînées entre les membres. La page d'Agloe n'avait pas été retravaillée depuis presque un an, mais sur le forum apparaissait le commentaire récent d'un usager anonyme :

Pour votre info, qu'importe Qui je suis : la Population d'agloe se montera à Un individu jusqu'au 29 mai Midi.

J'ai reconnu instantanément les majuscules. *Les règles qui régissent les majuscules sont trop injustes vis-à-vis des mots du milieu.* Ma gorge s'est serrée, mais je me suis efforcé de rester calme. Le commentaire avait été posté quinze jours auparavant. Il était resté tout ce temps à m'attendre. J'ai regardé l'heure à l'ordinateur. Il me restait un peu moins de vingt-quatre heures.

Pour la première fois depuis des semaines, je l'ai sentie totalement et indubitablement vivante. Elle était vivante. Du moins pour un jour encore. Je m'étais tellement concentré sur les endroits où elle pouvait être afin de ne pas me demander en boucle si elle était vivante ou morte que je n'avais pas mesuré jusqu'à maintenant à quel point j'avais eu peur. Mais elle était vivante.

Je me suis levé, laissant ma serviette tomber par terre, et j'ai appelé Radar. Le téléphone coincé au creux de l'épaule, j'ai enfilé un caleçon et un short.

— Je sais ce que « ville de papier » veut dire ! Tu as ton ordi ?

— Oui. Tu devrais déjà être là. On se met en rang.

— Dis-lui qu'il a intérêt à être nu ! ai-je entendu Ben hurler.

– Radar, ai-je dit, m'efforçant de faire passer l'importance de l'information, regarde la page consacrée à Agloe dans l'État de New York. Tu l'as ?

– Oui. Je lis. Attends. Ouaouh. Ouaouh. Ça correspondrait au repère de Catskill sur la carte ?

– Oui, je crois. Ce n'est pas loin du tout. Va sur le forum.

– ...

– Radar ?

– La vache !

– Je sais, je sais ! ai-je crié.

Je n'ai pas entendu sa réponse parce que je finissais d'enfiler ma chemise, mais quand j'ai repris le téléphone, il parlait à Ben. J'ai raccroché.

J'ai cherché sur Internet comment me rendre d'Orlando à Agloe, mais le logiciel ne connaissait pas Agloe. Alors j'ai cherché Roscoe. À une vitesse moyenne de cent quatre kilomètres à l'heure, l'ordinateur a calculé que le voyage durait dix-neuf heures et quatre minutes. Il était deux heures et quart. J'avais vingt et une heures et quarante-cinq minutes devant moi pour arriver à Agloe. J'ai imprimé les indications, attrapé les clefs du monospace et verrouillé la porte d'entrée en sortant.

– C'est à dix-neuf heures et quatre minutes d'ici, ai-je dit au téléphone.

C'était celui de Radar, mais c'est Ben qui a répondu.

– Qu'est-ce que tu comptes faire ? a-t-il demandé. Tu prends l'avion ?

– Non, je n'ai pas assez d'argent et de toute

façon, c'est à huit heures de route de New York. J'y vais en voiture.

Radar a soudain repris le téléphone.

– Combien de temps le voyage ?
– Dix-neuf heures et quatre minutes.
– D'après qui ?
– Un moteur de recherche.
– Foutaises. Aucun moteur ne prend en compte la circulation. Je te rappelle. Et rapplique. On se met quasi en rang !
– Je ne viens pas. Je ne peux pas risquer de perdre du temps, ai-je répondu, mais je parlais dans le vide.

Radar m'a rappelé une minute après.

– Si tu roules à cent quatre kilomètres/heure de moyenne, si tu ne t'arrêtes pas et prends en compte les aléas de la circulation, le voyage te prendra vingt-trois heures et neuf minutes. Heure d'arrivée prévue peu après treize heures, il faudra donc que tu rattrapes ton retard dès que possible.
– Quoi ? Mais le…
– Ce n'est pas pour critiquer, mais sur cette question, le type pathologiquement en retard doit écouter le ponctuel. Et tu dois d'abord passer ici une seconde, sinon tes parents vont flipper en s'apercevant que tu ne réponds pas à l'appel de ton nom. Par ailleurs, bien que ce ne soit pas le plus important, je me permets de te rappeler que tu as nos bières dans ta voiture.
– Je n'ai absolument pas le temps, ai-je répondu.

Ben s'est rapproché du téléphone.

– Ne fais pas ton couillon. Ça te prendra cinq minutes.

— D'accord.

J'ai braqué à droite en grillant le feu et foncé au lycée, mon monospace avait plus de reprise que celui de maman mais à peine. Je suis arrivé au parking de la salle de gym en trois minutes. Je ne me suis pas garé à proprement parler, plutôt arrêté en plein milieu et j'ai bondi hors de la voiture. En courant vers la salle, j'ai vu trois individus en toge se précipiter vers moi. J'ai aperçu les jambes maigres et brunes de Radar sous sa toge que le vent soulevait et à côté de lui, Ben, en baskets mais sans chaussettes. Lacey suivait derrière.

— Prenez la bière, ai-je dit en les croisant à toute vitesse. Il faut que j'aille parler à mes parents.

Les parents des diplômés étaient éparpillés sur les gradins et j'ai fait plusieurs fois le tour du terrain de basket avant de repérer les miens assis à mi-hauteur. Ils me faisaient signe de la main. J'ai monté les marches quatre à quatre et j'étais forcément un peu essoufflé en m'accroupissant à côté d'eux.

— Je ne vais pas (souffle) défiler parce que (souffle) je crois que j'ai retrouvé Margo et (souffle) il faut que j'y aille, mon portable est allumé (souffle), je vous en supplie ne soyez pas en colère contre moi et encore merci pour la voiture.

Maman m'a retenu par le poignet.

— Quoi ? Qu'est-ce que tu racontes, Quentin ? Parle lentement.

— Je vais à Agloe dans l'État de New York et je dois partir tout de suite. C'est tout le problème. Il faut que j'y aille. Je perds du temps. J'ai mon portable. Je vous adore.

J'ai dû me libérer de la main que maman serrait gentiment. Avant qu'ils aient le temps de dire quoi que ce soit, j'avais descendu les marches en quatrième vitesse et je courais comme un dératé vers le monospace. J'avais enclenché la position « Drive » et commencé à rouler quand, tournant la tête, j'ai vu Ben sur le siège passager.

– Prends la bière et sors de cette voiture! ai-je crié.

– On t'accompagne, a-t-il dit. De toute façon, tu te serais endormi si tu avais essayé de conduire aussi longtemps.

Je me suis retourné. Lacey et Radar avaient leur téléphone collé à l'oreille.

– Faut que je prévienne mes parents, a expliqué Lacey en tapotant le sien.

– Allez, Q.! Fonce! Fonce! Fonce!

TROISIÈME PARTIE
LE VAISSEAU

Première heure

Tout le monde met un petit moment à expliquer à ses parents que 1) on va tous manquer la cérémonie de remise des diplômes ; 2) on est en route pour New York pour 3) visiter une localité qui peut ou non exister et avec un peu de chance 4) intercepter le contributeur d'Omnictionary qui, si on se fie à son usage des majuscules, n'est autre que 5) Margo Roth Spiegelman.

Radar est le dernier à raccrocher.

— J'aimerais faire une annonce, dit-il. Mes parents sont très contrariés que je manque la remise des diplômes. Ma copine est également contrariée, car on avait prévu de faire quelque chose de très spécial d'ici huit heures. Je n'entrerai pas dans les détails, mais cette virée en voiture a intérêt à être inoubliable.

— Ton habileté à ne pas perdre ta virginité est un modèle pour nous tous, dit Ben à côté de moi.

Je jette un regard à Radar dans le rétroviseur.

— Ouaouh ! Virée en voiture ! lui dis-je.

Malgré lui, un sourire se dessine sur son visage. Le plaisir de partir.

À l'heure actuelle, on est sur l'I-4 et la circulation est plutôt fluide, ce qui en soi frise le miracle. Je roule sur la file de gauche à une vitesse supérieure de dix kilomètres/heure à celle autorisée de quatre-vingt-dix, parce qu'il paraît qu'on ne se fait pas arrêter tant qu'on ne dépasse pas de dix kilomètres/heure la limitation de vitesse.

Très vite, tout le monde s'installe dans son rôle.

Tout à l'arrière, Lacey est responsable de l'approvisionnement. Elle recense à haute voix ce dont on dispose pour le voyage : la demi-barre chocolatée que Ben mangeait quand j'ai appelé pour raconter Margo, les 212 bières dans le coffre, les indications imprimées par moi ainsi que différentes choses trouvées dans son sac à main : huit chewing-gums, un crayon, des mouchoirs en papier, trois tampons, une paire de lunettes de soleil, un tube de Dermophil indien, les clefs de chez elle, sa carte de membre d'une association, sa carte de la bibliothèque, des reçus, trente-cinq dollars et une carte de crédit BP.

– C'est génial ! s'exclame-t-elle. On est des pionniers fauchés ! N'empêche, j'aurais aimé qu'on ait plus d'argent.

Dans le rétroviseur, je vois Radar en toge, fouillant dans le sac de Lacey. Les toges n'ont pas de col, si bien que je devine quelques poils bouclés.

– Tu as un caleçon là-dessous ? je demande.

– Sans rire, on devrait s'arrêter dans un supermarché, ajoute Ben.

Le boulot de Radar, qu'il entreprend à l'aide de la calculette de son ordinateur de poche, est la responsabilité du département Recherche et calcul. Il trône seul au milieu de la rangée de sièges derrière moi, les instructions et le manuel d'utilisateur du monospace étalés à côté de lui. Il est en train de calculer la vitesse à laquelle on doit rouler pour arriver demain à midi, le nombre de fois qu'on devra s'arrêter pour éviter la panne sèche, le temps des arrêts compte tenu de la localisation des stations BP sur notre route et enfin le nombre de minutes perdues en ralentissant pour emprunter les sorties.

— Il y aura quatre arrêts essence. Ils devront être très courts. Six minutes au maximum. Trois gros chantiers de terrassement nous attendent ainsi que des embouteillages dans Jacksonville, Washington D.C. et Philadelphie. D'un autre côté, comme on traversera Washington à trois heures du matin, ça nous facilitera la tâche. D'après mes calculs, notre moyenne devrait tourner autour de cent quinze kilomètres/heure. À combien tu roules ?

— À cent kilomètres/heure. La limitation de vitesse est de quatre-vingt-dix.

— Accélère à cent quinze, dit-il.

— Je ne peux pas. C'est dangereux et je vais prendre une prune.

— Accélère à cent quinze, a-t-il répété.

J'appuie à fond sur l'accélérateur. La difficulté réside à la fois dans le fait que j'hésite à rouler à cent quinze kilomètres/heure et dans le fait que le monospace lui-même est hésitant. Il se met à vibrer de telle sorte qu'il n'est pas impossible qu'il se désagrège. Je reste sur la file de gauche, bien que je ne sois pas le conducteur le plus rapide de la route et que je déteste que des gens me dépassent par la droite, mais il faut que j'aie la voie libre, parce que, contrairement aux autres, je ne peux pas ralentir. Et c'est mon rôle : conduire et être inquiet. Je me rends compte que c'est un rôle qui m'a déjà incombé.

Et celui de Ben ? Le rôle de Ben est d'avoir envie de faire pipi. Au début, son rôle aurait pu être de se plaindre de l'absence de CD et du fait que les stations de radio d'Orlando étaient nulles à part celle de la fac, qui était déjà hors d'atteinte. Mais très vite, il a abandonné ce rôle pour son ambition véritable et sincère : avoir envie de faire pipi.

— J'ai envie de faire pipi, dit-il à quinze heures six.

On roule depuis quarante-trois minutes. Il nous reste approximativement une journée de route.

— La bonne nouvelle, c'est qu'on va devoir s'arrêter, dit Radar. La mauvaise, c'est que ce ne sera pas avant quatre heures et trente minutes.

— Je crois que je peux me retenir, dit Ben.

Quinze heures dix.

— En fait, il faut vraiment que je fasse pipi, annonce-t-il.

— Retiens-toi ! répondons-nous en chœur.

— Mais je…

— Retiens-toi ! répond le chœur.

Pour l'instant, c'est drôle que Ben ait envie de faire pipi et nous envie de le retenir. Il rit en se plaignant que ça lui donne encore plus envie de faire pipi. Lacey avance d'un siège, se penche sur lui par-derrière et le chatouille. Ben se tord de rire en gémissant. Je ris aussi, la vitesse du monospace est maintenant de cent quinze kilomètres/heure. Je me demande si c'est exprès ou par inadvertance qu'elle a inventé ce voyage pour nous. Quoi qu'il en soit, je ne me suis jamais autant amusé depuis la fois où j'ai passé des heures derrière le volant d'un monospace.

Deuxième heure

Je conduis toujours. On bifurque par l'I-95 pour remonter au nord de la Floride en longeant la côte mais sans la voir. Le paysage n'est que pins, trop maigres pour leur taille, un peu comme moi. Mais l'essentiel se résume à la route, à doubler des gens et parfois à se faire doubler, en gardant toujours à l'esprit celui qui vous précède, celui qui vous suit, celui qui se rapproche et celui qui s'éloigne.

Lacey et Ben sont assis côte à côte sur la rangée de sièges derrière moi et Radar est passé complètement à l'arrière. On joue aux devinettes dans une version débile qui consiste à ne deviner que des choses invisibles.

— Devinette : qu'est-ce qui est dramatiquement génial ? demande Radar.

— C'est la façon dont Ben sourit en relevant le coin droit de la bouche ? demande Lacey.

— Non, répond Radar. Et ne sois pas aussi dingue de Ben. C'est lourd.

— C'est l'idée d'être nu sous sa toge et de devoir rouler vers New York quand les gens dans les autres voitures pensent que tu es en robe ?

— Non, dit Radar. Ça, c'est juste dramatique.

— Tu apprendras à apprécier les robes, sourit Lacey. Tu vas adorer le petit courant d'air.

— J'ai trouvé ! dis-je. C'est un voyage de vingt-quatre heures en monospace. Génial parce que les virées en voiture le sont toujours et dramatique parce que l'essence qu'on bouffe va détruire la planète.

Radar répond non et ils continuent à chercher. Je roule à cent quinze kilomètres/heure en espérant ne pas me prendre de prune et en jouant aux devinettes métaphysiques. Finalement, le truc dramatiquement génial de Radar est de ne pas pouvoir rendre à temps sa toge de location. Je dépasse telle une fusée un flic garé sur la bande médiane. Je serre le volant des deux mains, persuadé qu'il va se lancer à ma poursuite pour m'arrêter. Mais non. Il sait peut-être que si je roule vite, c'est parce que j'y suis obligé.

Troisième heure
Ben a repris la place du mort. Je conduis toujours. On a tous faim. Lacey distribue un chewing-gum à chacun, mais c'est une piètre consolation. Elle rédige la liste gigantesque de nos besoins qu'on satisfera à la station BP lors de notre premier arrêt. La station a intérêt à être bien fournie parce qu'on va opérer une razzia.

Ben n'arrête pas de balancer les jambes d'avant en arrière.

– Tu arrêtes !

– Ça fait trois heures que j'ai envie de faire pipi.

– On est au courant.

– Je sens le pipi me remonter dans la cage thoracique. Je suis littéralement rempli de pipi. À l'heure actuelle, mon pote, soixante-dix pour cent de mon poids sont constitués de pipi.

– Oh, oh, dis-je, souriant à peine.

C'est drôle, mais j'en ai assez.

– Je suis à deux doigts de pleurer et ce sera des larmes de pipi.

Je me fais cueillir et je ris un peu.

En lui jetant un regard quelques minutes après,

je m'aperçois qu'il a la main serrée autour de son entrejambe, la toge retroussée.

– Qu'est-ce que tu fous ? je demande.

– Mon pote, il faut que j'y aille. Je contiens le flot. (Puis en se retournant vers Radar :) On s'arrête dans combien de temps ?

– On a encore deux cent trente kilomètres à faire si on veut se limiter à quatre arrêts, ce qui fait une heure cinquante-huit minutes et cinq secondes de route si Q. maintient l'allure.

– Je la maintiens ! je crie.

On est juste au nord de Jacksonville, plus très loin de la Géorgie.

– Je n'en peux plus, dit Ben. Trouve-moi quelque chose pour faire pipi dedans.

– Non ! s'écrie le chœur. Pas question. Retiens-toi comme un homme, un vrai. Comme une lady retient son hymen. Avec la dignité et la grâce qu'on devrait voir chez le président des États-Unis tenant le sort du monde libre entre ses mains.

– Donnez-moi un truc ou je fais pipi sur ce siège ! Et vite !

– La vache, s'exclame Radar en détachant sa ceinture.

Je le vois se glisser à l'arrière du véhicule et ouvrir la glacière. Il revient à son siège, se penche en avant et tend une bière à Ben.

– Heureusement qu'elle se dévisse, dit Ben en retroussant sa toge.

Il ouvre la bouteille, descend sa vitre et regarde la bière couler le long de la voiture avant de s'écraser sur la route dans un jet d'éclaboussures. Puis il glisse la bouteille sous sa toge sans nous montrer les soi-disant plus grosses boules d'Amérique et chacun attend, trop dégoûté pour regarder.

— Tu ne peux vraiment pas te retenir ? demande Lacey au moment où on entend le bruit.

Un bruit que je n'avais jamais entendu, mais reconnaissable entre mille, le bruit du pipi touchant le fond d'une bouteille de bière. On dirait presque de la musique. Une musique répugnante au rythme cadencé. Ben sourit, le regard dans le vague. Je lis le soulagement dans ses yeux.

— Plus on attend, plus c'est bon, dit-il.

Le bruit passe bientôt du tintement du pipi heurtant le verre au glouglou du pipi tombant sur du pipi. Le sourire de Ben se dissipe lentement.

— Mon pote, je crois que j'ai besoin d'une autre bouteille, dit-il soudain.

— Une bouteille tout de suite ! je crie.

— Elle arrive ! répond Radar.

Je vois Radar se courber en un éclair au-dessus du siège arrière, plonger la tête dans la glacière et repêcher une bière dans la glace. Il la dévisse, entrouvre sa vitre et déverse la bière par l'interstice. Puis il revient vers l'avant d'un bond, glisse sa tête entre celle de Ben et la mienne, et tend la bière à Ben qui roule des yeux paniqués.

— L'échange risque d'être compliqué, dit-il.

Il y a un certain remue-ménage sous la toge dont je m'efforce de ne pas imaginer la nature quand Ben ressort une bouteille de bière blonde remplie de pipi (la couleur ressemble étrangement à celle de la bière). Il dépose la bouteille pleine sur le porte-gobelet, arrache la bouteille vide des mains de Radar et laisse échapper un soupir de soulagement.

Quant à nous, on a le loisir d'admirer le pipi dans le porte-gobelet. La chaussée n'est pas particulièrement déformée, mais les amortisseurs du monospace laissent à désirer. Et le pipi tremblote au goulot.

— Ben, si tu fais tomber du pipi dans ma voiture neuve, je te coupe les roupettes.

Sans cesser de faire pipi, Ben se tourne vers moi, un petit sourire aux lèvres.

— Il va te falloir un sacré couteau.

J'entends enfin le flot se tarir. Trois secondes après, Ben a terminé et d'un geste rapide, il balance le contenu de la nouvelle bouteille par la fenêtre, très vite suivi de la première.

Lacey fait semblant d'avoir un haut-le-cœur, à moins que ce ne soit un vrai.

— La vache ! Tu as bu quatre-vingts litres de flotte ce matin en te levant ? dit Radar.

Mais Ben est toujours aux anges.

— Pas une goutte sur le siège ! crie-t-il en levant les poings en l'air d'un geste de triomphe. Ça, c'est Ben Starling. Premier clarinettiste de la fanfare de Winter Park High School. Recordman du divin poirier. Champion du pipi en voiture. J'ai fait trembler le monde ! Je suis le meilleur !

Trente-cinq minutes plus tard, presque à la fin de notre troisième heure, j'entends soudain une petite voix :

— Tu me redis quand on s'arrête ?

— Une heure et trois minutes, si Q. maintient l'allure, répond Radar.

— D'accord, dit Ben. Tant mieux. Parce qu'il faut que je fasse pipi.

Quatrième heure
— On est bientôt arrivés ? demande Lacey pour la première fois.

Tout le monde rit. Quoi qu'il en soit, on est en Géorgie, un État que j'adore pour une seule et unique raison : la limitation de vitesse est fixée à cent vingt kilomètres/heure, ce qui signifie que je peux passer à cent trente kilomètres/heure. Cela mis à part, la Géorgie me rappelle la Floride.

On passe une heure à préparer notre premier arrêt, qui est primordial dans la mesure où je meurs de faim et que je suis déshydraté. Curieusement, parler de la bouffe qu'on va acheter à la station BP dissipe les crampes d'estomac. Lacey prépare une liste à chacun, rédigée en petites lettres au dos de reçus qu'elle a trouvés dans son sac. Elle demande à Ben de se pencher au-dehors pour vérifier de quel côté se trouve le bouchon du réservoir. Et nous oblige à mémoriser nos listes avant de nous interroger. On répète plusieurs fois notre descente à la station-service, qui doit être exécutée comme un arrêt au stand lors d'une course de voitures.

— Une dernière fois, dit Lacey.
— Je m'occupe de l'essence, dit Radar. Dès que j'ai commencé à faire le plein, je fonce à l'intérieur de la station même si je suis censé rester à côté de la voiture pendant que le réservoir se remplit et je te rends ta carte. Puis je retourne à la pompe.
— Je donne ma carte au type derrière le comptoir, dit Lacey
— Ou à la fille, j'ajoute.
— Hors sujet, répond Lacey.

— Je dis simplement, ne soyons pas sexistes.

— N'importe quoi, Q. Je donne ma carte à la personne derrière le comptoir en lui disant d'enregistrer tout ce qu'on lui apporte en caisse. Puis je fais pipi.

— Pendant ce temps, je rassemble les articles sur ma liste et les apporte à la caisse, dis-je.

— Moi, je fais pipi, dit Ben. Et quand j'ai fini, je prends ce qu'il y a sur ma liste.

— N'oublie pas les T-shirts, ajoute Radar. Les gens n'arrêtent pas de me regarder bizarrement.

— En sortant des toilettes, je signe le reçu, dit Lacey.

— Dès que le réservoir est plein, je monte dans le monospace et je démarre, alors vous feriez mieux d'être dedans. Sinon, je n'hésiterai pas à vous abandonner à votre triste sort. Vous avez six minutes, dit Radar.

— Six minutes, je répète en hochant la tête.

— Six minutes, répètent à leur tour Lacey et Ben. Six minutes.

À dix-sept heures trente-cinq – il nous reste encore mille quatre cent cinquante kilomètres à parcourir – Radar nous informe que, selon son ordinateur de poche, la prochaine sortie sera une station BP.

Au moment où je bifurque vers la station, Lacey et Radar s'accroupissent derrière la porte coulissante. Ben, sa ceinture défaite, pose une main sur la poignée de sa portière et l'autre sur le tableau de bord. Je roule aussi vite et aussi longtemps que possible et freine à mort devant la pompe. Le monospace s'arrête dans un soubresaut. Radar et moi, nous nous croisons devant le capot, je lui lance les clefs et cours à toute vitesse au mini-supermarché. Lacey et Ben arrivent juste avant moi aux portes. Pendant que Ben fonce au rayon hygiène, Lacey explique à la femme (c'est une femme !) aux cheveux grisonnants qu'on va acheter beaucoup d'articles et qu'il faudra les enregistrer en caisse, le montant sera prélevé sur sa carte BP. La femme est un peu interloquée, mais elle accepte. Radar déboule alors à fond de train, sa toge lui battant les mollets, et rend sa carte à Lacey.

Entre-temps, je parcours en quatrième vitesse les rayons pour prendre les articles de ma liste. Ben est assigné aux denrées non périssables, moi à la bouffe. Je balaie l'endroit comme si j'étais une panthère, et les tacos, des gazelles blessées. Je me rue au comptoir les bras chargés de chips, de bœuf en conserve et de cacahuètes, avant de foncer au rayon bonbons, une poignée de bonbons à la menthe, une poignée de barres chocolatées et... ce n'est pas sur la liste, mais on s'en fout, j'adore les dragées. J'en ajoute donc trois paquets. Je retourne à la caisse et me précipite au rayon « frais », qui se résume à quelques sandwichs hors d'âge à la dinde, dinde qui ressemble étrangement à du jambon. J'en prends deux. En revenant à la caisse, je m'arrête pour deux paquets de caramels aux fruits, un de mini-gâteaux fourrés à la crème et un nombre indéterminé de barres énergétiques. Je retourne au comptoir à fond de train. Ben y est, toujours en toge, tendant des T-shirts et des lunettes de soleil à quatre dollars à la femme. Lacey débarque à son tour avec des litres de soda, de boissons énergétiques et de bouteilles d'eau. Des bouteilles géantes que même le pipi de Ben ne pourra remplir.

— Une seconde ! hurle Lacey.

Je panique. Je tourne en rond, les yeux furetant à l'intérieur du magasin, m'efforçant de me rappeler ce que j'ai oublié. Je jette un coup d'œil à ma liste. Tout y est, et pourtant j'ai l'impression d'avoir oublié quelque chose d'important. Quelque chose. *Allez, Jacobsen*. Chips, bonbons, dinde à l'aspect de jambon, sandwich beurre de cacahuètes et confiture et... quoi ? Quels sont les autres groupes de nourriture ? Viande, chips, bonbons, et, et, et, et fromage !

— Crackers ! dis-je beaucoup trop fort.

Et je fonce, me servant au vol en crackers au fromage ainsi qu'en biscuits au beurre de cacahuètes Grand-Maman pour faire bonne mesure. Après quoi je reviens ventre à terre à la caisse et jette le tout sur le comptoir. La femme a déjà rempli quatre sacs en plastique. La facture se monte à cent dollars, sans compter l'essence. Je vais devoir rembourser les parents de Lacey tout l'été.

La seule pause a lieu après que la femme du comptoir passe la carte BP de Lacey dans la machine. Je jette un coup d'œil à ma montre. On est censés partir dans vingt secondes. La machine recrache enfin le reçu. La femme le retire et Lacey le signe. Ben et moi attrapons les sacs et courons à la voiture. Radar fait vrombir le moteur comme pour dire *grouillez-vous*. On traverse le parking comme des dératés, la toge de Ben flottant au vent, découvrant ses jambes maigres et pâles, ainsi que ses bras au bout desquels pendent les sacs en plastique. Il a des faux airs de sorcier. Je vois les mollets de Lacey qui dépassent de sa robe, tendus sous l'effort. Je ne sais pas à quoi je ressemble, mais je sais comment je me sens : jeune. Idiot. Éternel. Je regarde Lacey et Ben s'entasser dans la voiture par la portière coulissante. Je les suis, atterrissant à moitié sur les sacs plastique et sur Lacey. Radar démarre en trombe tandis que je claque la portière. Il s'arrache du parking, marquant une première dans l'histoire légendaire du monospace, que jamais personne au monde n'a utilisé pour bouffer du bitume. Radar tourne à gauche pour rejoindre la nationale à une vitesse somme toute déraisonnable et reprend l'autoroute. On a quatre secondes d'avance sur le planning. Et comme les techniciens des courses automobiles, on se tape dans la main et on échange des congratulations. On a tout ce qu'il faut à bord. Ben a des récipients dans lesquels uriner. J'ai du bœuf en conserve. Lacey a ses bonbons à la menthe. Radar et Ben ont des T-shirts à enfiler par-dessus leurs toges. Le monospace est devenu une biosphère. Donnez-nous de l'essence et on continue jusqu'au bout du monde.

Cinquième heure

Bon, d'accord, on n'est peut-être pas aussi bien approvisionnés que ça, après tout. Dans le feu de l'action, il se trouve que Ben et moi avons commis quelques erreurs mineures (et pas fatales). Radar est seul à l'avant, Ben et moi sommes juste derrière sur la première banquette, on sort les affaires des sacs et on les passe à Lacey à l'arrière. Lacey trie à son tour les articles par piles, selon un schéma organisationnel compréhensible d'elle seule.

— Pourquoi les sédatifs ne sont-ils pas dans la même pile que les comprimés de caféine ? je demande. On ne devrait pas mettre tous les médicaments ensemble ?

— Q., mon trésor, tu es un garçon. Tu ne connais rien à ce genre de choses. Les comprimés de caféine vont avec le chocolat et le soda, parce que ce sont des excitants qui empêchent de dormir. Les sédatifs se rangent avec la viande en boîte parce que manger de la viande fatigue.

— Fascinant, dis-je.

Je tends les dernières provisions à Lacey.

— Q., où est la nourriture… comment dire… la bonne nourriture ?

— Euh ?

Lacey sort un double de la liste qu'elle avait rédigé à mon intention.

— Bananes, lit-elle. Pommes. Cranberries déshydratées. Raisins secs.

— Je vois. Le quatrième groupe de bouffe n'était pas crackers.

— Q. ! crie-t-elle furieuse. Je ne mange rien de tout ça !

— Mais tu peux manger des biscuits Grand-Maman, dit Ben en lui posant la main sur le bras. Ils ne te feront aucun mal. Ils ont été faits par Grand-Maman. Grand-Maman ne veut pas ton malheur.

Lacey souffle sur une mèche de cheveux qui lui retombe sur le visage. Elle a l'air sincèrement contrariée.

— En plus, lui dis-je, il y a les barres énergétiques Go Fast, enrichies aux vitamines.

— Enrichies aux vitamines et à trente grammes de matières grasses par barre !

— Ne t'avise pas de dire du mal des barres Go Fast, annonce Radar à l'avant. Tu veux que j'arrête cette voiture ?

— Chaque fois que je mange une barre Go Fast, ajoute Ben, je ne peux m'empêcher de penser que le sang doit avoir ce goût pour les moustiques.

Je défais l'emballage d'une barre Go Fast au chocolat et l'agite devant la figure de Lacey.

— Sens, lui dis-je. Sens la vitamine !

— Vous allez me faire grossir.

— Et te rendre boutonneuse, dit Ben. N'oublie pas les boutons.

Lacey prend la barre à contrecœur et croque dedans. Elle est obligée de fermer les yeux pour dissimuler le plaisir orgasmique que procurent immanquablement les barres Go Fast.

— La vache. Ça a le goût de l'espoir.

On vide enfin le dernier sac contenant deux grands T-shirts qui mettent Radar et Ben en transe car, grâce aux T-shirts, ils vont passer de types portant une toge ridicule à types portant un T-shirt géant sur une toge ridicule.

Seulement, quand Ben déplie les T-shirts, deux problèmes mineurs apparaissent. D'abord, il se trouve qu'un T-shirt taille large dans une station essence de Géorgie ne correspond pas à une taille large ailleurs. La taille large de la station-service est immense et tient plus du sac-poubelle que du T-shirt. Mais ce handicap n'est rien au regard du second qui est que les T-shirts arborent un énorme drapeau sudiste sur le devant, barré de la mention : L'HÉRITAGE, PAS LA HAINE.

— Oh, non, tu n'as pas fait ça, dit Radar quand je lui montre la cause de notre fou rire. Ben Starling, tu as intérêt à ne pas avoir acheté un T-shirt raciste à ton copain noir de service.

— J'ai pris les premiers qui me tombaient sous la main, mon pote.

— Oublie les « mon pote » pour l'instant, dit Radar, mais il rit en secouant la tête.

Je lui tends son T-shirt qu'il enfile en guidant le volant à l'aide des genoux.

— J'espère me faire arrêter, dit-il. J'aimerais voir la tête des flics devant un Noir en T-shirt sudiste passé sur une toge.

Sixième heure

Pour une raison que j'ignore, la portion de l'I-95 au sud de Florence en Caroline du Sud est visiblement l'endroit où se balader en voiture le vendredi soir. On est coincés dans un embouteillage depuis plusieurs kilomètres et bien que Radar rêve de dépasser la limitation de vitesse, il s'estime heureux quand il atteint les cinquante kilomètres/heure. Radar et moi sommes devant, et on se distrait en jouant à un jeu qu'on vient juste d'inventer, « Ce type est un gigolo ». Le jeu consiste à imaginer la vie des gens dans les voitures autour.

On roule à côté d'une Hispanique dans une Toyota toute cabossée. Je l'observe à la lumière du crépuscule.

— A quitté sa famille pour s'installer ici, dis-je.

Sans papiers. Envoie de l'argent chez elle tous les troisièmes mardis du mois. Elle a deux enfants en bas âge. Son mari est un travailleur itinérant. Il est dans l'Ohio en ce moment. Il ne passe que trois ou quatre mois par an à la maison, mais ils s'entendent toujours bien.

Radar se penche de mon côté pour lui jeter un regard d'une demi-seconde.

— Mais non Q., ce n'est pas aussi mélodrama-grave que ça. Elle est secrétaire dans un cabinet d'avocats. Regarde comme elle est habillée. Ça lui a pris trois ans, mais elle n'est pas loin d'obtenir son diplôme de juriste. Et elle n'a pas d'enfants ni de mari. Elle a un copain un peu inconstant qui a peur de s'engager. Un Blanc, inquiet de l'aspect mixité de toute l'affaire.

— Elle a une alliance, je fais remarquer.

À la décharge de Radar, j'ai eu le temps de l'observer. Elle est sur ma droite, un peu en dessous. Je la vois à travers sa vitre teintée, elle chante au son d'une chanson qui passe à la radio, les yeux fixés sur la route sans ciller. Les gens sont si nombreux. Il est facile d'oublier que le monde est si plein de gens, plein à craquer. Chacun lisible et régulièrement mal lu. Il me semble tenir là une idée importante, une idée autour de laquelle le cerveau devrait lentement s'enrouler, à l'instar d'un python, mais avant que je ne puisse la développer, Radar prend la parole.

— Elle la porte uniquement pour que des gros cochons comme toi ne viennent pas l'embêter, explique-t-il.

— Peut-être, dis-je en souriant.

Je reprends ma barre Go Fast entamée sur mes

genoux et en mange une bouchée. Le silence retombe et je repense à cette idée qu'on peut ou non voir les gens, à la vitre teintée qui me sépare de cette femme qui roule toujours à nos côtés, elle et moi dans des voitures remplies de fenêtres et de miroirs, tandis qu'elle se traîne avec nous sur cette autoroute bondée. Quand Radar se remet à parler, je me rends compte que lui aussi réfléchissait.

– Le truc avec ce jeu, dit Radar, c'est qu'au final il en révèle bien plus sur la personne qui imagine que sur celle à propos de laquelle on gamberge.

– C'est exactement ce que j'étais en train de me dire, je renchéris.

Et je ne peux m'empêcher de penser que Whitman, malgré sa beauté sauvage, a peut-être fait preuve d'un peu trop d'optimiste. On entend les autres, on voyage vers eux sans bouger, on les imagine et on est tous reliés les uns aux autres par un réseau de racines dément, à l'image de tant de feuilles d'herbe, mais à la lumière de ce jeu, je me demande si on est jamais susceptible de devenir complètement l'autre.

Septième heure
On finit par dépasser un camion qui s'était mis en travers de la route et on reprend de la vitesse, mais Radar calcule de tête qu'à partir de maintenant jusqu'à Agloe notre moyenne devra être de cent vingt-cinq kilomètres/heure. Ça fait une heure tout rond que Ben ne nous a pas dit qu'il avait envie de faire pipi. La raison en est simple, il dort. À dix-huit heures exactement, il a pris un

sédatif. Il est allongé à l'arrière où Lacey et moi l'avons attaché avec deux ceintures de sécurité, rendant sa position encore plus inconfortable mais 1) c'est pour son bien et 2) on savait tous que vingt minutes après, il se ficherait de l'inconfort puisqu'il serait profondément endormi. Ce qui est actuellement le cas. Il sera réveillé à minuit. Je viens de coucher Lacey à vingt et une heures dans la même position sur le siège derrière nous. On la réveillera à deux heures. L'idée est de faire dormir tout le monde par roulement de façon à ne pas avoir à nous mettre des allumettes dans les yeux pour les tenir ouverts en arrivant à Agloe.

Le monospace est devenu une sorte de petite maison. Je suis assis à la place du mort, le boudoir, la meilleure pièce car on y dispose de beaucoup d'espace et le siège est assez confortable.

Sur le tapis de sol sous mon siège se trouve le bureau, où sont éparpillés la carte des États-Unis prise par Ben à la station BP, les indications imprimées par moi et le bout de papier sur lequel Radar a gribouillé ses calculs de vitesse et de distance.

Radar est sur le siège conducteur, le salon. Le salon ressemble beaucoup au boudoir, à part qu'on y est moins détendu. Par ailleurs, il est plus propre.

Entre le salon et le boudoir se trouve la console centrale, autrement dit la cuisine. On y entrepose des stocks impressionnants de bœuf en boîte, de barres Go Fast et de bouteilles d'une boisson énergétique magique appelée Blue, que

Lacey a mise sur la liste des courses. Ce sont de jolies petites bouteilles ergonomiques en verre. Le Blue a le goût de la barbe à papa. Et le Blue a le mérite de vous aider à rester réveillé mieux que n'importe quel autre produit dans toute l'histoire de l'humanité, mais ça rend un peu nerveux. Radar et moi avons décidé d'arrêter d'en boire deux heures avant notre pause. La mienne débute à minuit, au réveil de Ben.

La première rangée de sièges est la première chambre. C'est la moins attrayante dans la mesure où elle est trop près de la cuisine et du salon, où les gens discutent, quand ils ne mettent pas la radio.

Derrière, vous avez la deuxième chambre, plus sombre, plus tranquille et, d'une manière générale, supérieure à la première.

Et derrière encore, se trouve le réfrigérateur, ou glacière, qui renferme actuellement 210 bières dans lesquelles Ben n'a pas encore fait pipi, les sandwichs à la dinde à l'aspect de jambon et des sodas.

Cette maison a beaucoup d'atouts. Elle est entièrement moquettée. Elle dispose de l'air conditionné et du chauffage central. L'ensemble est équipé pour recevoir le son stéréo. Il faut reconnaître que la superficie n'est que de cinq mètres carrés. Mais on ne peut pas lutter contre un loft.

Huitième heure
Juste après notre passage en Caroline du Nord, je surprends Radar en train de bâiller et insiste pour qu'il me repasse le volant. De toute façon,

j'adore conduire. Ce véhicule est peut-être un monospace, mais c'est mon monospace ! Radar se dégage rapidement de son siège et passe dans la première chambre, tandis que j'attrape le volant pour le stabiliser, enjambant rapidement la cuisine pour prendre place sur le siège conducteur.

Voyager nous apprend beaucoup sur nous-même. Par exemple, je n'aurais jamais cru être le genre d'individu capable de faire pipi dans une bouteille de boisson énergétique pratiquement vide tout en conduisant à cent vingt-cinq kilomètres/heure. Mais il se trouve que je le suis. Par ailleurs, j'ignorais jusque-là qu'en mélangeant du pipi à un reste de Blue on obtenait une couleur étonnante d'un turquoise iridescent. Je trouve la couleur tellement belle que je suis tenté de reboucher la bouteille et de la laisser sur le porte-gobelet de façon que Lacey et Ben puissent l'admirer à leur réveil.

Mais Radar est d'un avis différent.

— Si tu ne balances pas cette merde par la vitre tout de suite, je mets fin à onze ans d'amitié, prévient-il.

— Ce n'est pas de la merde, mais du pipi, dis-je.

— Dehors, dit-il.

Je la jette donc. Dans le rétroviseur extérieur, je vois la bouteille heurter la chaussée et exploser telle une bombe à eau. Radar le voit aussi.

— La vache, s'exclame-t-il. J'espère que c'est le genre d'événement traumatique tellement destructeur pour le psychisme qu'il s'oublie instantanément.

Neuvième heure

J'ignorais totalement jusqu'ici qu'on puisse se lasser de manger des barres Go Fast. Et pourtant si. Je n'en suis qu'à la deuxième bouchée de ma quatrième barre de la journée quand mon estomac se rebelle. Je soulève la console centrale et range le reste à l'intérieur. Cette partie de la cuisine est connue de tous comme le garde-manger.

– Je regrette qu'on n'ait pas de pommes, dit Radar. Ce serait bon de manger une pomme maintenant, non ?

Je soupire. Stupide quatrième groupe de nourriture. Par ailleurs, bien que j'aie cessé de boire du Blue depuis quelques heures déjà, je continue à me sentir extrêmement fébrile.

– Je me sens toujours aussi nerveux, dis-je.

– Oui, renchérit Radar. Je n'arrête pas de tapoter mes doigts.

Je regarde ses mains. Il tapote ses genoux sans bruit.

– Je ne peux pas m'en empêcher, confirme-t-il.

– Je comprends. Je ne suis pas fatigué. On n'a qu'à rester debout jusqu'à quatre heures et réveiller les autres à ce moment-là. On dormira jusqu'à huit heures.

– D'accord, approuve-t-il.

Le silence retombe. La route est dégagée, livrée aux seuls semi-remorques et à moi. J'ai l'impression que mon cerveau traite les informations à une vitesse onze mille fois supérieure à la normale et il me semble m'adonner à une activité d'une simplicité enfantine, rouler sur une autoroute est la chose la plus aisée et la plus agréable qui soit. L'unique responsabilité qui m'incombe est de ne pas sortir des lignes au sol, de m'assurer que je ne roule pas trop près d'une autre voiture et de maintenir la distance de sécurité. Peut-être que Margo a ressenti la même chose, sauf que si j'avais été seul, je n'aurais pas eu la même impression.

Radar brise le silence.

— Si on ne doit pas dormir avant quatre heures…

— On ferait mieux d'ouvrir une autre bouteille de Blue, je finis pour lui.

Aussitôt dit, aussitôt fait.

Dixième heure

C'est l'heure de notre deuxième arrêt. Il est minuit treize. J'ai l'impression que mes doigts ne sont plus des doigts, mais du mouvement pur. Je tripote le volant en conduisant.

Une fois que Radar a trouvé la station BP la plus proche sur son ordinateur de poche, on décide de réveiller Lacey et Ben.

— On va s'arrêter, dis-je.

Aucune réaction.

Radar se retourne et pose la main sur l'épaule de Lacey.

— Lacey, c'est l'heure de se réveiller.

Rien.

J'allume la radio. Je trouve une station qui passe des vieilleries. Une chanson des Beatles, «Good Morning». Je monte un peu le son. Pas de réaction. Radar monte encore le son. Pas de réaction. Radar monte encore le son. Et encore. Puis c'est le refrain qu'il entonne en chœur. Je m'y mets aussi. Il n'est pas impossible que ce soit mon couinement de crécelle qui finisse par les réveiller.

— Stop ! hurle Ben.

On baisse la musique.

— Ben, on s'arrête. Tu as besoin de faire pipi.

Silence. Puis on entend du remue-ménage derrière dans l'obscurité et je me demande si Ben dispose d'une quelconque méthode pour vérifier l'état de sa vessie.

— Ça va pour le moment, dit-il.

— Bon, alors tu t'occupes de l'essence.

— Étant le seul garçon à ne pas avoir fait pipi dans la voiture, je réclame d'être le premier à passer aux toilettes, dit Radar.

— Chut, marmonne Lacey. Chut. Arrêtez de parler.

— Lacey, il faut te réveiller pour faire pipi, dit Radar. On fait un arrêt.

— Tu pourras acheter des pommes, dis-je.

— Des pommes, marmonne-t-elle d'une voix de petite fille trop mignonne. J'adore les pommes.

— Et ensuite, c'est à ton tour de conduire, dit Radar. Par conséquent, il faut vraiment te réveiller.

Elle se redresse.

— Ça ne me dit trop rien, répond-elle de sa voix normale.

On prend la sortie. La station BP est à quatorze kilomètres, ce qui n'est pas très loin, mais Radar prétend que ça va nous coûter quatre minutes, sans compter que les embouteillages en Caroline du Sud nous ont retardés. Par conséquent, les travaux qui nous attendent plus loin pourraient nous mettre vraiment dans le pétrin. Mais je n'ai pas le droit de me faire de bile. Lacey et Ben sont suffisamment réveillés pour se tenir prêts derrière la portière coulissante comme la dernière fois, et dès que je m'arrête devant la pompe tout le monde se jette dehors. Je balance les clefs à Ben qui les rattrape au vol.

En passant à toute allure devant le Blanc qui tient le comptoir, Radar remarque qu'il le dévisage.

– Oui, lui dit Radar sans la moindre gêne, je porte un T-shirt L'HÉRITAGE, PAS LA HAINE sur la toge de ma remise de diplômes. Au fait, vous vendez des pantalons ?

Le type est stupéfait.

– On a quelques treillis près de l'huile de moteur.

– Parfait, dit Radar. (Puis se tournant vers moi :) Sois chou et choisis-moi un treillis. Et peut-être un autre T-shirt.

– C'est comme si c'était fait, je lui réponds.

Il se trouve que les treillis ne se vendent pas dans toutes les tailles. Uniquement en moyen et large. J'en prends un moyen ainsi qu'un T-shirt en taille large avec la mention MEILLEURE MAMIE DU MONDE. Je prends également trois bouteilles de Blue.

Je donne mes achats à Lacey à sa sortie des toilettes pour dames dans lesquelles je m'engouffre, car Radar occupe toujours celles des hommes. Je ne sais si je suis déjà entré dans les toilettes pour dames d'une station-service.

Différences :
Pas de distributeur de préservatifs
Moins de graffitis
Pas d'urinoir

L'odeur est plus ou moins la même, ce qui se révèle plutôt décevant.

Quand je sors, Lacey est en train de payer, Ben klaxonne et après quelques secondes d'hésitation, je cours à la voiture.

— On a perdu une minute, annonce Ben, assis à la place du mort.

Lacey reprend la route et nous ramène à l'autoroute.

— Désolé, dit Radar, assis à côté de moi, en se tortillant pour enfiler son treillis sous sa toge.

— Côté bonus, j'ai gagné un treillis et un nouveau T-shirt. Où est le T-shirt, Q. ?

Lacey le lui tend.

— Très drôle, commente-t-il.

Il retire sa toge et la remplace par le T-shirt Mamie pendant que Ben se plaint que personne ne lui a acheté de pantalon. Il a le derrière qui gratte, dit-il. Et maintenant qu'il y pense, il se demande s'il n'a pas envie de faire pipi.

Onzième heure

On arrive aux travaux de voirie. La route se rétrécit à une file et on est coincés derrière un semi-remorque roulant à l'exacte vitesse maximale qui est de cinquante kilomètres/heure. Lacey est la conductrice idéale dans ce genre de situation. Alors que je serais en train de tambouriner sur le volant, elle bavarde aimablement avec Ben.

Soudain, elle se retourne à demi vers moi.

— Q., j'ai absolument besoin d'aller aux toilettes et, de toute façon, on perd du temps derrière ce camion.

Je hoche la tête. Comment lui en vouloir ? Je

nous aurais obligés à nous arrêter depuis belle lurette si je n'avais pas pu faire pipi dans une bouteille. C'est héroïque de sa part d'avoir tenu si longtemps.

Lacey s'arrête dans une station ouverte toute la nuit et je descends pour me dégourdir les jambes. À son retour, je suis assis derrière le volant. J'ignore comment je me suis retrouvé à sa place. Elle court jusqu'à la portière et me voit. La vitre est ouverte.

– Je peux conduire, lui dis-je.

C'est ma voiture après tout et ma mission.

– Tu es sûr, vraiment ? demande-t-elle.

– Oui, oui, je suis prêt.

Elle ouvre la portière coulissante et se jette sur la banquette.

Douzième heure

Il est deux heures quarante. Lacey dort. Radar dort. Je conduis. La route est déserte. La plupart des routiers se sont couchés. Il peut se passer plusieurs minutes avant qu'on croise des phares dans l'autre sens. Ben me fait la conversation pour m'empêcher de m'endormir. On parle de Margo.

– Tu sais comment trouver Agloe ? me demande-t-il.

– J'ai une vague idée de l'endroit où se trouve le croisement. Agloe se résume à un croisement.

– Et tu crois qu'elle sera assise sur le coffre de sa voiture, le menton dans les mains, à t'attendre ?

– Ça nous arrangerait bien.

– Mon pote, j'ai peur que, si les choses ne

se passent pas comme tu les as prévues, tu sois très déçu.

— Je veux simplement la retrouver, dis-je parce que c'est la vérité.

Je la veux saine et sauve, vivante, là. La ligne déroulée en entier. Le reste est secondaire.

— Oui, mais… je ne sais pas, dit Ben.

Je sens son regard tourné vers moi, il fait son sérieux.

— Essaie de ne pas oublier qu'il arrive parfois que l'idée qu'on se fait des gens ne corresponde pas forcément à ce qu'ils sont réellement. J'ai toujours pensé que Lacey, par exemple, était trop sexy, trop époustouflante, trop géniale, mais maintenant que je sors avec elle, ce n'est plus la même chose. Les gens sont différents quand on les renifle de près.

— Je sais.

Je sais que je l'ai trop longtemps, trop mal imaginée.

— C'était plus facile d'aimer Lacey auparavant. C'est toujours plus facile d'aimer les gens de loin. Quand elle a cessé d'être cette chose incroyablement inaccessible et qu'elle est devenue une fille normale avec une relation étrange à la bouffe, des sautes d'humeur et une tendance à l'autoritarisme, j'ai dû me mettre à aimer quelqu'un de radicalement différent, au fond.

Je sens la chaleur me monter aux joues.

— Tu es en train de me dire que je n'aime pas vraiment Margo ? Après tout ça… douze heures dans une voiture… et tu crois que je ne m'intéresse pas à elle sous prétexte que je ne… Ce n'est pas parce que tu as une copine que tu peux te permettre de me faire la leçon du haut de ta montagne ! Parfois tu es...

J'arrête de parler parce que, à la périphérie des phares, je vois la chose qui va bientôt nous tuer.

Deux vaches inconscientes sur la route. Surgissant d'un coup sous nos yeux, une vache tachetée dans la file de gauche, et dans la nôtre une immense créature de la largeur de la voiture, immobile, la tête tournée vers nous, nous jaugeant de ses yeux impassibles. La vache est d'une blancheur éblouissante, un grand mur blanc de vache qu'on ne peut pas escalader, ni éviter, ni esquiver. Seule option : la collision. Je sais que Ben l'a vue aussi, parce qu'il a cessé de respirer.

Il paraît que c'est le moment où l'on voit sa vie défiler devant ses yeux, mais ce n'est pas le cas pour moi. Rien ne défile devant mes yeux si ce n'est cette étendue incroyablement vaste de fourrure neigeuse, à moins d'une seconde de la voiture. Je ne sais pas quoi faire. Non, ce n'est pas ça, le problème. Le problème, c'est qu'il n'y a rien à faire si ce n'est percuter ce grand mur blanc et le tuer, nous avec. J'appuie comme un dingue sur le frein, mais plutôt par habitude que par conviction. Aucun moyen d'éviter ça. Je lâche le volant et lève les mains. J'ignore pourquoi, mais je lève les mains, en signe de capitulation peut-être. Une pensée effroyablement banale me traverse l'esprit. Je ne veux pas que ça arrive. Je ne veux pas mourir. Ni que mes copains meurent. Et pour être honnête, alors que le temps ralentit, les mains en l'air, je m'offre une dernière pensée. Je pense à elle. Je lui en veux pour cette course ridicule et fatale, je lui en veux de nous exposer à des dangers pareils, de me transformer en baroudeur qui reste debout toute la nuit et roule trop vite. Sans elle, je ne serais pas en train de mourir. Je serais resté à la maison, comme toujours, en sécurité, j'aurais fait ce dont j'ai toujours rêvé, grandir.

Ayant abandonné le contrôle du vaisseau, je suis surpris de voir une main sur le volant. La voiture pivote avant que je me rende compte qu'elle pivote. Et c'est alors que je réalise que Ben tire le volant vers lui, nous faisant tourbillonner dans le fol espoir d'éviter la vache, et on se retrouve sur le bas-côté, puis dans l'herbe. J'entends les roues virevolter quand Ben braque comme un damné dans l'autre sens. Je cesse de regarder. Je ne sais pas si mes yeux sont fermés ou s'ils ont cessé de voir. Mon ventre et mon thorax s'écrasent l'un contre l'autre en se rejoignant au milieu. Quelque chose de coupant heurte ma joue. La voiture s'arrête.

J'ignore pourquoi mais je me touche le visage. Je retire ma main et je vois du sang. Je me touche les bras et les mains, je serre mes bras autour de ma poitrine, pour vérifier s'ils sont toujours là, ils y sont. Je regarde mes jambes. Présentes. Je vois du verre. Je balaie la voiture du regard. Des bouteilles cassées. Ben me fixe. Il se touche le visage. Il a l'air entier. Il serre ses bras autour de son torse, comme je l'ai fait. Son corps fonctionne. Il me fixe. Dans le rétroviseur, je vois la vache. Et maintenant, à contretemps, Ben crie. Il me regarde et crie, la bouche grande ouverte, un cri de peur profond et guttural. Il cesse de crier.

Quelque chose ne va pas. Je me sens faible. Ma poitrine me brûle. J'avale de l'air. J'avais oublié de respirer. J'ai retenu ma respiration tout ce temps. Je me sens beaucoup mieux maintenant que j'ai repris mon souffle. *Inspirer par le nez, expirer par la bouche.*

— Quelqu'un est blessé ? hurle Lacey.

Elle défait la ceinture qui la maintenait attachée pendant son sommeil et se penche à l'arrière. En me retournant, je m'aperçois que la porte du coffre est ouverte et l'espace d'une seconde, j'ai peur que Radar ait été éjecté de la voiture, mais voilà qu'il se redresse. Il se passe les mains sur le visage.

— Je n'ai rien. Je n'ai rien. Et vous ? demande-t-il.

Lacey ne répond même pas, elle bondit à l'avant entre Ben et moi et se penche au-dessus de la cuisine pour examiner Ben.

— Où as-tu mal, mon bébé ?

Elle a les yeux qui débordent de larmes telle une piscine par un jour de pluie.

— Ça va, ça va, répond Ben. Q. saigne.

Lacey se tourne vers moi et je ne devrais pas pleurer, mais je pleure. Pas parce que je suis blessé, mais parce que j'ai peur, que j'ai levé les mains, que Ben nous a sauvés et que, maintenant, il y a cette fille qui me regarde, avec les yeux d'une mère. Ça ne devrait pas me faire craquer et pourtant, si. Je sais que la coupure sur ma joue n'est pas grave et j'essaie de le lui dire, mais je n'arrête pas de pleurer. Lacey appuie sur la coupure de ses doigts fins et doux. Elle crie à Ben de trouver quelque chose pour faire pansement. Je me retrouve avec un petit bout de drapeau sudiste sur la joue.

— Appuie fort dessus. Tout va bien. Tu as mal ailleurs ? demande-t-elle.

Je réponds non. C'est à cet instant que je me rends compte que le moteur tourne toujours et que la vitesse est enclenchée. La voiture est à l'arrêt uniquement parce que j'ai le pied sur le frein. Je passe sur «Park» et coupe le contact. J'entends alors du liquide couler, pas goutte à goutte mais en cascade.

— On ferait mieux de sortir, dit Radar.

Je tiens le bout de drapeau sudiste contre ma joue. Le bruit du liquide qui s'échappe de la voiture persiste.

— C'est l'essence ! Ça va sauter ! hurle Ben.

Il ouvre sa portière et prend ses jambes à son cou, pris de panique. Il saute une barrière à claire-voie et s'enfuit à travers champs. Je sors également mais pas avec la même hâte. Radar est dehors aussi et tandis que Ben détale comme un lapin, il est pris d'un fou rire.

— C'est la bière, dit-il.

— Quoi ?

— Toutes les bouteilles se sont cassées, explique-t-il en me montrant la glacière grande ouverte d'où s'échappent des litres de liquide mousseux.

On essaie d'appeler Ben mais il ne nous entend pas car il continue de hurler «Ça va sauter!» en traversant le champ. Sa toge se soulève, et à la lumière grise de l'aube on découvre son derrière maigrichon.

Je me retourne vers la route en entendant une voiture arriver. Le monstre blanc et sa copine tachetée sont arrivés sans encombre de l'autre côté de la route, toujours impassibles. En tournant à nouveau les yeux vers la voiture, je m'aperçois qu'elle a glissé contre la clôture.

Je constate les dégâts quand Ben finit par revenir en traînant des pieds. Au moment où il a braqué, la voiture a dû frotter contre la clôture, car je découvre un trou dans la portière coulissante, assez profond pour qu'on voie à l'intérieur en se penchant. Mais à part cela, elle est indemne. Pas d'autres bosses. Ni de vitre cassée. Ni de pneu à plat. Je fais le tour pour refermer le coffre et constate que les bouteilles de bière continuent de déverser leurs bulles. Lacey vient me trouver et me prend par la taille. On regarde ensemble les rigoles de liquide mousseux se répandre dans le fossé sous nos pieds.

– Que s'est-il passé ? demande-t-elle.

Je lui raconte. On était morts quand Ben a fait pivoter royalement la voiture, telle une ballerine automobile de génie.

Ben et Radar se sont glissés sous le monospace. Ils n'y connaissent que couic en mécanique, mais je suppose que ça leur fait du bien. Le bas de la toge de Ben et ses mollets nus dépassent du capot.

– Mon pote, crie Radar, elle est nickel. Nickel.

– Radar, dis-je, la voiture a fait au moins huit tête-à-queue. Elle ne peut pas être nickel.

– Elle en a l'air, répond Radar.

– Viens là, toi, dis-je à Ben en l'attrapant par ses baskets.

Il se dégage et je lui tends la main pour l'aider à se relever. Les siennes sont noires de graisse. Je l'attrape et le serre dans mes bras. Si je n'avais pas abandonné le contrôle du volant et s'il n'avait pas pris celui du vaisseau avec cette dextérité, je serais sûrement mort à l'heure qu'il est.

— Je n'ai jamais assisté de ma vie à une démonstration de conduite aussi balèze depuis la place du mort.

Il tapote ma joue indemne de sa main graisseuse.

— Je l'ai fait pour sauver ma peau, répond-il. Crois-moi si je te dis que je n'ai pas pensé à toi une seconde.

Je ris.

— Moi non plus, dis-je.

Ben me regarde, sur le point de sourire.

— C'était une vache colossale. Plus une baleine de terre qu'une vache d'ailleurs.

J'éclate de rire.

Radar sort de dessous la voiture.

— Mon pote, elle est vraiment nickel. On n'a perdu que cinq minutes. On n'a même pas besoin d'augmenter notre moyenne.

Lacey observe le trou dans la portière, les lèvres pincées.

— Qu'en penses-tu ? je lui demande.

— On fonce, répond-elle.

— On fonce, décide Radar.

Ben gonfle les joues et souffle.

— En raison de ma sensibilité à la pression exercée par mes semblables : on fonce.

— On fonce, dis-je à mon tour. Mais pas question que je retouche à ce volant.

Ben récupère les clefs. On regagne le monospace. Radar nous guide pour remonter l'accotement et reprendre l'autoroute. On est à huit cent soixante-dix kilomètres d'Agloe.

Treizième heure
— Au fait, vous vous rappelez la fois où on allait mourir, dit Radar toutes les deux minutes. Où Ben a pris le volant pour éviter une méga-vache et fait tournoyer la voiture comme les tasses à DisneyWorld, nous sauvant la vie ?

Lacey se penche par-dessus la cuisine et pose la main sur le genou de Ben.

— Tu es un héros, tu réalises ? dit-elle. On distribue des médailles pour moins que ça.

— Je l'ai déjà dit et je le répète : je n'ai pensé qu'à moi et à aucun de vous. Je voulais sauver ma peau.

— Tu es un menteur. Espèce d'adorable menteur héroïque, dit-elle en lui déposant un baiser sur la joue.

— Au fait, vous vous rappelez la fois où j'étais attaché sur deux sièges à l'arrière et où la porte du coffre s'est ouverte : toute la bière s'est déversée mais je m'en suis tiré sans une égratignure ? Comment est-ce possible ?

— Si on jouait aux devinettes métaphysiques ? propose Lacey. Devinette : le cœur d'un héros, un cœur qui ne bat pas que pour lui mais pour le reste de l'humanité.

— Je ne fais pas mon modeste ! Je ne voulais pas mourir ! s'exclame Ben.

— Au fait, vous vous rappelez la fois où on n'est pas morts, il y a vingt minutes, dans le monospace ?

Quatorzième heure
Une fois le choc passé, on nettoie. Nous efforçant de rassembler les débris de verre des bouteilles de Blue sur des bouts de papier qu'on fait

glisser dans un sac en plastique dont on se débarrassera plus tard. Le tapis de sol est détrempé, du soda, du Blue, qu'on tente d'éponger à l'aide des quelques serviettes en papier qu'on a trouvées. La voiture ne pourra cependant pas échapper au minimum à un bon lavage, sauf qu'on n'en aura pas le temps avant Agloe. Radar a regardé sur son ordinateur portable à combien va se monter le remplacement du panneau : trois cents dollars sans la peinture. Le coût de ce voyage n'en finit pas de grimper, mais je me rattraperai cet été en travaillant au bureau de mon père. Et de toute façon, c'est une maigre rançon à payer pour récupérer Margo.

Le soleil se lève sur notre droite. Ma joue saigne toujours. Le bout de drapeau sudiste est cette fois collé à la blessure, je n'ai plus à le tenir.

Quinzième heure

Une maigre rangée de chênes dissimule les champs de maïs qui s'étirent à perte de vue. Le paysage change, mais rien d'autre ne change. Les autoroutes comme celle-ci font du pays tout entier un seul et même univers : fast-foods, pompes à essence, cafétérias. Je devrais sans doute haïr cet aspect et me languir du bon vieux temps, de l'époque où ça fleurait bon le terroir à chaque tournant... mais non. J'aime ça. J'aime l'uniformité. J'aime pouvoir rouler quinze heures loin de chez moi sans que le monde change vraiment. Lacey referme sur moi les deux ceintures de sécurité à l'arrière.

— Tu as besoin de te reposer, dit-elle. Tu en as bavé.

C'est incroyable que personne ne m'en ait encore voulu de ne pas avoir été plus offensif dans la bataille qui nous a opposés à la vache.

Tandis que je cesse de parler, je les entends rire, je n'entends pas les mots, mais le rythme, la montée et la chute des blagues qu'ils s'envoient. J'aime écouter, flâner dans l'herbe. Alors je décide que, si on arrive à temps mais qu'on ne la retrouve pas, on se paiera une balade dans le parc de Catskill où on dénichera un endroit pour s'installer et flâner dans l'herbe, parler, se raconter des blagues. Peut-être que la certitude de la savoir vivante rend à nouveau ce projet possible, bien que je n'en aie pas la preuve. Je parviens presque à imaginer le bonheur sans elle, la possibilité de la laisser s'en aller, de sentir nos racines reliées même si je ne revois jamais cette feuille d'herbe.

Seizième heure
Je dors.

Dix-septième heure
Je dors.

Dix-huitième heure
Je dors.

Dix-neuvième heure
À mon réveil, Radar et Ben sont en train de se disputer bruyamment à propos du nom de la voiture. Ben voudrait l'appeler Mohammed Ali, parce que, comme Mohammed Ali, elle encaisse les coups et continue d'avancer. Radar prétend qu'on ne peut pas donner le nom d'une figure

historique à une voiture. Il préférerait l'appeler Lurlene parce que ça lui va bien.

— Tu veux la baptiser Lurlene ? demande Ben, que cette idée fait hurler d'horreur. Ce pauvre véhicule n'a-t-il pas déjà assez souffert ?

Je défais une de mes ceintures et me redresse. Lacey se retourne vers moi.

— Bonjour, dit-elle. Bienvenue dans le merveilleux État de New York.

— Quelle heure est-il ?

— Neuf heures quarante-deux.

Elle a relevé ses cheveux en queue-de-cheval, mais les mèches les plus courtes s'en sont échappées.

— Comment ça va ? demande-t-elle.

— J'ai peur.

Lacey me sourit en hochant la tête.

— Moi aussi. J'ai l'impression que trop de scénarios possibles nous attendent pour qu'on puisse se préparer à aucun.

— Oui, dis-je.

— J'espère qu'on restera amis tous les deux cet été, dit-elle.

Et pour une raison que j'ignore, ce qu'elle dit me réconforte. On ne sait jamais ce qui est susceptible de vous aider.

Radar propose maintenant que la voiture s'appelle la Dinde grise. Je me penche en avant afin de me faire entendre de tous.

— La Toupie, dis-je. Plus on la tourne fort, mieux elle marche.

Ben acquiesce.

— On devrait te sacrer inventeur officiel de noms, dit Radar en se retournant.

Vingtième heure
Je suis dans la première chambre avec Lacey. Ben conduit. Radar est copilote. Je dormais au moment du dernier arrêt, mais ils ont pensé à prendre une carte de l'État de New York. Agloe n'est pas marqué, mais il n'y a que cinq ou six carrefours au nord de Roscoe. J'ai toujours imaginé New York comme une métropole tentaculaire sans fin, mais le paysage n'est que moutonnements de collines que le monospace remonte vaillamment au prix de maints efforts. La conversation s'éteint et Ben se penche pour allumer la radio.
— Devinettes métaphysiques ! dis-je alors.
— Devinette : quelque chose que j'aime beaucoup, commence Ben.
— Je sais, dit Radar. C'est le goût des roupettes.
— Non.
— Le goût du pénis ? je propose.
— Non, bande de crétins, dit Ben.
— Hum…, dit Radar. C'est l'odeur des roupettes ?
— La texture des roupettes ? dis-je.
— Allez, bande d'abrutis, ça n'a rien à voir avec les organes génitaux. Lacey ?
— C'est de se rendre compte qu'on a sauvé trois vies ?
— Non. Et à mon avis, vous n'êtes pas près de trouver.
— Qu'est-ce que c'est alors ?
— C'est Lacey, répond-il, et je constate qu'il lui lance un regard dans le rétroviseur.
— Crétin, c'est censé être une devinette métaphysique. Quelque chose qu'on ne voit pas.
— Ça l'est. Ce que j'aime beaucoup, c'est Lacey, mais pas celle qui est visible.

— Oh, gerbe ! dit Radar, mais Lacey défait sa ceinture et se penche par-dessus la cuisine pour murmurer quelque chose à l'oreille de Ben, le faisant rougir.

— Je promets de ne pas faire le débile, dit Radar. Devinette : quelque chose qu'on ressent tous.

— Une fatigue hallucinante, je propose.

— Non. Bien que ce soit une excellente réponse.

— Est-ce cette sensation bizarre qu'on a après avoir absorbé tant de caféine ? L'impression que les battements du cœur se propagent à tout le corps ?

— Non. Ben ?

— L'envie de faire pipi ou c'est seulement moi ?

— Comme d'habitude, c'est seulement toi. D'autres propositions ?

Tout le monde se tait.

— La bonne réponse est qu'on serait tous plus heureux si on interprétait « Blister in the Sun » des Violent Femmes a capella.

Ce qu'on fait. Quoique dépourvu de tout sens musical, je n'en chante pas moins aussi fort que les autres.

— Devinette : une histoire formidable, dis-je à la fin de la chanson.

Personne ne répond. Le seul son perceptible est celui de la Toupie qui dévore le macadam et prend de la vitesse en redescendant une colline.

— Ce ne serait pas ça, par hasard ? finit par dire Ben.

J'approuve.

— Oui, s'écrie Radar. Tant qu'on ne meurt pas, ce sera l'histoire du siècle.

Si on la retrouve, ce sera encore mieux, je me

dis, mais silencieusement. Ben allume finalement la radio et trouve une station rock qui passe des ballades qu'on reprend en chœur.

Vingt et unième heure
Après plus de 1 760 kilomètres d'autoroute, il est finalement temps de sortir. Il est rigoureusement impossible de rouler à cent vingt kilomètres/heure sur la nationale à deux voies qui nous emmène plus au nord, vers le parc de Catskill. Mais on sera dans les temps. Radar, tacticien de génie, a prévu un rab de trente minutes sans nous le dire. Le paysage est magnifique par ici, la lumière de cette fin de matinée entre à flots parmi les vieux arbres d'une forêt. Même les petits bâtiments en briques devant lesquels on passe en traversant des centres-ville miteux se détachent dans la lumière.

– Elle a un carnet noir, dis-je.

Ben pivote vers moi.

– D'accord, Q., si je vois une fille qui ressemble à Margo comme deux gouttes d'eau à Agloe, État de New York, je ne fais rien, à moins qu'elle n'ait un calepin à la main. C'est ce qui doit la trahir.

Je hausse les épaules en signe de dédain. Je veux me la rappeler. Une dernière fois, je veux me la rappeler tant que j'espère encore la revoir.

Agloe
La limitation de vitesse chute de quatre-vingts kilomètres/heure à soixante, puis à cinquante. On enjambe une voie ferrée et nous voilà à Roscoe. On traverse au pas le centre-ville assoupi, qui se résume à un café, un magasin de vêtements,

un «Tout à un dollar» et plusieurs devantures condamnées.

Je me penche en avant.

— Je la vois très bien ici, dis-je.

— Oui, concède Ben. Je n'ai aucune envie de pénétrer dans un de ces bâtiments. Je ne suis pas sûr de supporter les prisons new-yorkaises.

Néanmoins, l'idée d'explorer les bâtiments ne m'apparaît pas particulièrement effrayante, dans la mesure où toute la localité semble avoir été désertée. Aucun commerce ouvert. Au-delà du centre-ville, une unique rue coupe la nationale et sur cette malheureuse rue s'étire le seul quartier de Roscoe avec son école primaire. Les modestes maisons de bois sont écrasées par la hauteur des arbres, qui poussent vigoureusement dans la région.

On tente notre chance par différentes routes sur lesquelles la limitation de vitesse augmente à nouveau, mais Radar roule doucement. On n'a pas fait un kilomètre qu'on aperçoit un chemin de terre sur notre gauche sans le moindre panneau indicateur.

— Ça pourrait être ça, dis-je.

— C'est une allée privée, répond Ben, mais Radar s'y engage quand même.

Effectivement, on dirait une allée privée, tracée dans une terre dense. À gauche, l'herbe monte jusqu'aux pneus. Je ne vois rien, même si je redoute qu'il ne soit pas facile de se cacher dans ces champs. On roule encore un peu et le chemin finit en cul-de-sac dans la cour d'une ferme de style victorien. On fait demi-tour en direction de la route à deux voies, plus au nord. La route bifurque ensuite dans Cat Hollow Road qu'on suit jusqu'à un chemin de terre identique au précédent, qu'on aperçoit sur notre droite cette fois. Il mène à un édifice croulant aux allures de grange, recouvert de bardeaux grisâtres. D'énormes roues de paille sont alignées dans les champs de chaque côté, mais l'herbe a recommencé à pousser. Radar ne dépasse pas huit kilomètres/heure. On guette quelque chose d'incongru. Un défaut dans ce paysage idyllique.

– Vous croyez que ça aurait pu être le Bazar d'Agloe ? je demande.

– Cette grange ?

– Oui.

– Je n'en sais rien, dit Radar. Les bazars ressemblaient à des granges ?

Je souffle entre mes lèvres serrées :

– Je n'en sais rien.

– Ce ne serait pas... Merde ! C'est sa voiture, crie Lacey à côté de moi. Oui, oui, oui, c'est sa voiture !

Radar arrête le monospace tandis que je suis le doigt de Lacey pointant vers l'autre bout du champ, derrière le bâtiment. Vers un éclat argenté. En me penchant vers Lacey, j'aperçois l'arc du toit de la voiture. Comment a-t-elle pu atterrir là ? Aucun chemin n'y mène.

Radar se gare. Je saute du monospace et cours vers sa voiture. Vide. Pas fermée. J'ouvre le coffre. Vide, à part une valise ouverte et vide elle aussi. Je regarde autour de moi et fonce vers ce que je crois maintenant être les vestiges du Bazar d'Agloe. Ben et Radar me dépassent tandis que je traverse à fond de train le champ fauché. On entre dans la grange non par une porte mais par un des innombrables trous béants dans les murs de bois qui se sont effondrés.

À l'intérieur, par les nombreux orifices dans le toit, le soleil éclaire des étendues de plancher vermoulu. À l'affût, j'enregistre un certain nombre de choses : les lattes du plancher détrempées, le parfum d'amande douce, similaire au sien, une vieille baignoire à pattes de lion dans un coin. Tellement de trous partout qu'on est à la fois dedans et dehors.

Je sens quelqu'un tirer très fort sur ma chemise. Je tourne la tête et vois les yeux de Ben faire le va-et-vient entre un coin de la pièce et moi. Je dois porter le regard au-delà d'un rai de lumière aveuglant qui tombe du plafond, avant de distinguer le coin. Deux panneaux de Plexiglas sale, teinté en gris, montant à hauteur de torse, reposent l'un contre l'autre en un angle bizarre, soutenus de l'autre côté par le mur de bois. C'est un bureau triangulaire, si tant est qu'une chose pareille existe.

L'avantage des vitres teintées est que la lumière passe malgré tout au travers. Par conséquent je vois la scène aberrante, bien que dans une gamme de gris : Margo Roth Spiegelman assise dans un fauteuil de bureau en cuir noir, penchée au-dessus d'un pupitre, en train d'écrire. Elle a les cheveux beaucoup plus courts, une frange inégale au-dessus des sourcils, et d'une manière générale sa coiffure est emmêlée, comme pour souligner l'asymétrie, mais c'est bien elle. Elle est vivante. Elle a transféré son bureau d'une galerie marchande abandonnée de Floride à une grange abandonnée dans l'État de New York, et je l'ai retrouvée.

On avance vers Margo tous les quatre de front, mais elle ne semble pas nous voir. Elle continue d'écrire. Finalement, quelqu'un, Radar, peut-être, l'appelle.

– Margo ! Margo ?

Elle se lève sur la pointe des pieds, les mains reposant sur le haut des murs de son pseudo-bureau. Si elle est surprise de nous voir, ses yeux ne trahissent rien. Et voici Margo Roth Spiegelman, à un mètre cinquante de moi, les lèvres affreusement gercées, pas maquillée, les ongles sales, les yeux absents. Je ne lui ai jamais vu les yeux aussi morts, mais je ne les ai peut-être jamais vus. Elle me regarde fixement. Je suis certain que c'est moi qu'elle regarde et non Lacey, ni Ben, ni Radar. Je ne me suis jamais senti observé à ce point depuis que Robert Joyner m'a fixé de ses yeux morts dans Jefferson Park.

Elle reste sans rien dire un long moment et j'ai trop peur de ses yeux pour continuer d'avancer. « Moi-même suis en face du mystère », écrit Whitman.

– Accordez-moi cinq minutes, finit-elle par dire.

Puis elle se rassoit et se remet à écrire.

Je la regarde écrire. À part la saleté, elle n'a pas changé. J'ignore pourquoi j'ai toujours pensé qu'elle serait différente. Plus vieille. Que j'aurais du mal à la reconnaître en la retrouvant. Mais la voici et je l'observe à travers le Plexiglas. Elle ressemble à Margo Roth Spiegelman, la fille que je connais depuis que j'ai deux ans, la fille qui était une idée dont j'étais amoureux.

Et ce n'est qu'à cet instant, au moment où elle referme son carnet, le range dans le sac à ses pieds, se lève et s'avance vers nous, que je me rends compte que l'idée n'est pas seulement fausse, mais dangereuse. Quel concept périlleux de croire qu'une personne est plus qu'une personne!

– Salut, dit-elle à Lacey en souriant.

Elle embrasse d'abord Lacey, puis serre la main de Ben et celle de Radar.

– Salut, Q.! dit-elle en levant les sourcils.

Puis elle me prend rapidement dans ses bras sans insister. J'ai envie de faire durer. De la sentir sangloter contre ma poitrine, ses larmes ruisselant sur ses joues poussiéreuses pour atterrir sur mon T-shirt. Mais elle me prend brièvement dans ses bras et s'assoit par terre. Je m'assois en face d'elle, Ben, Radar et Lacey m'imitent, on lui fait face tous les quatre.

– Ça fait plaisir de te voir, dis-je au bout d'un moment, avec l'impression de briser une prière silencieuse.

Elle repousse sa frange. On dirait qu'elle cherche ses mots avant de parler.

– D'habitude, je suis plutôt intarissable. Mais je n'ai pas vu grand monde ces derniers temps. On devrait peut-être commencer par la raison qui vous amène ici.

– Margo, bon sang! On était morts d'inquiétude, dit Lacey.

– Inutile de s'inquiéter, répond gaiement Margo. Je vais bien, dit-elle en levant les pouces. Je pète la forme.

– Tu aurais pu nous appeler pour nous le dire,

dit Ben avec un soupçon d'irritation dans la voix. Ça nous aurait évité de faire toute cette route.

— Selon mon expérience, Ben le Saignant, quand on quitte un endroit, il est préférable de partir pour de bon. Au fait, pourquoi tu portes une robe ?

Ben rougit.

— Ne l'appelle pas comme ça, dit sèchement Lacey.

Margo décoche un regard à Lacey.

— Ne me dis pas que tu sors avec lui ?

Lacey ne répond pas.

— En fait, tu ne sors pas avec lui, insiste Margo.

— En fait, si, répond Lacey. En fait, il est super. En fait, tu es une vraie garce. Et en fait, je me tire. Je suis contente de t'avoir revue, Margo. Merci de m'avoir fichu la trouille de ma vie, de m'avoir pourri mon dernier mois de terminale et d'être une vraie salope, alors qu'on t'a cherchée partout pour savoir comment tu allais. Ce fut un réel plaisir de te connaître.

— Moi aussi. Sans toi, comment aurais-je su que j'étais grosse ?

Lacey se lève et sort au pas de charge, faisant vibrer le plancher vermoulu. Ben lui emboîte le pas. Je tourne la tête du côté de Radar et constate qu'il s'est levé aussi.

— Je ne te connaissais pas avant de connaître les indices que tu as laissés derrière toi, dit-il. J'aime tes indices plus que je t'aime toi.

— De quoi il me parle au juste ? demande Margo.

Radar ne répond pas. Il s'en va.

Je devrais, moi aussi. Ce sont mes amis, plus que Margo, sans aucun doute. Mais j'ai des questions. Je lui lance la plus évidente quand elle se relève pour retourner à son bureau :

— Pourquoi tu te conduis comme une sale morveuse ?

Elle fait volte-face et attrape mon T-shirt à pleines mains.

— Qu'est-ce qui te prend de te pointer ici sans prévenir ? hurle-t-elle.

— Comment aurais-je pu te prévenir quand tu as disparu de la surface de la terre ?

Je la vois ciller longuement et comprends qu'elle n'a pas de réponse, alors j'enfonce le clou, je suis tellement furieux contre elle. De… de… je n'en sais rien. De ne pas être la Margo que j'étais certain d'avoir percée à jour.

— J'étais sûr que tu avais une excellente raison de ne pas avoir donné signe de vie après cette fameuse nuit. Et… c'est ça, ton excellente raison ? Tu veux vivre comme une clocharde, c'est ça ?

Elle lâche mon T-shirt et s'éloigne.

— On se demande lequel des deux se conduit comme un sale morveux ? Je suis partie de la seule façon possible. Tu arraches ta vie d'un seul coup, comme un sparadrap. Et ensuite tu arrives à être toi, Lacey à être Lacey, tout le monde à être tout le monde et moi à être moi.

— Sauf que je ne suis pas arrivé à être moi, Margo, parce que je t'ai crue morte. Pendant une éternité. Alors j'ai dû faire toutes sortes de choses que je n'aurais jamais faites.

Maintenant elle me hurle dessus, se hissant au niveau de mon visage en tirant sur mon T-shirt.

— Conneries ! Tu n'es pas venu ici pour vérifier si j'allais bien. Mais parce que tu voulais sauver la pauvre petite Margo égarée afin que je sois tellement reconnaissante à mon prince charmant que j'en déchire mes vêtements et le supplie de dévaster mon corps.

— Conneries! je hurle à mon tour, scandalisé par ses paroles. Tu jouais avec nous, n'est-ce pas? Tu voulais être sûre qu'après être partie t'amuser tu continuerais d'être l'axe autour duquel on tournait.

— Ce n'est même pas contre moi que tu es furax, Q.! hurle-t-elle plus fort que je ne le pensais possible. Tu es furax contre l'idée que tu gardes de moi depuis qu'on est petits!

Elle essaie de se détourner, mais je l'attrape par les épaules et la maintiens face à moi.

— As-tu pensé une minute à ce qu'impliquait ton départ? As-tu pensé à Ruthie? À Lacey, à moi ou à ceux pour qui tu comptes? Non. Bien sûr. Parce que ce qui ne t'arrive pas, à toi, n'arrive pas du tout. C'est ça, Margo? C'est ça?

Elle ne rétorque rien. Elle laisse retomber ses épaules, se détourne et revient à son bureau. Elle balance un coup de pied dans les panneaux de Plexiglas qui s'effondrent dans un grand bruit sur le bureau et le fauteuil avant de glisser au sol.

— Tais-toi! Tais-toi! Tais-toi, espèce de trou-du-cul!

— D'accord, dis-je.

Quelque chose dans le fait qu'elle perde son self-control m'aide à recouvrer le mien.

— Je me tais, dis-je, tâchant de parler comme maman. On est bouleversés tous les deux. Beaucoup de questions sans réponses en ce qui me concerne.

Elle s'assoit dans le fauteuil, les pieds sur ce qui faisait jadis usage de mur à son bureau. Elle fixe un coin de la grange. Trois mètres au moins nous séparent.

– Mais comment tu as fait pour me retrouver ? demande-t-elle.

– Ce n'est pas ce que tu voulais ? dis-je d'une voix tellement faible que je suis étonné qu'elle m'entende, mais elle pivote sur son fauteuil et me lance un regard furibond.

– Certainement pas !

– « Chanson de moi-même », dis-je. Guthrie m'a conduit à Whitman. Whitman à ma porte. La porte à la galerie marchande. On a trouvé le moyen de lire les graffitis recouverts de peinture. Je n'ai pas compris « villes de papier ». Mais comme ça peut signifier « lotissement qui n'a jamais vu le jour », j'ai pensé que tu t'étais rendue dans un de ces endroits pour ne plus en revenir. J'ai cru que tu étais morte, que tu t'étais suicidée et que, pour je ne sais quelle raison, tu voulais que ce soit moi qui te découvre. J'en ai visité plein. Seulement ensuite, j'ai réussi à faire coïncider la carte du magasin de souvenirs avec les trous laissés par tes punaises. J'ai lu le poème plus attentivement, en devinant que tu n'avais sans doute pas fugué, mais que tu te cachais, élaborant des plans. Écrivant dans ton carnet. J'ai repéré Agloe sur la carte, découvert ton message sur le forum d'Omnictionary, séché la remise des diplômes et roulé jusqu'ici.

Elle se brosse les cheveux, mais ils ne sont plus assez longs pour lui retomber sur le visage.

— Je déteste cette coupe, dit-elle. Je voulais changer de tête, mais c'est ridicule.

— J'aime bien, ça t'encadre le visage.

— Excuse-moi d'avoir été peste, dit-elle. Il faut que tu saches que, en déboulant ici comme des diables, vous m'avez fichu une trouille d'enfer...

— Tu aurais pu dire : « En déboulant ici comme des diables, vous m'avez fichu une trouille d'enfer ! »

— Tu as raison, raille-t-elle, parce que c'est la Margo Roth Spiegelman que tout le monde aime et connaît.

Elle se tait quelques instants.

— Je n'aurais jamais dû envoyer ce message sur Omnictionary, reprend-elle. Je trouvais drôle qu'on le découvre après coup. J'ai pensé que les flics remonteraient sa piste, mais pas assez tôt. Il y a près d'un milliard de pages sur Omnictionary. Je n'ai pas songé une minute...

— Quoi ?

— J'ai beaucoup pensé à toi, pour répondre à ta question. À Ruthie. Et à mes parents, bien sûr. D'accord ? Je suis peut-être la fille la plus égocentrique qui existe, mais tu crois vraiment que j'aurais fait tout ça si ça n'avait pas été une nécessité ?

Elle secoue la tête. Se penche enfin vers moi, les coudes sur les genoux. On discute. De loin, mais quand même.

— Je n'ai pas trouvé de meilleur moyen pour partir sans qu'on me rattrape par les pieds.

— Je suis heureux que tu ne sois pas morte, dis-je.

— Oui, moi aussi, répond-elle avec un petit sourire.

C'est la première fois que je revois ce sourire qui m'a tant manqué.

— C'est la raison pour laquelle je devais partir, explique-t-elle. La vie a beau craindre, c'est toujours la meilleure solution.

Mon téléphone sonne. C'est Ben. Je réponds.

— Lacey veut parler à Margo, me dit-il.

Je vais donner le téléphone à Margo et m'attarde près d'elle, tandis qu'elle écoute, les épaules voûtées. J'entends des sons sortir du téléphone puis Margo couper Lacey.

— Écoute, je te demande vraiment pardon. J'ai eu très peur.

S'ensuit un silence. Lacey finit par reparler, Margo rit et répond quelque chose. Sentant qu'elles ont besoin d'intimité, je pars en exploration. Contre le même mur que celui du bureau mais dans le coin opposé, Margo s'est installé une sorte de lit : un matelas gonflable orange posé sur quatre palettes. Sa modeste garde-robe est pliée comme il faut sur une autre palette à côté du lit. Une brosse à dents, un tube de dentifrice et une grande tasse en plastique sont alignés sur deux livres empilés, *La Cloche de détresse* de Sylvia Plath et *Abattoir 5* de Kurt Vonnegut. Je n'arrive pas à croire qu'elle ait vécu de cette façon, ce mélange irréconciliable de banalité proprette et de déliquescence inquiétante. Mais je n'arrive pas à croire non plus au temps que j'ai perdu à me persuader qu'elle vivait autrement.

— Ils ont pris des chambres dans un motel du parc. Lacey te fait dire qu'ils partent demain matin, avec ou sans toi, annonce Margo dans mon dos.

C'est en l'entendant dire «toi» et non «nous» que j'envisage pour la première fois la suite.

– Je vis quasi en autarcie, dit-elle, m'ayant rejoint. Il y a des toilettes dehors, mais dans un état pitoyable. Alors d'habitude, je vais dans un routier à l'est de Roscoe. La station est équipée de douches et celles des femmes sont plutôt propres car les chauffeuses de camion sont rares. En plus, il y a un accès à Internet. Ici, c'est ma maison et le routier, mon cabanon de plage, conclut-elle en riant.

Elle me passe devant pour aller prendre quelque chose à l'intérieur des palettes sous le lit. Elle retire une lampe torche et un bout de plastique carré très fin.

– Ce sont les deux seules choses que j'ai achetées en un mois, à part l'essence et la nourriture. Je n'ai dépensé que trois cents dollars.

Je lui prends le carré en plastique des mains et réalise qu'il s'agit d'un lecteur de CD à piles.

– Je me suis dégoté quelques disques, dit-elle. Je m'en prendrai d'autres en ville.

– En ville ?

– Je pars pour New York aujourd'hui. D'où le message sur Omnictionary. Je vais me mettre à voyager pour de bon. À l'origine, c'était aujourd'hui que j'aurais dû quitter Orlando. Je comptais assister à la remise des diplômes, réaliser avec toi les canulars prévus et partir le lendemain. Mais je n'en pouvais vraiment plus. Impossible de rester une heure de plus. Et quand j'ai su pour Jase, je me suis dit : «Tout est prêt, il suffit de changer de jour.» Je te demande quand même pardon de t'avoir fait peur. J'aurais voulu l'éviter, mais la dernière partie du plan a été tellement précipitée. Ce n'est pas ce que j'ai fait de mieux.

Pour un plan de fuite à la va-vite bourré d'indices, je le trouve plutôt réussi. Mais ce qui me surprend le plus, c'est qu'elle ait voulu m'impliquer dans le plan initial.

— Tu peux peut-être m'éclairer, dis-je en esquissant un sourire. Je me suis posé beaucoup de questions. Qu'est-ce qui était prévu et ne l'était pas ? Que voulait dire ceci ou cela ? Pourquoi ai-je hérité des indices ? Pourquoi es-tu partie ? Ce genre de choses.

— Bon d'accord. Pour comprendre cette histoire, il faut commencer par une autre.

Elle se lève et je la suis, évitant habilement les lattes de plancher pourries. Elle retourne à son bureau et prend son cahier en moleskine noire dans son sac. Elle s'assoit par terre, les jambes en tailleur, et tapote l'emplacement à côté d'elle. Je m'assois.

— Ceci remonte à très longtemps, dit-elle en posant un doigt sur la couverture. En CM1, j'ai commencé à écrire une histoire. Une sorte de roman policier.

Je me dis que si je le lui arrachais des mains, je pourrais la faire chanter et l'obliger à revenir à Orlando. Elle trouverait un boulot d'été et vivrait dans un appartement jusqu'à la rentrée. On aurait au moins l'été. Mais je me contente d'écouter.

— Je n'aime pas frimer mais ceci est un morceau de littérature hors du commun. Je plaisante. Ce sont les élucubrations d'une petite fille de dix ans à base de pensée magique et de vœux à exaucer.

L'héroïne s'appelle Margo Spiegelman, elle me ressemble comme deux gouttes d'eau à dix ans, sauf que ses parents sont gentils et riches, et lui achètent tout ce qu'elle veut. Margo a un faible pour un garçon nommé Quentin, qui te ressemble comme deux gouttes d'eau, sauf qu'il est intrépide et héroïque, et n'hésiterait pas à mourir pour me protéger. Le troisième personnage est Myrna Mountweazel, qui ressemble comme deux gouttes d'eau à Myrna Mountweazel sauf qu'elle a des pouvoirs magiques. Par exemple, toute personne qui la caresse est incapable de mentir pendant dix minutes. Et elle sait parler. Bien sûr qu'elle sait parler. Quelle petite fille de dix ans inventerait une histoire de chien qui ne sait pas parler ?

Je ris, sans cesser de penser à la petite Margo de dix ans amoureuse du Quentin de dix ans.

– Donc, dans l'histoire, Quentin, Margo et Myrna Mountweazel enquêtent sur la mort de Robert Joyner, qui ressemble comme deux gouttes d'eau à sa vraie mort, sauf qu'au lieu de s'être tiré une balle dans la tête, c'est quelqu'un d'autre qui l'a tué.

– Qui ?

Margo rit.

– Tu voudrais que je te révèle la chute ?

– Je préférerais la lire.

Elle ouvre son cahier et me montre une page. Son écriture est illisible, pas parce qu'elle écrit mal, mais parce que des lignes de texte horizontales descendent des lignes de texte verticales.

– J'écris en croisillons hachurés, explique-t-elle. Très difficile à déchiffrer pour un lecteur non Margo. Je vais donc te dévoiler le pot aux roses, mais promets-moi de ne pas te mettre en colère.

– Promis.

– Il se trouve que le crime a été commis par le frère de la sœur de l'ex-femme alcoolique de Robert Joyner, qui a perdu la raison parce que l'esprit d'un chat égyptien antique a pris possession de lui. Comme je le disais précédemment, un talent remarquable pour raconter les histoires. Mais bref, toi, Myrna Mountweazel et moi confondons l'assassin, mais celui-ci tente de me tuer. Tu te jettes entre la balle et moi et meurs héroïquement dans mes bras.

Je ris.

– Génial. Ça commençait plutôt bien avec la jolie fille qui a le béguin pour moi, le mystère, l'intrigue et voilà que je me fais descendre.

– Il fallait bien que tu meures, dit-elle en souriant, parce que la seule autre fin possible était qu'on fasse l'amour, ce que je n'étais pas émotionnellement prête à écrire à dix ans.

– Bien vu. Mais dans la nouvelle version, j'aimerais un peu de sexe.

– Après que le méchant te tue, peut-être. Un baiser avant d'expirer.

– Trop gentil de ta part.

Je pourrais me lever pour aller l'embrasser. Je pourrais. Mais il restait encore trop de choses à gâcher.

– J'ai donc fini cette histoire en CM2. Quelques années plus tard, je décide de fuguer au Mississippi. Je rédige alors le plan de cette épopée dans mon cahier par-dessus ma vieille histoire. Et pour finir, je mets mon plan à exécution, j'emprunte la voiture de ma mère, je fais mille six cents kilomètres, je laisse des indices dans le potage. Je n'ai pas tellement apprécié le voyage en voiture, pour être franche. Je me suis sentie terriblement seule, mais je suis très heureuse de l'avoir fait. Tu me suis ? Donc je me mets à élaborer d'autres projets, des blagues et des idées pour marier certaines filles avec certains garçons, des campagnes gigantesques de saucissonnage de maisons à l'aide de papier toilette, d'autres virées en bagnole plus secrètes encore. Le carnet est à moitié rempli quand je rentre en première et c'est là que je décide de réaliser un dernier coup, un coup énorme, et de partir ensuite.

Elle est sur le point de continuer, mais il faut que je l'arrête.

– Est-ce que c'est l'endroit ou bien les gens ? Que se serait-il passé si les gens autour de toi avaient été différents ?

– Comment peux-tu séparer les deux ? Les gens sont l'endroit et l'endroit, les gens. Et de toute façon, je ne voyais personne avec qui être copine. Je trouvais tout le monde trop peureux, comme toi, ou trop insensible, comme Lacey. Et ils...

– Je ne suis pas aussi peureux que tu le crois, dis-je.

Ce qui est vrai. Je m'en rends compte en le disant. Mais n'empêche.

– J'y arrive, dit-elle, d'une voix presque plaintive. Donc, en première, Gus me fait connaître Osprey...

Je penche la tête de côté, un peu perdu.

– La galerie marchande. Je commence à y aller souvent, seule, pour y échafauder des plans. Et l'an dernier, tous les plans que j'élaborais tournaient autour de mon escapade finale. Et j'ignore si c'est parce que je relisais ma vieille histoire en même temps, mais tu en as fait partie très vite. L'idée était de mettre à exécution tout ça ensemble, par exemple, pénétrer dans SeaWorld qui était au programme dès le départ, et de te transformer en vaurien. Une nuit passée à te libérer. Après quoi je disparaîtrais et tu ne m'oublierais jamais.

« Au final, le plan court sur soixante-dix pages, je ne suis pas loin de le mettre à exécution et tout s'emboîte à merveille. Mais voilà que j'apprends pour Jase et décide de partir. Immédiatement. Inutile de passer mes examens. Quel intérêt ? Mais je dois régler certains détails avant. Alors ce jour-là, je sors mon cahier en cours et m'escrime à adapter mon plan vis-à-vis de Becca, Jase, Lacey et de tous ceux qui, contrairement à ce que je pensais, n'étaient pas mes amis, à trouver des idées pour que chacun sache à quel point j'étais furax avant de les enterrer à jamais.

« Mais je continue d'avoir envie de faire tout ça avec toi. Je trouve toujours séduisante l'idée de faire résonner en toi ne serait-ce que l'écho du héros risque-tout de mon histoire de gosses.

« Et voilà que tu me surprends, dit-elle. Pendant toutes ces années, tu n'as été pour moi qu'un garçon de papier. En deux dimensions en tant que personnage et en deux dimensions aussi mais différemment en tant que personne, mais toujours plat. Or cette fameuse nuit, il se trouve que tu es devenu réel. La nuit est tellement étrange, magique et drôle en fin de compte que, de retour dans ma chambre au petit matin, tu me manques. J'ai envie que tu viennes me retrouver et qu'on parle, mais j'ai déjà décidé de partir, alors il faut que je parte. Puis, à la toute dernière seconde, j'ai l'idée de te léguer Osprey. De te laisser la galerie marchande pour t'aider à faire de plus amples progrès dans le domaine du "je ne suis pas le petit chaton effarouché que vous croyez".

«Alors oui. C'est décidé. J'invente quelque chose en un clin d'œil. Je scotche le poster de Woody derrière mon store, j'entoure la chanson sur le disque, je surligne les deux vers de "Chanson de moi-même" d'une couleur différente de celle que j'avais utilisée pour d'autres passages quand je lisais vraiment le poème. Puis après ton départ pour le bahut, j'enjambe ta fenêtre et glisse le bout de papier dans ta porte. Ensuite, je vais à Osprey parce que je ne me sens pas encore prête à partir et parce que je veux faire le ménage en vue de ta visite. Le truc, c'est que je ne voulais pas t'inquiéter. C'est pour cette raison que j'ai recouvert les graffitis. J'ignorais que tu arriverais à les lire. J'ai arraché les pages des calendriers que j'avais gribouillées et j'ai retiré également la carte quand je me suis aperçue qu'Agloe était indiqué dessus. Après, comme je suis fatiguée et que je n'ai plus d'endroit où aller, je dors sur place. J'y reste deux nuits, rassemblant mon courage, sans doute. Peut-être que j'espère aussi que tu trouveras vite la galerie. Ensuite je pars. Je mets deux jours pour arriver ici. Je n'ai pas bougé depuis.

Elle semble être parvenue à la fin de son récit. Mais il me reste une question.

– Pourquoi ici plutôt qu'ailleurs ?

— Une ville de papier pour une fille de papier, répond-elle. J'ai eu connaissance d'Agloe par un livre de « faits troublants » que j'ai lu quand j'avais dix ou onze ans. Je n'ai jamais cessé d'y penser depuis. La vérité, c'est que, chaque fois que je montais en haut du SunTrust Building, y compris la dernière fois avec toi, je ne regardais pas à mes pieds en me disant que toute chose était de papier. Mais plutôt que j'étais de papier. J'étais une personne pliable à merci, pas les autres. Le truc à ce propos, c'est que les gens adorent l'idée d'une fille de papier. L'ont toujours adorée. Et le pire, c'est que je l'aimais aussi. Je l'ai entretenue.

« Car c'est génial d'être une idée que tout le monde aime. Mais en ce qui me concerne, je ne pourrais jamais être cette idée, pas tout le temps. Agloe est un endroit où une invention de papier est devenue réelle. Un point sur une carte s'est transformé en endroit réel, plus réel que ne l'auraient imaginé les gens qui l'ont créé. J'ai pensé que la découpe d'une fille de papier pourrait devenir réelle ici aussi. Ça m'est apparu comme le moyen de dire à cette fille de papier pour qui la popularité, les fringues et le reste étaient si importants : "Tu iras dans les villes de papier et tu n'en reviendras jamais."

— Ce graffiti, dis-je. Si tu savais, Margo, le nombre de ces lotissements abandonnés dans lesquels j'ai cherché ton corps. J'ai vraiment cru que tu étais morte.

Elle se lève pour prendre *La Cloche de détresse*.

— « Mais le moment venu, lit-elle, la peau de mon poignet m'a paru si blanche et si inoffensive que je n'ai pu m'y résoudre. C'était un peu comme si ce que je voulais tuer ne se trouvait pas sous cette peau ni dans la fine veine bleue qui battait sous mon pouce, mais ailleurs, dans un endroit plus profond, plus secret et beaucoup plus difficile à atteindre. »

Elle se rassoit à côté de moi, plus près, face à moi ; le tissu de nos jeans s'effleure, sans que nos genoux se touchent.

— Je sais de quoi elle parle, dit Margo. Le truc plus profond et plus secret. Ça ressemble à une faille intérieure dont les bords ne se rejoignent pas correctement.

— Ça me plaît, dis-je. Ou à la fissure dans la coque d'un bateau.

— Bien vu.

— Qui vous fait éventuellement plonger.

— Exact, dit-elle.

On se renvoie la balle à toute allure maintenant.

— Je n'arrive pas à croire que tu ne voulais pas que je te retrouve.

— Je te demande pardon. Mais si ça peut te consoler, je suis impressionnée. Et c'est sympa de t'avoir ici. Tu es un bon compagnon de voyage.

— C'est une proposition ?

— Peut-être, dit-elle en souriant.

Mon cœur battait la chamade depuis si longtemps que ce genre de griserie me semble presque supportable.

— Margo, si tu veux rentrer à Orlando pour l'été, mes parents ont proposé que tu viennes vivre chez nous. Puis les cours reprendront et tu n'auras plus jamais à habiter chez tes parents.

— Il ne s'agit pas seulement d'eux. Je me ferais à nouveau aspirer et je n'en sortirais jamais plus.

Ce ne sont pas tant les ragots, les fêtes et toutes ces bêtises, que la perspective générale d'une vie bien réglée, la fac, le boulot, le mari, les bébés et toutes ces conneries.

Le problème, c'est que je crois en la fac, au boulot et peut-être même aux bébés un jour. Je crois à l'avenir. Peut-être est-ce un défaut, mais dans mon cas, il est congénital.

— Mais la fac ouvre le champ des possibles, elle ne les limite pas, dis-je finalement.

Elle sourit.

— Merci, monsieur le conseiller Jacobsen, dit-elle avant de changer de sujet. Je n'ai pas cessé de penser à toi dans la galerie marchande. Je me suis demandé si tu t'y habituerais. Si tu n'aurais plus peur des rats.

— Je n'en ai plus peur. J'ai commencé à m'y plaire. J'y ai passé la nuit du bal.

Elle sourit.

— Fantastique. J'étais sûre que tu finirais par l'aimer. Je ne me suis jamais ennuyée à Osprey, mais c'est peut-être parce que, à un moment donné, je devais rentrer à la maison. En arrivant ici, je me suis horriblement ennuyée. Il n'y a rien à y faire. Je n'ai jamais autant lu de ma vie. Et ça m'embête de plus en plus de ne connaître personne. Je passe mon temps à espérer cette solitude et cette inquiétude pour vérifier si elles me donneraient envie de rentrer. Ça n'arrive jamais. Je ne peux rien faire d'autre, Q.

Je hoche la tête. Je comprends. J'imagine qu'il est difficile de revenir, une fois qu'on a senti les continents sous sa paume. Mais je tente une dernière carte.

– Et après l'été ? Et la fac ? Et le reste de ta vie ?
Elle hausse les épaules.
– Eh bien, quoi ?
– Tu ne te fais pas de souci pour le «à jamais»?
– «À jamais est fait d'une myriade de maintenant», dit-elle.

Que répondre à ça ? J'y réfléchis encore quand Margo reprend la parole.
– Emily Dickinson. Comme je le disais, je lis beaucoup.

Je suis persuadé que l'avenir mérite notre confiance. Mais il est difficile de contrer Emily Dickinson. Margo se lève, elle enfile son sac sur son épaule et me tend la main.
– Allons nous promener.

En sortant, Margo me demande mon téléphone. Elle compose un numéro et je m'éloigne pour la laisser tranquille, mais elle m'attrape par le bras pour me garder auprès d'elle. Et je marche dans le champ à ses côtés pendant qu'elle appelle ses parents.
– Salut, c'est Margo... Je suis à Agloe dans l'État de New York, avec Quentin... Euh... ben, non, écoute, maman, j'essaie simplement de répondre honnêtement à ta question... maman, arrête... Je ne sais pas, maman... J'avais décidé de déménager dans un endroit imaginaire. C'est ce qui s'est passé... Je ne pense pas être partie comme ça, sans me soucier de... Je peux parler à Ruthie?... Salut, ma poulette... Oui, je t'ai aimée la première... Oui, pardon. C'était une erreur. Je me suis dit... je ne sais pas ce que je me suis dit, Ruthie, mais quoi qu'il en soit, c'était une erreur et, à partir de maintenant, j'appellerai. Je

n'appellerai peut-être pas maman, mais je t'appellerai... Le mercredi ?... Tu as des trucs à faire le mercredi. Bon, d'accord. C'est quoi le bon jour pour toi ?... Le mardi. Entendu, tous les mardis... Oui, y compris celui-ci.

Elle ferme très fort les yeux, serre les dents.

— D'accord, Ruthie, tu me repasses maman ?... Je t'aime, maman. Je ferai attention. Je te promets... Oui, d'accord, toi aussi. Au revoir.

Margo cesse de marcher et raccroche le téléphone, mais elle le garde à la main. Je vois le bout de ses doigts rosir tant elle le serre fort, puis elle le laisse tomber par terre. Son cri est bref mais assourdissant, et pour la première fois, je mesure dans son sillage l'ignoble silence d'Agloe.

— Elle pense que mon boulot, c'est de lui plaire. Ça devrait être mon vœu le plus cher. Mais si par hasard je lui déplais, elle m'enferme dehors. Elle a changé la serrure. C'est la première chose qu'elle m'a sortie !

— Je suis navré, dis-je en repoussant les hautes tiges d'herbe jaunissantes pour ramasser mon téléphone. Tu étais contente de parler à Ruthie ?

— Oui, elle est vraiment adorable. Je me déteste de ne pas lui avoir donné de nouvelles.

— Oui, dis-je.

Elle me pousse gentiment.

— Tu es censé me remonter le moral, pas le descendre ! dit-elle. C'est ta mission.

— Je ne m'étais pas rendu compte que mon boulot était de vous plaire, madame Spiegelman.

Elle rit.

— Oh, la comparaison avec maman. Quelle gifle. Mais bon, d'accord. Alors qu'est-ce que tu deviens ? Si Ben sort avec Lacey, tu t'offres sûrement des orgies de pom-pom girls tous les soirs.

On marche lentement dans le champ au sol inégal, qui me semble de taille modeste, mais, à mesure qu'on avance, je me rends compte qu'on ne se rapproche toujours pas de la rangée d'arbres qui barre l'horizon. Je lui raconte mon départ précipité de la cérémonie de remise des diplômes, le tête-à-queue miraculeux de la Toupie, la soirée du bal, la dispute entre Lacey et Becca et ma nuit à Osprey.

– C'est ce soir-là que j'ai eu la confirmation de ton passage par la galerie. La couverture avait gardé ton odeur, lui dis-je.

Au même moment, sa main effleure la mienne. Alors je la prends parce qu'il me semble que le nombre de choses à gâcher a diminué.

Elle me regarde.

– Il fallait que je parte. Je n'aurais pas dû te faire peur, c'était bête, et mieux préparer mon départ, mais il fallait que je parte. Tu comprends, maintenant ?

– Oui, dis-je. Mais je m'obstine à penser que tu pourrais rentrer.

– Non, tu ne le penses pas, répond-elle.

Elle a raison. Elle le lit sur mon visage. Je sais désormais que je ne peux pas être elle ni elle, moi. Whitman avait peut-être un don qui me fait défaut. J'ai besoin de demander au blessé où il a mal car je ne peux prendre sa place. Le seul homme blessé que je puisse incarner, c'est moi.

Je piétine une touffe d'herbe et m'assois. Elle s'allonge à côté de moi, son sac à dos en guise d'oreiller. Je m'allonge aussi. Elle sort deux livres de son sac et me les tend pour me faire aussi un oreiller. *Poèmes* d'Emily Dickinson et *Feuilles d'herbe*.

– J'en avais deux exemplaires, dit-elle en souriant.

– C'est un super poème, tu n'aurais pas pu mieux choisir.

– Vraiment, c'était une décision de dernière minute. Je me suis rappelé le passage sur les portes et j'ai trouvé qu'il tombait à pic. En arrivant ici, je l'ai relu. Je ne l'avais pas fait depuis mes cours d'anglais en seconde. Et je l'ai aimé. J'ai essayé de lire pas mal de poésie. Je me suis efforcée de comprendre ce qui m'avait surprise en toi cette fameuse nuit. Pendant longtemps, j'ai cru que c'était ta citation de T. S. Eliot.

– Mais non, dis-je. Ce qui t'a surprise, ce sont mes biceps et la grâce avec laquelle je sors par les fenêtres.

Elle sourit.

– Tais-toi et laisse-moi te faire un compliment, espèce d'idiot. Ce n'étaient ni tes biceps ni la poésie. Ce qui m'a surprise, en dépit de tes crises d'angoisse et le reste, c'est que tu ressemblais au Quentin de mon histoire. J'ai réécrit en croisillons sur cette histoire pendant des années et chaque fois que je noircissais une page, je riais en me disant, ne te vexe pas : « Quand je pense que je voyais Quentin Jacobsen en défenseur de la justice supersexy »... Alors qu'en fait... tu l'étais vraiment.

Je pourrais me tourner sur le côté et elle du mien. Et on s'embrasserait. Mais à quoi bon désormais, de toute façon ? Ça ne mènerait nulle part. On a tous les deux les yeux tournés vers le ciel sans nuages.

— Rien ne se passe jamais comme prévu, dit-elle.

Le ciel est à l'image d'un tableau monochrome moderne, m'attirant en sa profondeur illusoire, me tirant à lui.

— Oui, c'est vrai, dis-je. (Puis après réflexion :) D'un autre côté, si on cesse d'imaginer, rien ne se passe.

Imaginer n'est pas la panacée. On ne peut totalement pénétrer à l'intérieur de quelqu'un d'autre. Je n'aurais jamais imaginé, par exemple, que Margo n'aurait pas apprécié d'être débusquée ni qu'elle avait écrit cette histoire qu'elle recouvrait inlassablement. Mais imaginer être quelqu'un d'autre ou imaginer le monde autrement est la seule voie. C'est la machine à tuer les fascistes.

Elle se tourne vers moi et pose sa tête sur mon épaule ; nous sommes allongés l'un contre l'autre comme je l'avais fantasmé jadis à SeaWorld. Il aura fallu des milliers de kilomètres et plusieurs jours de route pour que nous soyons là tous les deux, elle, sa tête sur mon épaule, son souffle dans mon cou, accablés par la même fatigue. Tels que je nous avais rêvés alors.

À mon réveil, la lumière du couchant souligne l'importance de chaque chose, du ciel aux reflets dorés aux touffes d'herbe au-dessus de ma tête, ondulant au ralenti telle une reine de beauté. Je roule sur le côté et découvre Margo Roth Spiegelman à quatre pattes, pas très loin, son jean tendu sur ses cuisses. Je me mets un moment à réaliser qu'elle est en train de creuser. J'avance jusqu'à elle et me mets à creuser aussi ; la terre sous mes doigts est tellement sèche qu'on dirait de la poussière. Elle me sourit. Mon cœur bat à la vitesse du son.

– On creuse pour trouver quoi ? je lui demande.
– Mauvaise question. La bonne est : pour qui creuse-t-on ?
– Bon, d'accord. Pour qui creuse-t-on ?
– On creuse les tombes de la petite Margo, du petit Quentin, du bébé chien Myrna Mountweazel et de ce pauvre Robert Joyner, répond-elle.
– Je suis d'accord pour suivre leurs funérailles.

La terre est friable, forée de mille trous d'insectes, telle une fourmilière abandonnée. On creuse à mains nues sans faiblir, chaque poignée de terre s'accompagnant d'un nuage de poussière. On creuse un trou large et profond. La tombe se doit d'être digne de ce nom. Très vite, j'enfonce le bras jusqu'aux coudes, maculant la manche de ma chemise en essuyant la sueur qui me dégouline sur les joues. Celles de Margo sont rouges. Je sens son odeur, la même que cette fameuse nuit juste avant qu'on ne plonge dans le fossé de SeaWorld.

– Je ne l'ai jamais considéré comme une personne réelle, dit-elle.

Je profite de ce qu'elle reprend la parole pour me reposer sur mes talons.

– Qui ? Robert Joyner ?

Elle continue de creuser.

– Oui. Il se résumait à quelque chose qui m'était arrivé. Mais avant d'être cette figure mineure dans ma vie, il avait été la figure centrale de la sienne.

Je n'y avais jamais songé non plus comme à une personne. À un type qui jouait dans la terre comme moi. Qui tombait amoureux comme moi. À un type dont les cordes étaient cassées, qui ne se sentait pas relié aux autres feuilles du champ, un type fêlé. Comme moi.

— Oui, dis-je en me remettant à creuser. Je l'ai toujours considéré comme un cadavre.

— Je regrette qu'on n'ait rien fait, dit-elle. Qu'on n'ait pas usé de notre héroïsme légendaire.

— C'est vrai. Ça aurait été sympa de lui dire que ce n'était pas la fin du monde, quel qu'ait été son problème.

— Encore que, au bout du compte, quelque chose finit par nous tuer.

Je hausse les épaules.

— Je sais. Je ne prétends pas qu'on survive à tout. Je dis seulement qu'on survit à tout sauf à la fin.

Je plonge à nouveau la main dans la terre, tellement plus foncée qu'en Floride. J'en balance une poignée sur le tas derrière nous et me rassieds. Je tiens une idée que je m'efforce d'exprimer. De toute notre longue et inénarrable relation, je n'ai jamais livré autant de mots à Margo, mais voici mon dernier opus à son intention.

— Chaque fois que je pensais à sa mort, qui ne pèse pas lourd pour tout dire, j'en imputais immanquablement la cause à ses cordes qui avaient cassé, comme tu l'avais dit. Mais la mort peut être considérée de mille façons différentes. Peut-être que ce sont les cordes qui cassent ou le bateau qui sombre, à moins qu'on ne soit de l'herbe aux racines si interdépendantes des autres qu'aucune ne meurt tant qu'une seule est vivante. Les métaphores ne manquent pas. Mais il faut se montrer prudent dans le choix des métaphores, car elles ne sont pas anodines. Si on choisit celle des cordes, c'est qu'on imagine un monde où on peut finir irrémédiablement cassé. Si on choisit l'herbe, on indique par ce choix qu'on est tous reliés les uns aux autres à l'infini, qu'on peut se servir de ces réseaux de racines, non seulement pour se comprendre mutuellement, mais pour s'incarner les uns les autres. Les métaphores sont lourdes d'implications. Tu comprends ?

Elle acquiesce.

— J'aime celle des cordes. Je l'ai toujours aimée. Parce que c'est ce que je ressens. Mais les cordes font apparaître la souffrance plus fatale qu'elle ne l'est vraiment. On n'est pas aussi fragile que les cordes veulent nous le faire croire. J'aime celle de l'herbe aussi. L'herbe m'a rapprochée de toi, elle m'a aidée à t'imaginer comme une personne réelle. En revanche, on n'est pas les différentes pousses d'un même plant. Je ne peux pas être toi. Ni toi, moi. On imagine assez bien l'autre, mais jamais à la perfection.

— Peut-être l'idée est-elle plus proche de ce que tu disais tout à l'heure, à savoir qu'on a tous des failles. Tout le monde commence comme un vaisseau étanche. Et puis des événements se produisent, on est quitté, on n'est pas aimé, on n'est pas compris, on ne comprend pas les autres, et on se perd, on se déçoit et on se fait du mal. Le vaisseau commence alors à se fissurer par endroits.

Et effectivement, une fois que le bateau prend l'eau, la fin est inéluctable. Quand il commence à pleuvoir à l'intérieur de la galerie marchande, on sait qu'elle ne sera jamais reconstruite. Mais entre le moment où les fissures apparaissent et celui où l'on sombre, il s'écoule un immense laps de temps. Ce n'est que dans cet intervalle qu'on se perçoit mutuellement, parce que, par nos fentes, on voit à l'extérieur de nous et à l'intérieur des autres par les leurs. Quand s'est-on vus face à face ? Pas tant que tu n'as pas glissé ton regard par mes fentes et moi le mien par les tiennes. Auparavant, on contemplait l'idée qu'on s'était faite chacun l'un de l'autre, à l'image de ton store que je regardais sans jamais voir l'intérieur de ta chambre. Mais une fois le vaisseau fissuré, la lumière peut entrer. Et sortir.

Elle pose la main sur ses lèvres, comme si elle se concentrait, ou voulait me cacher sa bouche ou sentir les mots qu'elle prononce.

– Tu es vraiment quelqu'un, dit-elle finalement.

Elle me regarde, ses yeux dans les miens sans barrière. Je n'ai rien à gagner à l'embrasser. Mais j'ai renoncé à gagner quoi que ce soit.

– Il faut que je fasse quelque chose, dis-je.

Elle hoche à peine la tête, elle sait. Je l'embrasse.

– Tu peux venir à New York, dit-elle quand le baiser prend fin longtemps après. Ce serait sympa. Ce serait comme s'embrasser.

– S'embrasser n'est pas rien.

– Tu dis non.

– Margo, ma vie est ailleurs et je ne suis pas toi. Je...

Mais je ne peux rien ajouter parce qu'elle m'embrasse et c'est au cours de ce baiser que je réalise sans l'ombre d'un doute qu'on prend chacun des directions radicalement différentes.

Elle se relève et va chercher son sac à l'endroit où l'on dormait. Elle sort le carnet de moleskine, revient à la tombe et le dépose au centre.

– Tu vas me manquer, murmure-t-elle.

J'ignore si elle parle du carnet ou de moi.

– Moi aussi, dis-je, ne sachant pas non plus de qui je parle. Adieu, Robert Joyner, j'ajoute en jetant une poignée de terre sur le carnet.

– Adieu, jeune et héroïque Quentin Jacobsen, dit-elle en jetant de la terre.

– Adieu, jeune Margo Roth Spiegelman, intrépide Orlandonaise, dis-je avec une nouvelle poignée de terre.

– Adieu, magique bébé Myrna Mountweazel, dit-elle avec une dernière poignée de terre.

On recouvre le carnet, tassant la terre remuée. L'herbe repoussera bien assez tôt. Pour nous, elle sera la splendide et folle chevelure des tombes.

On rentre au Bazar d'Agloe en se tenant par la main, nos paumes encroûtées de terre. J'aide Margo à transporter ses biens, une brassée de vêtements, ses affaires de toilette et le fauteuil de bureau, à sa voiture. Le caractère précieux de l'instant qui pourrait faciliter la conversation la rend plus difficile.

On est sur le parking d'un motel construit de plain-pied au moment des inéluctables adieux.

– Je vais m'acheter un portable et je t'appellerai,

dit-elle. Et je te mailerai. Je posterai aussi des déclarations mystérieuses sur le forum des villes de papier dans Omnictionary.

Je souris.

— Je t'enverrai un mail en arrivant à la maison. Et j'exige une réponse.

— Promis. On se reverra. On n'a pas fini de se revoir.

— À la fin de l'été, peut-être. On pourrait se retrouver quelque part avant la rentrée.

— Oui, approuve-t-elle. C'est une excellente idée.

Je souris et hoche la tête. Elle s'éloigne et je me demande si elle pense un mot de ce qu'elle dit quand je vois ses épaules s'affaisser. Elle pleure.

— On se reverra. Entre-temps, je t'écrirai, dis-je.

— Oui, répond-elle sans se retourner, d'une voix étouffée. Je t'écrirai aussi.

Dire ces banalités nous empêche de tomber en morceaux. Peut-être qu'en imaginant ces projets on les rendra réels, ou peut-être pas. De toute façon, il faut les imaginer. La lumière coule à l'extérieur et pénètre à flots à l'intérieur.

Sur ce parking, je me rends compte que je n'ai jamais été aussi loin de chez moi, avec cette fille que j'aime et que je ne peux pas suivre. J'espère que c'est une épreuve pour devenir un héros parce que c'est ce que j'accomplis de plus dur au monde.

Je m'attends à la voir monter en voiture d'un instant à l'autre, mais elle ne le fait pas. Finalement, elle se retourne et je vois ses yeux pleins de larmes. L'espace entre nous s'abolit. On pince les cordes cassées de nos instruments une dernière fois.

Je sens ses mains sur mon dos. Je l'embrasse dans le noir, mais les yeux ouverts. Elle aussi. Elle est assez près pour que je la voie car, même à cet instant, le signe extérieur de l'invisible lumière est présent, même de nuit sur ce parking à la périphérie d'Agloe. Après s'être embrassés, on se regarde, nos fronts se touchant. Oui, à travers les fentes de l'obscurité, je la vois presque parfaitement.

Note de l'auteur

J'ai connu l'existence des villes de papier au cours d'une virée en voiture pendant mon année de première. Ma camarade de voyage et moi avions inlassablement arpenté un bout de nationale déserte du Dakota du Sud à la recherche d'une ville dont la carte attestait l'existence. Il me semble que la ville s'appelait Holen. En désespoir de cause, on s'était arrêtés pour frapper chez quelqu'un. La question avait été maintes fois posée à la femme aimable qui nous avait ouvert. Elle nous avait expliqué que la ville à la poursuite de laquelle nous étions n'existait que sur la carte.

L'histoire d'Agloe dans l'État de New York, telle qu'elle est présentée dans le livre, est en grande partie vraie. Agloe a vu le jour en ville de papier, créée pour se protéger des plagiaires. Mais les possesseurs de la vieille carte Esso persistaient à vouloir trouver Agloe, si bien que quelqu'un y construisit un magasin, transformant Agloe en une réalité. La cartographie a beaucoup évolué depuis l'époque où Otto G. Lindberg et Ernest Alpers ont inventé Agloe. Cependant, de nombreux cartographes continuent de glisser des villes de papier comme pièges au copyright, ainsi qu'en témoigne mon expérience ahurissante dans le Dakota du Sud.

Le magasin qu'était Agloe n'est plus. Mais je suis persuadé que si Agloe revenait sur une carte, quelqu'un finirait par le reconstruire.

Remerciements

J'aimerais remercier :

Mes parents, Sydney et Mike Green. Je n'aurais jamais pensé que je vous dirais cela un jour mais : merci de m'avoir élevé en Floride.

Mon frère et collaborateur préféré, Hank Green.

Mon mentor, Ilene Cooper.

Tout le monde chez Dutton, mais en particulier mon incomparable éditrice, Julie Strauss-Gabel, Lisa Yoskowitz, Sarah Shumway, Stephanie Owens Lurie, Christian Fünfhausen, Rosanne Lauer, Irene Vandervoort et Steve Meltzer.

Mon agent délicieusement opiniâtre, Jodi Reamer.

Les Nerdfighters, qui m'ont tant appris sur la signification du grandiose.

Mes coéquipiers en écriture : Emily Jenkins, Scott Westerfeld, Justine Larbalestier et Maureen Johnson.

Deux livres sur la disparition qui m'ont beaucoup aidé quand je faisais mes recherches sur les villes de papier : *The Dungeon Master* de William Dear et *Into the Wild : Voyage au bout de la solitude* de Jon Krakauer. Je suis également très reconnaissant à Cecil Adams, le génie à l'origine du site « The Straight Dope » dont le court article sur les pièges au copyright constitue l'outil le mieux documenté sur le sujet que j'ai trouvé jusqu'ici.

Mes grands-parents : Henry et Billie Grace Goodrich, et William et Jo Green.

Emily Johnson dont les lectures de *La Face cachée de Margo* m'ont été très précieuses. Joellen Hosler, la meilleure psy dont un auteur puisse rêver. Mes cousins par alliance : Blake et Phyllis Johnson. Brian Lipson et Lis Rowinski à Endeavor. Katie Else. Emily Blejwas, qui m'a accompagné lors de ce voyage à la ville de papier. Levin O'Connor, qui m'a appris pratiquement tout ce que je sais en matière de rigolade. Tobin Anderson et Sean, qui m'ont initié à l'exploration urbaine à Detroit. La bibliothécaire scolaire Susan Hunt et tous ceux qui risquent leur situation pour s'élever contre la censure. Shannon James. Markus Zusak. John Mauldin et mes merveilleux beaux-parents : Connie et Marshall Urist.

Sarah Urist Green, ma première lectrice, première éditrice, meilleure amie et partenaire préférée.

JOHN GREEN, né en 1977 à Indianapolis, fait des études universitaires en Ohio et, après ses diplômes de littérature et de théologie, devient pendant six mois aumônier dans un hôpital pour enfants incurables. Il décide que cette vie n'est pas pour lui et s'oriente vers la radio et la critique littéraire. C'est à l'âge de vingt-cinq ans qu'il écrit son premier roman, *Qui es-tu Alaska ?*, et remporte le prestigieux M. L. Printz Award du meilleur livre pour adolescents. Ce titre suscite immédiatement l'admiration des critiques, libraires et lecteurs et ne cesse, depuis, de figurer sur la liste des best-sellers dans plus de trente pays. Peu d'auteurs savent à ce point restituer la profondeur émotionnelle de l'adolescence. « J'adore l'intensité que les adolescents mettent, non seulement dans leur premier amour, mais aussi dans leurs premiers chagrins, la première fois qu'ils affrontent la question de la souffrance et du sens de la vie. Les adolescents ont le sentiment que la façon dont on va répondre à ces questions va importer. Les adultes aussi, mais ils ne font plus l'expérience quotidienne de cette importance », confie-t-il.

D'une énergie inouïe, il crée en 2007 avec son frère, Hank, une chaîne de vidéos en ligne qui sont prétextes à des discussions tous azimuts sur tous les sujets (de la guerre en Centrafrique à Justin Bieber). Connue aujourd'hui sous le nom de Vlogbrothers (youtube.com/vlogbrothers), elle devient l'une des chaînes les plus populaires de l'histoire du Net. En 2012, ils créent également une chaîne de vidéos éducatives, Crash Course, qui leur vaut la médaille de l'Innovateur 2013 du *Los Angeles Times*.

John Green publie en 2008 son troisième roman, *La face cachée de Margo*, qui a figuré dans la liste des best-sellers du *New York Times* et qui obtient le prix Edgar Award du meilleur roman pour jeunes adultes. Il sera porté à l'écran en 2015, avec Cara Delevingne et Nat Wolff dans les rôles-titres.

En 2012 paraît *Nos étoiles contraires*, aujourd'hui adapté au cinéma. Le célèbre magazine *Time* sélectionne John Green dans sa liste des « 100 personnes les plus influentes du monde » en 2014. Il vit à Indianapolis avec sa femme, Sarah, et leurs deux enfants, Henry et Alice.

Retrouvez les millions de fans de John Green sur Twitter (@realjohngreen) et Tumblr (fishingboatproceeds.tumblr.com) ou rendez-lui visite sur son site: johngreenbooks.com

Après Margo, découvrez l'autre héroïne pleine de fougue de John Green, Alaska Young :

QUI ES-TU ALASKA ?

Miles Halter a seize ans mais n'a pas l'impression d'avoir vécu. Assoiffé d'expériences, il quitte le cocon familial pour le campus universitaire : ce sera le lieu de tous les possibles, de toutes les premières fois. Et de sa rencontre avec Alaska. La troublante, l'insaisissable Alaska Young, insoumise et fascinante.

Dans la collection
Pôle fiction

M. T. Anderson
Interface

Bernard Beckett
Genesis

Terence Blacker
Garçon ou fille

Judy Blundell
Ce que j'ai vu et pourquoi j'ai menti

Anne-Laure Bondoux
Tant que nous sommes vivants

Ann Brashares
Quatre filles et un jean
- Quatre filles et un jean
- Le deuxième été
- Le troisième été
- Le dernier été
- Quatre filles et un jean, pour toujours

L'amour dure plus qu'une vie
Toi et moi à jamais
Ici et maintenant

Melvin Burgess
Junk

Florence Cadier
Le rêve de Sam

Orianne Charpentier
Après la vague

Sarah Cohen-Scali
Max

Eoin Colfer
W.A.R.P.
- 1. L'Assassin malgré lui
- 2. Le complot du colonel Box
- 3. L'homme éternel

Ally Condie
Atlantia
Promise
- Insoumise
- Conquise

Andrea Cremer
Nightshade
- 1. Lune de Sang

- 2. L'enfer des loups
- 3. Le duel des Alphas

Christelle Dabos
La Passe-Miroir
- 1. Les Fiancés de l'hiver

Grace Dent
LBD
- 1. Une affaire de filles
- 2. En route, les filles !
- 3. Toutes pour une

Victor Dixen
Le Cas Jack Spark
- Saison 1. Été mutant
- Saison 2. Automne traqué
- Saison 3. Hiver nucléaire

Animale
- 1. La Malédiction de Boucle d'or
- 2. La Prophétie de la Reine des neiges

Berlie Doherty
Cher inconnu

Paule du Bouchet
À la vie à la mort
Chante, Luna

Timothée de Fombelle
Le livre de Perle

Alison Goodman
Eon et le douzième dragon
- Eona et le Collier des Dieux

Michael Grant
BZRK
- BZRK
- Révolution
- Apocalypse

John Green
Qui es-tu Alaska ?

Maureen Johnson
13 petites enveloppes bleues
- La dernière petite enveloppe bleue

Suite Scarlett
- Au secours, Scarlett !

Sophie Jordan
Lueur de feu
- Lueur de feu
- Sœurs rivales

Justine Larbalestier
  Menteuse

David Levithan
  A comme aujourd'hui

Erik L'Homme
  Des pas dans la neige

Sue Limb
  15 ans, Welcome to England!
  • 15 ans, charmante mais cinglée
  • 16 ans ou presque, torture absolue

Federico Moccia
  Trois mètres au-dessus du ciel

Jean Molla
  Felicidad

Jean-Claude Mourlevat
  Le Combat d'hiver
  Le Chagrin du Roi mort
  Silhouette
  Terrienne

Jandy Nelson
  Le ciel est partout
  Le soleil est pour toi

Patrick Ness
  Le Chaos en marche
  • 1. La Voix du couteau
  • 2. Le Cercle et la Flèche
  • 3. La Guerre du Bruit

William Nicholson
  L'amour, mode d'emploi

Han Nolan
  La vie blues

Tyne O'Connell
  Les confidences de Calypso
  • 1. Romance royale
  • 2. Trahison royale
  • 3. Duel princier
  • 4. Rupture princière

Isabelle Pandazopoulos
  La Décision

Leonardo Patrignani
  Multiversum
  • Memoria
  • Utopia

Mary E. Pearson
Jenna Fox, pour toujours
- L'héritage Jenna Fox

François Place
La douane volante

Louise Rennison
Le journal intime de Georgia Nicolson
- 1. Mon nez, mon chat, l'amour et moi
- 2. Le bonheur est au bout de l'élastique
- 3. Entre mes nungas-nungas mon cœur balance
- 4. À plus, Choupi-Trognon...
- 5. Syndrome allumage taille cosmos
- 6. Escale au Pays-du-Nougat-en-Folie
- 7. Retour à la case égouttoir de l'amour
- 8. Un gus vaut mieux que deux tu l'auras
- 9. Le coup passa si près que le félidé fit un écart
- 10. Bouquet final en forme d'hilaritude

Carrie Ryan
La Forêt des Damnés
- Rivage mortel

Robyn Schneider
Cœurs brisés, têtes coupées

Ruta Sepetys
Big Easy
Ce qu'ils n'ont pas pu nous prendre

Stéphane Servant
Guadalquivir

Dodie Smith
Le château de Cassandra

L.A. Weatherly
Angel
- Angel Fire
- Angel Fever

Scott Westerfeld
Code Cool

Moira Young
Les chemins de poussière
- 1. Ange de la mort
- 2. Sombre Eden
- 3. Étoile rebelle

Le papier de cet ouvrage est composé de fibres naturelles, renouvelables, recyclables et fabriquées à partir de bois provenant de forêts gérées durablement.

Maquette : Françoise Pham
Photo de l'auteur © Marina Waters

ISBN : 978-2-07-508179-5
Loi n° 49-956 du 16 juillet 1949 sur les publications destinées à la jeunesse
Dépôt légal : mai 2017.
N° d'édition : 312041 – N° d'impresssion : 217407.
Imprimé en France par Maury Imprimeur - 45330 Malesherbes